Cantagalo

Fernanda Teixeira Ribeiro

Cantagalo

todavia

I

I

As santas conhecem as mulheres pelo nome de solteira, ouviu dizer quando menina, muito antes de se casar e entender o porquê. Assinou, então, Ambrosina Lima, como há doze anos, a caligrafia caprichada, *Santa Rita, acuda, Dona Praxedes precisa gostar de Frederico* — depositou o pedido debaixo da santa de semblante sério e grinalda de flores, no altar do canto da parede. Logo veio a inspiração: ensine um pedacinho da salve-rainha ao menino. Sim! Dona Praxedes gostará de ouvi-lo recitar o hino, vai ver como Frederico é bom de oração. Dirico, vem cá, repita com a mamãe: salve, rainha, mãe de misericórdia, doçura e esperança nossa, salve! Que fosse ensaiando antes de sair de casa, Lá, você peça licença e reze, bonito e sem gaguejar, sua dinda Praxedes vai ficar satisfeita — ajeitou-lhe a correntinha no pescoço, a gola. Frederico é menino são; mérito dela e somente dela mesma, o de criar um filho asseado e devoto justo ali, naquele rancho, onde se xinga e se cospe no chão. Um filho saído o menos possível ao pai, o bruto a suar e a resmungar contra a luz da janela, cortando os pelos do nariz e da barba com a única tesoura de costura da casa, deixando os tufos cair no chão, como caiu o sobrenome dela mesma depois de passar a usar o Bomtempo do marido. Santa Rita, acuda. Dirico, filho, endireite as costas, vamos, postura, elegância. Coitado. Está na idade de pernas e braços estabanados, o pomo de adão querendo saltar. Ficaria um príncipe de terno, se pudessem vesti-lo com um, mas Dona Praxedes com certeza reconhecerá suas qualidades dentro da calça de brim, costurada com sobra na bainha para melhor se aproveitar nos meses seguintes. Frederico será alto, vê-se pelas canelas compridas, sim; Dona Praxedes valoriza estatura, diz ser marca da família, Lima tem tamanho e tutano, ela gosta de falar. Pois aí está, Frederico será um rapagão. Agora, tutano... Ele demora a aprender, é verdade, um tantinho lerdo, mas para o seminário passa de bom, ah, passa, ela mesma já conheceu padres nem tão inteligentes. E Frederico tem disposição, agora mesmo está ensaiando a salve-rainha, pronto. Basta explicar devagar, com as palavras certas, mandar repetir, perguntar se entendeu. Fez isso, aliás, com o tema de maior importância, dias antes e várias vezes:

— Frederico, você não bote reparo nas filhas de Dona Praxedes, de jeito nenhum, a dinda pode não gostar de você largando os olhos nas moças. E uma delas é meio escurinha de pele, não se parece nada com a mãe, nem com a irmã. Você não estranhe, nem fique olhando, pelo amor, entendeu, Dirico?

— Sua mãe está dizendo que a Praxedes tem uma filha encardida, Frederico. — Julião Bomtempo cuspiu no chão.

— Julião! E se o menino diz isso lá? Dirico, ignore o seu pai, não repare... Mas também não desvie os olhos, não fica bem.

— Entendeu sua mãe? Olhe sem olhar. Vamos, temos hora pra chegar no Cantagalo e eu não vou exigir do meu cavalo, não, que ele não é alugado.

Frederico não se lembrava de ter visto a madrinha. Punha nela o nariz do Cristo pendurado atrás da cama e o cheiro dos lençóis trancados no baú, tudo presente de Dona Praxedes. Sua mãe nunca quis gastar o enxoval dentro destas paredes de barro, papai caçoava e fingia tropeçar no baú, às vezes o chutava, deixando mamãe furiosa. Quando sem o pai em casa, ela abria a arca, tirava as peças uma a uma e passava com o ferro quente, espirrava água de flor; depois guardava as brancuras de novo, chorava. Esses são a banda pobre da família do Cantagalo, ouviu cochicharem no povoado quando ele e o pai entraram na capela.

O padre havia mandado chamar, trazia um saquinho com moedas e um bilhete de Dona Praxedes para os parentes do rancho. Frederico nunca esqueceria o reflexo das letras nas costas do papel, um ninho desfeito, vivo na voz do padre, *Que nosso Frederico se faça homem em Deus*. Dona Praxedes pretende pagar o seminário pro meu menino, o senhor vigário não acha? Deus queira, Bomtempo, será providencial. Providencial. No rancho, o pai repetiu a palavra à mãe, Frederico quis saber o significado. É angu com torresmo gordo, não vê o tamanho da pança do padre Cirilo... Ambrosina, Dona Praxedes podia fazer a bondade, madrinha é pra isso mesmo, eu só faço trabalhar, trabalhar, e você, coitada, se foi bonita um dia ninguém acredita, sua pele acabou no vapor do tacho de doce, sua prima devia ter pena de nós. Concordo, Julião, o menino não é obrigado a expiar eu ter me casado com você.

Ambrosina se sentou para escrever a resposta. Julião, ao lado, não lia nem escrevia, quis ditar uma carta. Uma carta exigindo ajuda, afinal eram parentes, precisavam de muito além de moedas, Uma humilhação mandar esmola pelo padre, Ambrosina. As moedas são para Frederico, Julião. Pois já se foram nas suas encomendas, essas suas linhas de costura são caras, mulher; aproveite, escreva aí, queremos jantar no Cantagalo, talvez pernoitar, peça!, não seja orgulhosa, descalce suas luvas e conte como andamos precisados de dinheiro, é sua prima. Ambrosina redigiu em silêncio, as ideias de Julião afastadas sem direito à peneira, feijão carunchado. Conhecia a prima o suficiente para jamais mostrar ressentimento, para não querer desperdiçar sua boa vontade com empréstimos, nem convites para comer. Firme na intenção maior, apelou para o simples: *Frederico quer pedir ele mesmo a bênção à senhora, beijar sua mão, não fala em outra coisa.*

2

Atrás do casarão, as serras penteadas de pés de café, fileiras e fileiras. Frederico nunca tinha visto uma casa com tantas janelas. Nem ladrilhos, uma beleza aquele chão desenhado, fresco de sombra; desejou viver ali, deitado no alpendre da madrinha, a vista para a gameleira do terreiro, tão alta. À porta do casarão, talhada de folhas e cruzes, o pai cochichou, É brasão, Frederico, toda casa rica tem um. Então os ricos riscam as suas portas? Não riscam eles mesmos, burro, mandam riscar. Demoravam a abrir, os dois de pé, retos em suas camisas suadas, Frederico com o corpo sentido da viagem na garupa do pai, segurando o embrulho com os pãezinhos de queijo, mamãe pediu muito para não deixar cair, a madrinha gostava. Como pediu para não esquecer a oração ensinada hoje cedo, mas as palavras afogavam nos pensamentos, fiapos de carne na sopa: até achava a pontinha da reza, mas não a pescava a tempo, desaparecia.

A porta abriu em par, dividindo folhas e cruzes, uma voz de mulher veio do escuro da casa, Entrem ligeiro, senão me trazem o calor pra dentro. De cabeça baixa, Frederico viu a barra preta de um vestido, as sapatilhas de tecido; no rancho, a mãe usava sandálias, os dedos expostos. A mulher pegou-o pelo ombro, Pois aqui estou, não queria tanto me pedir a bênção? Frederico ficou imóvel diante da mão disposta na frente do seu rosto, tão diferente das da mãe torcendo o soro do queijo, abanando a brasa do fogão. A mão forçou contra seus lábios, Vamos, se não te ensinaram é assim que se pede bênção, pronto, feito!, Deus abençoe. São os pães de queijo de Ambrosina? Andava doente de vontade de um desses. Fia! Fia!, berrou para a cozinha, Se estiver dormindo no fogão, acorde, preguiça, passe um café para as visitas, ligeiro. Perguntou a Julião Bomtempo se seguia as instruções sobre a lavoura que ela enviou pelo padre Cirilo; se sim, estava certa de haver dado algum rendimento dessa vez. E você, meu Frederico, quase homem! Achou-o bem-arrumado, apesar das calças justas demais, Em breve não servirão na largura, de nada adianta esse tanto de bainha, mas o corte está impecável, com certeza, Ambrosina sempre teve talento pra costura, era uma moça de qualidades — falou da mãe de Frederico como as pessoas falam dos mortos. Quis ver a correntinha escondida dentro da camisa e aprovou a medalha de ouro, que a Virgem zelasse pelo afilhado e por todas as crianças do mundo; das gavetas do móvel guardador, tirou um punhado de moedas, empurrou uma a uma para dentro do bolso apertado da calça, Um presente da sua madrinha, só pra você. Queixou-se outra vez do calor, por que ainda estavam de pé diante da porta? Que fossem para a sala, sem cerimônias. A outra visita, o compadre Rabelo, contava um caso justo quando chegaram e ela não se aguentava para saber o final.

Dona Praxedes, chamavam-na dona porque não sabiam como chamar um barão do café que não fosse homem. Baronesa é título de esposas, não faz jus às saias da viúva do Cantagalo, as únicas saias nas reuniões do baronato para discutir os rumos das lavouras do Alto Paranaíba depois do garimpo de diamantes, dor de cabeça para todo dono de terra, as pedras, um tormento. Começou quando um garimpeiro de ouro, tonto de cachaça e de sol quente, achou um brilhante na areia do rio. Havia muita pedra bonita de fundo de rio, mas, como aquela, não, translúcida de guardar o sol. Ficou com a pedra, depois descobriu-a resistente, boa para bater bife, era o cozinheiro do acampamento. Um forasteiro comprador de ouro reparou na pedra, perguntou se vendia. O garimpeiro, outra vez bêbado, atirou a pedra para cima, disse que não valia um quiabo assado.

O homem pegou a pedra no ar, insistiu em pagar. Desconfiaram no acampamento. Conversa aqui e ali, combinaram de surpreender o comprador em frente à cruz, onde hoje é a capela, quando ele estivesse de saída do povoado. À bagunça se juntou um frade, onde já se viu deixar forasteiro ir embora com o que é nosso, era essa a toada da mente. Mas o homem não passou por ali, nem por outro lugar, sumiu, ele e seu cavalo, um mistério. Uns dizem que nunca saiu do acampamento, outros que nunca houve esse homem.

Para Dona Praxedes, não houve nem diamante, conversa de garimpeiro, quando muito um cristal, tão sem valor quanto sem tamanho. O fato, disso está certa, é que quem não segura a língua vira escravo da palavra; a notícia correu e em pouco arriou gente de toda banda por ali, o povoado de Santa Rita agora chamado de Capelinha do Chumbo, pois diziam também que houve bala e sangue pelo tal diamante na frente da cruz. Uma injustiça, terra de gente honesta levar esse nome. Tudo por causa da danação dos diamantes. Até então apareciam por ali atrás de ouro, e isso havia mesmo, vez ou outra se achava uma pepita no leito seco, xibiuzinho de nada, não vale nem a baeta, não faz ninguém perder o juízo e abandonar a lavoura.

Inventaram esse diamante, Dona Praxedes tinha certeza de que foi invenção, e a paz acabou; tiveram de trancar as portas e os cavalos e os galpões e as moças em casa. Os libertos e os filhos dos libertos deram de ficar atrevidos. Vou para o garimpo, diziam, e largavam o trabalho na terra, gente sem gratidão; as libertas e filhas das libertas, então, se já andavam sonsas depois da abolição, começaram a se achar donas dos casarões, sim, a comida salgada em excesso por pirraça, a roupa branca já não se lava como antes. As baronesas estão todas muito preocupadas, Dona Praxedes sabe das queixas, pois tem essa vantagem aos outros barões, a de gostar de opinar sobre as miudezas de casa. Às comadres, recomendava resignação aos novos tempos, repetia o aprendido com o pai barão: com os libertos é jeito, não é força, é jeito. Muito se resolve escolhendo uma empregada de maior confiança, uma para ganhar agrados e em troca vigiar as outras. Um corte de tecido, uma leitoa nos dias de festa, apaziguam como nem se pode imaginar. Na falta dos ferros, a simpatia, a conversa. Mandar esse povo à igreja, exigir recato, respeito, guiá-los para o bem, Deus quer assim. O povo na lavoura, onde tem de ser, longe do garimpo.

E à toda visita Dona Praxedes maldizia uma vez e outra os diamantes, afirmava adoecer só de se lembrar da história do brilhante no rio e de tudo o que veio depois, apesar de repetir o caso a quem quisesse ouvir. E se o fazia, então, na companhia do Velho Rabelo, visita assídua do casarão, surgiam detalhes do que Dona Praxedes tinha certeza de não haver acontecido: o povoado armado de espingarda, facas e enxadas esperando o capangueiro de ouro passar; o frade, com uma cruz do tamanho de um menino nas mãos, foi o primeiro a dar na cabeça do forasteiro. No bate e corre sumiu a pedra, foi. Não era diamante, concordava com Dona Praxedes, pois confiava muito no julgamento da sua comadre, mas dizem, o povo fala além da conta, venderam a tal pedra no Rio de Janeiro, a danada viajou o mar, foi parar na coroa da rainha da Inglaterra, diamante dos graúdos.

Frederico achou o Velho Rabelo cinza, idêntico ao são Pedro do oratório de Dona Praxedes, de barba e dedo erguido na posição de ensinar; ficou com um rastro de fumo nos lábios depois de beijar a mão do velho, como a madrinha mandou. A sala com o oratório e as cadeiras para as visitas abria para outra ainda maior, com uma pintura de parede toda: um homem de barba vermelha e sua mulher, sentados, cercados de moças e meninas de todos os tamanhos, muitos laços e vestidos. Frederico não sabia que se pintavam pessoas, só santos e anjos. A madrinha seguiu o seu olhar: Frederico, vê se adivinha quem sou eu aí no quadro.

Até agora, Frederico não havia tido coragem de encará-la. Alguns anos depois, constataria que Dona Praxedes é pequena e de estrutura frágil, mas, no dia da visita, os ombros duros, o corpo dentro do vestido preto, apresentaram-se com a mesma densidade da porta com o brasão. Não queria contrariá-la por nada. Analisou cada molecota, devagar. Eliminou primeiro as de cabelo vermelho, depois as de semblante alegre. Ficou entre a menorzinha de sobrancelhas cismadas e outra de mãos dadas com o homem de barba, apontou para esta.

— Como! Sim, sim, certíssimo, essa sou eu! Todos erram, pois eu era a caçula até então, mas sempre fui a mais alta.

— É o colar, senhora madrinha.

— Colar? Uso colar na pintura?

— A menina está olhando para o colar da mãe. É igual a esse da senhora madrinha.

— De fato, é o mesmo camafeu. — Dona Praxedes cobriu o colo com o xale, num reflexo.

Velho Rabelo considerou Frederico muito sagaz. Julião Bomtempo se animou, disse que não é porque Frederico é seu filho, nunca viu um menino com a vista tão boa, se fosse padre conseguiria ler letrinhas pequenininhas em latim.

— Sem dúvida terá futuro, o seu menino. — Dona Praxedes bocejou, queixou-se do calor. Mas continuou envolta no xale, não quis deixar abrir as janelas. Se o fizessem agora passavam mal de calor à noite, com certeza, no Cantagalo só se abrem as janelas quando refresca, depois de entardecer, aprendeu com seu pai o barão a fazer assim. Além do mais, a claridade dá dor de cabeça, prefere a penumbra. Julião concordou, disse que no rancho também faziam dessa maneira, embora tivessem só uma janela. E o pior é a falta de chuva, continuou depois do silêncio de Dona Praxedes, não chove nem a terra flore como antes, disso estava certo, e os empregados hoje em dia custam ouro, quem tem lavoura a cuidar sozinho como ele sofre; trabalha, trabalha e ainda precisa contar com a ajuda dos parentes e amigos.

— Deus põe chuva a quem molha a terra com suor e fé — Rabelo ergueu o dedo.

— Compadre Rabelo, o senhor foi inspirado! Verdade! O homem trabalha e Deus abençoa, sim! Deus ajuda os merecedores, disso eu estou certa, creio na Providência. Meu pai o barão dizia, de trabalho não se queixa, trabalho se agradece.

— Seu pai o barão, Dona Praxedes, eu e Ambrosina concordamos, nunca se viu homem tão generoso, de bom coração, ajudava até quem não conhecia, os parentes nem se fala. Ambrosina acha nosso filho muito parecido com o tio dela, seu pai. Em Capelinha já comentaram como Frederico lembra o barão...

— O barão do Cantagalo, seu Julião? Não acho. Papai era alto, o homem mais alto que já conheci, papai tinha porte. Frederico no máximo vai ficar da altura do senhor, veja as pernas curtas. E cuidem para ele não ficar corcunda, Frederico anda curvado, eu notei, o senhor e Ambrosina precisam corrigir.

Atento aos detalhes dos tapetes, do lustre, a uma figura da Paixão de Cristo, os soldados descendo o lanho no pobre Jesus, e tantas outras novidades a se ver e guardar para pensar nelas depois, Frederico foi surpreendido com um cutucão do pai para corrigir a postura; levantou-se no susto, teso, e recitou o retalho de salve-rainha num fôlego, as palavras no fio que conseguiu puxar da mente. Percebeu-se um tolo ainda enquanto falava, mas susteve, botando fora as palavras na ordem em que chegavam; teve a impressão de que Dona Praxedes apertou os olhos quando ele soltou “santa adoçada” com força de orador, e então se perdeu de todo, salve rainha, rainha, repetiu asnas vezes, amém. Caiu prostrado no tamborete, sem coragem de levantar a cabeça. Deve ter deixado o pai bravo, apanharia de mão aberta logo saíssem dali, costumava ser assim.

— Então você é rezador — a voz de Dona Praxedes ria com os soldados da Paixão.

— Nunca vi tão cristão. Esse menino reza pra comer, pra dormir, gosta de ir na capela ver os santos, brinca de padre, senhora — o pai não tinha se dado conta. Frederico não se aliviou, vexou-se ainda mais.

Velho Rabelo deve ter simpatizado com sua falta de jeito, pois pediu licença para emendar um caso que Frederico acabou de fazer a bondade de lembrá-lo, um caso acontecido em Capelinha há anos e anos, o de um parto difícil, realizado por milagre porque a mulher rezou a salve-rainha aos gritos. Quiseram até chamar a Iamiana das Folhas para virar o menino na barriga com ervas e cantigas, mas a bendita era de Deus, quis se apegar à Virgem; berrou a reza na noite fechada, sangue nos panos, a cachorrada doida com os gritos, uivando pra lua branca. Nisso, entrou pela janela uma bruma grossa, não uma neblina, seu Julião, não, diferente de tudo, um mingau de água, desse tipo, veio planando, planando, pousou sobre a mulher. As irmãs, as vizinhas, todas de terço na mão, viram o mistério: o menino saiu, vivinho e gordo, foi — o Velho selou o cigarro com a língua, satisfeito com o silêncio pensativo de todos; piscou para Frederico com muita amizade.

— Louvada seja a Virgem, eu creio! E esse calor? Deus perdoe, tira a vontade de viver. Frederico, ajude sua madrinha, vá ver se Fia traz esse café ou não.

A mulher mexia na brasa do fogão, os pãezinhos da mãe agora colocados dentro de uma louça pintada, tão delicada, nem pareciam assados no rancho. A água fervia para o café, as panelas cheirosas. Teve fome. Anos depois, Frederico entenderia que existe fome vivida e sentida. A fome vivida fica escrita no corpo, se reconhece nos outros. Mal o viu, a mulher cavou uma das panelas com a colher, passou no açúcar, mandou Frederico abrir a boca: inhame cozido; os cristaizinhos na língua quase o fizeram se esquecer da humilhação da reza. Quis ficar ali, perto do fogão, a fumaça protetora tal a santa de mingau. Fia ofereceu outro bocado de doce. Frederico gostou dela, A senhora é a filha encardida da dinda Praxedes?, quis saber. Fia tomou um leve susto, olhou ao redor para conferir se ninguém tinha ouvido, a colher suspensa no ar; confirmando-os a sós, estourou a rir, rir de sacudir o peito, a mão sobre as gengivas. Ria e apontava para o janelão: de fora a horta, depois o portão de grade, um caminho de terra varrido de sol, e Frederico viu. Duas moças vinham muito juntas debaixo de uma sombrinha, passo apressado. Uma, vermelha como o barbudo da parede, pediu a bênção de padrinho ao Velho Rabelo logo se sentou na sala; a outra, cabelos puxados no alto da cabeça, as mesmas mãos e braços de Fia, passou direto para os quartos, as botinas cantando nas tábuas. Dona Praxedes deu falta dela na hora do café: Tonica, vá chamar sua irmã, ligeiro, meu afilhado quer ouvir música.

— Leopoldina não vem, mamãe... Ela está indisposta — as sardas tremiam sobre a boca.

— Indisposta. Mas não estavam vocês duas andando à toa ao redor de casa agora mesmo? Quero Leopoldina aqui, e com o acordeão, meu afilhado não vai embora sem ouvir acordeão.

Em pouco, a moça de cabelos presos se sentou de pernas cruzadas, a barra da anágua e as botinas expostas, sujas de barro. O acordeão enchia seus braços. Os dedos alcançaram os botõezinhos, o fole estendeu, apertou, buscou a melodia igual mamãe catando o buraco da agulha na pouca luz, um quase-quase e então entra o fio, a linha lisa do som, Frederico atento à costura da filha de Dona Praxedes; ouvia música só nas missas no povoado, quase nunca, mas estranho, aquela melodia, parece, ele conhece... pois sim!, conhece. É a mesma música de todas as manhãs do rancho, sim, a canção do cocho dos porcos. De lá. Não é que a filha de Dona Praxedes sabe fazer a folia dos sabiás no bebedouro do cocho? Música de asas na água.

Desejou se aproximar da sanfona e receber as gotas no rosto. Devagar, devagar, os sabiás deixam chegar muito perto.

— Leopoldina, pode parar, lundu não! — Dona Praxedes agitou o leque. — Meu afilhado quer ouvir música boa, música santa, e você toca batuque de rua? Você estudou em Mariana pra isso? Não foi o que você aprendeu no colégio das irmãs vicentinas, isso não.

As pernas da moça cruzaram para o outro lado, a sanfona posicionada com impaciência. Frederico constatou, num arrepio feliz, uma medalhinha da Virgem dentro do vestido folgado no peito, igualzinha à dele, bem ali, na linha do coração. Os dedos iniciaram uma canção de missa, a botina marcando a cadência sem surpresas. Os movimentos de Leopoldina lembravam os da mãe no trabalho do rancho: um saber fazer direito as coisas, mas de um jeito triste.

— Ah não, Leopoldina! Ainda não, vá, toque uma das difíceis, daquelas que você alcança todos os botões de uma vez com os dedos, são as melhores.

— A senhora espere, mamãe, eu vou tocar essa agora — o corpo em ameaça de suspender o concerto. — A senhora espere.

— Não pare, faça como quiser, menina. Estão vendo? O que Leopoldina tem de talento, tem de teimosia. Podia estudar, tocar melhor, perfeito, mas não, faz mais ou menos só pra me irritar. Mesmo assim ninguém a supera por aqui.

— A perfeição é uma donzela arisca.

— Ah, meu compadre Rabelo, belas palavras! Ou o senhor esconde uma biblioteca em casa ou anda de sopro com os anjos, só pode. Tonica, faça o favor de anotar as palavras do seu padrinho, sua irmã vai pensar nelas antes de dormir.

— Nem as moças da capital puxam o fole tão bem como sua filha, senhora!

— Julião Bomtempo, por lá nem devem tocar acordeão. Certamente preferem o piano.

— Parece a santa Rita — as palavras rasgaram a garganta de Frederico, olhos de pedra em Leopoldina. Dona Praxedes quase sorriu; perguntou se ele gostava de doce de figo, o pai dela o barão gostava, comia do jeito certo, com uma fatia fina de meia cura. Mandou Fia separar uma compota para levarem, já ficava tarde e ela não queria fazer seu afilhado viajar à noite. Aliás, já passou da hora de abrirem as janelas para a fresca, como podiam ver, mas Fia nada, ainda. Todo dia isso, Fia nunca abre as janelas, parece fazer de pirraça, talvez queira causar dor de cabeça nos da casa, ou suadeira e essas outras doenças de calor, só pode.

Atordoada, Fia ficou sem saber se embrulhava a compota ou se abria as janelas. Leopoldina pôs o acordeão de lado, foi ela mesma destravar as tramelas dos janelões; empurrava as folhas com braveza, a batida seca da madeira na parede de fora. Entrou o resto de luz da tarde, nenhuma fresca, o vento parado. Espancou as janelas uma a uma, suas botinas nas tábuas atravessando o falatório de Dona Praxedes sobre ser muito comum parentes de longe lembrarem um ao outro no físico, mas isso acontece até entre desconhecidos, nada especial, As coisas importantes não se passam por simples parentesco, Julião Bomtempo, plante a melhor semente em terra sem sumo e veja como as qualidades da linhagem não maturam... Não demora a escurecer, vão!, levem meu abraço a Ambrosina, sinto saudades de quando ela era solteira, estávamos sempre juntas. Compadre Rabelo, o senhor janta conosco?

3

— Pai, isso compra uma sanfona? — Na palma da mão, as moedas enfiadas pela madrinha no bolso da calça. Sabia que não, mas queria revelar a resolução de aprender a tocar.

O pai reagiu até divertido, prometendo encomendar um acordeão, Decerto, Frederico, será de muita serventia se você virar tocador, é tudo de que precisamos no rancho, distrair os porcos com música, ou, melhor ainda, você pode puxar o fole pro milharal, talvez espante as maritacas; só não toque perto de casa, as anáguas da sua mãe no varal devem preferir piano, são anáguas da capital. Vinham a pé, o cavalo pelas rédeas, no lombo as caridades da viúva: a compota, polvilho, nacos de leitoa na gordura. A lua tomava corpo e ainda não haviam saído das terras do Cantagalo. Haja terra, cafezal a não acabar nunca. "Deus envia a chuva a quem molha a terra com fé." Sim, Rabelo, velho enxerido, decerto os lavradores da Praxedes deitam fé nas sementes, como faziam os escravos, cada lapada um amém; riu de forma exagerada do próprio pensamento, podia ter dito isso lá, em tom de graça. Olhou para trás, Frederico com o passo lerdo, disperso, a calça toda riscada de terra, Aperte a toada, seu moleza! O moleque respondeu com uma avoada sequência de espere, espere, espere, Espere! — sorvia a palavra, testava na língua, ria e assentia, como se recebendo um mistério. Um doido. "Sem dúvida terá futuro", disse a viúva sem se comprometer, em paz com seu trio de moedas, avarenta. E haja terra na mão dessa mulher. É terra pra remediar filhas, netos e bisnetos e quem vier depois. "As coisas importantes não se passam por parentesco." Sim, senhora.

Vai casar bem até a encardida, a "santa Rita". Riu alto, Frederico às vezes tem graça, talvez não saia tão burro. O menino já ficava muito pra trás, batia o pé e assobiava o lundu tocado pela encardida, o riso cortando o assobio. Aprender latim de ouvido, esse sonso não aprende, Anda, lerdeza! Seminário é nada, Ambrosina não se iluda, esse moleque ainda termina fraco da cabeça.

4

Dona Praxedes devolvia frieza a quem vinha fazer intriga sobre o marido de sua prima, mas fato, Julião Bomtempo andou metido com o que a viúva mais desaprovava neste mundo: rinha e feitiçaria.

Quando Frederico nasceu, Julião apareceu em casa com um galo de rabo roxo, surpreendente no tamanho e na potência do canto. Comprou-o de uma manca sem idade nem cor definida, moradora de uma palhoça nas bordas do povoado, com fama de louca e de bruxa. Em Capelinha do Chumbo, essa mulher arrastava um tropel de crianças fascinadas com sua sujeira e solidão, gritando o único nome pelo qual a conheciam, ninguém sabia por quê: Pulidóra. Enlouquecida, respondia com pedras, cusparadas, xingamentos. Os mais destemidos puxavam sua saia para depois ostentar as marcas dos tapas e beliscões da Pulidóra. Sobrevivia à penúria com a venda de café torrado, ovos, bocados de farinha aos garimpeiros e, em especial, com a criação de galos de briga, os bichos que comem do milho da Pulidóra, diziam, são de morte. Julião Bomtempo vinha a cavalo quando viu um desses no terreiro da mulher, com bico e garras de minguante. Quis levá-lo para o rancho, diria a Ambrosina que era um presente para o filho recém-nascido, uma bela homenagem, pois sim. Criaria o bichão com bom milho e em breve o meteria na rinha armada pelos garimpeiros — a guarida do vício, Dona Praxedes chamava assim. Calculando quanto o galo renderia em apostas, bateu palmas em frente à palhoça sem porta. Qual não foi a sua contrariedade quando a Pulidóra disse que podia escolher qualquer animal do galinheiro menos o galo de penas roxas, pois desse ela não podia se separar, por nada. Era diferente dos outros, com poderes mágicos. Julião não deu confiança, queria o galo de todo jeito. Ofereceu moeda, saca de milho, um leitãozinho que não tinha e, inflamado, cogitava negociar o próprio cavalo quando a Pulidóra mostrou sinais de ceder. Foi enquanto ele contava o motivo de tanto querer o galo, era pra seu menino, bebezinho de dias, ainda sem nome, nascido à meia-noite de Quarta-Feira de Cinzas, junto com a Quaresma, Veja a santidade, dona. A Pulidóra se interessou. Quis saber se nasceu de olhos abertos, se chorou. Julião foi moldando as respostas ao que presumia impressioná-la: arregalado, parecendo saber tudo de cada um ali, não chorou nem gritou, Deve ter vindo nesta vida pra ser santo, tão bonzinho, a única tristeza é sua fraqueza, coitado, custa a pegar o peito da mãe, haja dó — descreveu um bebê contrário do que havia no rancho, gordo, que mamava de dar estalos. A mulher mandou-o esperar. Julião ouviu-a conversar dentro da palhoça, mas lá não havia ninguém. Em pouco, voltou com o galo nos braços:

— Ele vai com o senhor, mas tem condição, quer ser padrinho do seu menino — Pulidóra sorriu. Apesar do seu desamparo, tinha dentes bons. — Escolha a madrinha, batize, mas o padrinho, esse o senhor saiba sempre que é o galo.

— Palavra! — Julião tomou-o nos braços. Prometeu trazer o leitãozinho e o milho logo desse, com a vontade de Deus.

Com o animal seguro pelas pernas, voltou ao rancho a trote largo, rindo das insanidades da Pulidóra pelo caminho.

5

O galo roxo de Julião Bomtempo estreou na rinha dos garimpeiros num domingo de chuva, mesmo dia do batismo do filho, sacramentado Frederico por sugestão da madrinha, nome de rei. O padrinho foi o irmão temporão de Dona Praxedes, um seminarista cor de vela, a quem Ambrosina quis convidar para agradar a viúva.

Voltaram para a roça com atraso, a charrete pelejando na lama. Mal chegaram, Julião desceu às carreiras até o galinheiro, onde havia confinado o animal desde a véspera, para deixá-lo nervoso antes da rinha. Vou vender o galo, avisou a Ambrosina antes de sair, o sangue quente da expectativa de botar o animal pra brigar. Havia passado os últimos meses treinando o bicho, com métodos de ouvir contar: levantava e soltava o animal no chão repetidas vezes para fortalecer as pernas, fazia-o correr batendo as asas; conseguiu uma biqueira de ferro que Ambrosina achou medonha e massageava o galo nas coxas, dedicado ao animal como nunca foi ao filho, a mulher fazia questão de dizer. Quando falou em vender o bicho, ela deu graças, já era hora, nenhum outro galo do rancho havia sobrevivido à sua chegada; cada dia maior em músculos e em violência, batia nas galinhas e assustava os outros bichos, seria um perigo tê-lo solto quando Frederico começasse a andar. Dê sumiço nesse galo, Julião, troque por duas galinhas ou por querosene, a lamparina não passa de hoje, ficaremos no escuro cedo e não vai parar de chover.

Para contrariar Ambrosina, o céu abriu trégua e o sol do meio da tarde secou a terra o suficiente para riscar a rinha. Quando Julião chegou, a aguardente já passava de mão em mão, seu galo foi recebido com palmas e assobios; Mil-réis no pavão!, berrou um bêbado e todos gargalharam. Corriam as apostas e Julião posicionou o animal na borda da rinha, com a biqueira, Hora de mostrar braveza, meu compadre. Entre os curiosos, reconheceu o seminarista que havia segurado Frederico na pia de batismo de manhã; cumprimentou-o com um aceno grave de cabeça. O padrinhozinho gosta de uma rinha, cochichou para o galo. Seria muito engraçado se a dona viúva descobrisse o irmão bem ali, na guarida do vício, riu. No oposto da rinha, o rival, um galo malhado. Julião achou-o muito inferior: miúdo, apesar de elegante, as esporas brilhantes, porém franzino. E vai!, soltaram os galos. Os dois se olham, aproxima afasta aproxima, o malhado salta e o sangue espirra na terra já vermelha das outras brigas; risadas, vaias, Bomtempo, seu galo usa as meias da sua mulher?, zombavam, o galo de Julião apanhava enorme e passivo, de olhos fechados. O malhado bicava direto no pescoço e Julião até pensou em deixá-lo morrer, mas Chega, pode parar!, pediu clemência, provocando vaias e zombarias, Mutuqueiro! mutuqueiro! o pavão do Bomtempo é uma pomba. Decidido a sumir dali quanto antes, antecipando os anos de troça pela frente, vergonha pra cinquenta Pentecostes, agarrou o galo pelas pernas, quase morto. Achou de consideração, no entanto, falar com o irmão de Dona Praxedes, pois, padrinho do filho, pode ser de utilidade no futuro. Aproximou-se e tirou o chapéu. Seguro por apenas uma mão, o moribundo se encheu de energia, soltou-se, as asas abrindo sobre o seminarista. Não houvesse o rapaz fechado os braços em cruz, teria sido bicado nos olhos; as garras cravaram na clavícula, no pescoço branco, foi derrubado de bunda no chão, a boca escancarada num rosa pasmo. Com muito esforço, Julião conseguiu arrancar-lhe o galo de cima. Tentou sem sucesso um lenço para limpá-lo, ninguém tinha lenço ali, Garimpeirada porca, perdoe, padrinhozinho.

Alinhou a camisa dele riscada de barro e sangue, Não foi nada, não foi nada, nenhum corte fundo, graças a Deus. Graças a Deus mesmo. Imagine a fofoca, o galo de Julião Bomtempo matou o irmão de Dona Praxedes. Valha-me. A cor voltava às bochechas do seminarista. O serafim caiu do altar, mas não se partiu, Julião quis brincar, o outro não entendeu, gente rica é ruim de entender graça. Só não riu ele mesmo por causa da derrota: foi-se o dinheiro dos mantimentos para a semana, Ambrosina se queixará por dias. O consolo é o padrinhozinho talvez não contar nada à Dona Praxedes, pois teria de confessar onde estava. No meio das brigas de galo, da cachaça. Dona viúva não ia gostar.

6

— Ninguém quis o bicho? Largasse na estrada. E essas feridas, por que todo depenado? Santo Deus.

— Não posso com essa sua ladainha, mulher, mato o galo amanhã. — Julião atirou o bicho desfalecido no chão. — Esse não é perigo pra ninguém, você não me faça trancá-lo.

Foi a primeira das noites terríveis no rancho. Trepado no parapeito da janela, aberta ninguém sabe como, o galo cantou na madrugada, um canto diferente de qualquer outro, livre e desolado como os gritos das loucas. Cadê Frederico? Ambrosina tateou a cama, Julião, cadê Frederico? Aqui o menino, nunca saiu daqui, está doida, Ambrosina? Estou em nervos, esse bicho tem o não-digo-quem no corpo. Julião saltou da cama, Você é pior que o galo, não me deixa dormir. Havia dormido vestido, saiu sem os sapatos para fora do casebre, no frio, com a garrafa de cachaça e a faca. Tomou um gole largo, depois ofereceu um trago ao galo na palma da mão. Coitado. Sapecado de feridas, papo cortado, olhos de sangue, Por que se deixou bater daquele jeito, amigo, quis me passar vergonha? Agarrou-o pelo pescoço e berrou para a janela, Venha ver como sou de palavra. Tomou outro gole. Ah, se tivesse entre os dedos o pescoço de Ambrosina, em vez do galo… Nervosa, chorona, se cada reclamação valesse conta de rosário completaria um terço só na parte da manhã: seus dias, ela se queixava, um trabalho sem fim de dar de comer e de limpar, se ao menos fossem pobres em Capelinha, mas não, padeciam naquele rancho, apartados do mundo, Frederico crescendo sem exemplos. Pensar que ela mesma se criou na capital!, outra vida — o rosto contrariado dava-lhe um aspecto de gambá, de se rir; o encanto das mulheres se acaba com o casamento, esta é a verdade, o bom humor cai com as anáguas já na primeira noite, as graças se vão a cada café coado. E depois dos filhos piora. Esse menino, não sabe como ainda não o atirou pela janela, luxento e manhoso, dorme mal desde a chegada do galo, se o bicho o rasgar com as esporas, como teme Ambrosina, será um favor. Compadre! A fileira de dentes da Pulidóra, a promessa. Bobagem. Se aquela bruxa criasse galos com poderes de apadrinhar, ela não vivia na miséria, vivia não. Um trato com o galo, Ambrosina enlouqueceria se soubesse, com sorte reclamaria apenas por uns dez anos, uma conta eterna para seu rosário de queixume.

Ela assistia da soleira da porta, com Frederico nos braços, Esse galo não é um galo, Julião, ela gritou. Ambrosina sabia, embora não conseguisse explicar. Na infância, ouviu sobre demônios tomando o corpo dos bichos. Aconteceu na família: uma cadela, companheira de varanda e de rua dos da casa, de repente espumou pela boca, fez menção de atacá-la, um dos homens impediu puxando o animal pelas patas. Juntaram vizinhos e crianças para assistir matarem a cadela com pancadas de pau. Ela chorou, implorou pelo animal, mas disseram que devia ser assim, puseram-na a ver, precisava entender, aquilo não era o animal amigo, era o demônio. Bateram e bateram; os dentes ferozes deram lugar aos ganidos de dor, depois a uma respiração triste, ao seco das pauladas no corpo inerte; já batiam só por prazer, os meninos animados em tomar o posto dos adultos. Alguém gritou, Vambora, minha gente, senão o canho toma outro. Bamba de medo, permaneceu de pé, sozinha, vendo o demônio escorrer vermelho por entre o pelo dourado, a boca seca de terror e de pena do animal, de pena dela mesma. Não conseguiu ter cães outra vez, e só ela sabe a falta que fazem naquele rancho longe de tudo, onde não há padre para benzer, onde não há nem vizinhos para poder dividir qualquer maldição que caia sobre a família. Estreitou Frederico nos braços. Deveria se esconder com o menino no quarto, mas não conseguia deixar de olhar, a infância a lhe queimar a barriga quando a lâmina correu na garganta do animal, um corte besta de mão tremida que só fez sangrar; o bicho se debateu, desesperado, quase se soltou de Julião, logo dele, com força pra dominar um porco selvagem. Julião largou a faca e, com uma torção, arrancou o pescoço num tranco; seu rosto, a terra, se pintaram de sangue. O corpo do bicho bateu pesado no chão, mas logo se levantou, de súbito animado, sacudindo o pescoço inexistente, as entranhas da goela. Antes de tombar inerte, deu uma volta completa ao redor de Julião, que acompanhou o movimento com um giro instintivo sobre os calcanhares, a cabeça decepada ainda na mão, bico abrindo e fechando nos últimos reflexos. Ambrosina destampou um choro sentido e Julião berrou, nem tanto por raiva quanto para afastar o medo, Mulher tonta, fraca da cabeça, miserável.

7

Com exceção do menino recusando leite, definhando a olhos vistos por culpa da cabeça tonta da mãe, os dias no rancho correm como sempre, nada mudou, insistia Julião. Tudo mudou, Julião; o milharal seco, as macaúbas sem um coco, logo não teremos de comer, os porcos agitados à noite, sonhei que eles invadiam a casa. Você é nervosa, criatura, e quer saber?, os porcos ajudariam muito se pusessem essa casa abaixo de vez, você nunca gostou daqui, Ambrosina, haja reclamação, todo dia uma necessidade: cueiro para o menino, óleo para lamparina, farinha. Ah, se ele soubesse disso há dois anos! Avisaria ao Julião noivo, pule fora, meu amigo, felicidade é correr mundo sozinho com uma peneira nas mãos, revirar cascalho rio acima, rio abaixo, teimosia chama sorte, em pouco você encontra um diamante bitelo, dinheiro a não poder, comprará terra, o cafezal do Cantagalo não será nada perto do seu. Um diamante, um só, e tudo se resolve. Viraria barão, barão Bomtempo, soa bonito. Mandaria desenharem um brasão na sua porta, um com mais espadas e flores que o dos Lima, acrescentado ainda de um leão, força e braveza dos Bomtempo. Teria direito a banco de família na igreja, basta um dízimo gordo aos corvos de batina e se pode sentar bem à frente, debaixo do sovaco do padre. Houvesse o banco dos Bomtempo, o encheria de putas na missa de Pentecostes, as melhores, mandaria trazer da capital. Dona Praxedes seria obrigada a cumprimentá-lo, a prestar-lhe todos os respeitos de barão, de cara azeda, ignorando suas putas. Prima de Ambrosina e nunca nos convidou para o banco dos Lima, deixe estar! Vai ser engraçado quando ver o banco cheio de rameiras. Depois da missa, desceria com elas até a rinha dos garimpeiros, façam chacota de mim, agora, façam!, Julião ria à solta. Na próxima ida a Capelinha do Chumbo contará a ideia do banco ao padre Cirilo. O padre, Ambrosina, ele me diz não blasfeme, meu filho, respeite os Lima, mas eu sei, se segura pra não rir, Julião você tem espírito!, ele me diz assim, eu digo tenho mesmo, o santo!, e não, não, Ambrosina, não vou chamá-lo para benzer o rancho, esqueça isso.

Julião, irredutível, afirmou e repetiu que não precisavam de padre nenhum, loucura dela. Isso foi um pouco antes de ser acometido por um frio sem jeito. Um cobertor não adiantou, nem dois, o corpo de espiga de Ambrosina não era capaz de esquentar nem as lombrigas, também não a queria perto, a cara e o cheiro dela irritavam-no como nunca naquela noite. Que frio! Notou as pontas dos dedos arroxeadas. Tentou se aquecer pulando no mesmo lugar, piorou. Decidiu correr em volta da casa, lá fora um breu, nem lua nem vaga-lumes, só o som das cigarras, das pedrinhas pisadas no chão. Deu uma volta, duas, de repente parou, gélido: parecia ouvir vozes ao longe. Quilombolas. Só pode. Havia enxada e faca para roubar, alguma cachaça, uma mulher. Quem vem lá?, o grito ecoou no breu. Silêncio. Retomou a corrida, dessa vez ouviu de perto, no pé da orelha, *desgraçado*, um bafejo na nuca; virou-se a tempo de ver o vulto fugir pelas paredes da casa, desaparecer nas telhas. Um fio de urina lhe escorreu pelas coxas, humilhação, ao menos o pavor esquentasse o sangue, nada! Frio, frio, isso é delírio de morte, só pode, é isso. Talvez tenha se cortado sem ver, o corpo, se envenenado com o tétano, já ouviu contarem sobre, a infecção vinha de repente, a pessoa cheia de saúde e do nada cai em espasmos, a boca de sangue. Cuspiu na palma da mão, a saliva branca, ainda. Está é ficando fraco da cabeça, como Ambrosina, é isso, mulher dos infernos. Frio, frio. Podia se deitar com os porcos, se esquentar no chiqueiro, sim. Correu para lá, se espremeu entre uma partida de leitõezinhos, a nuca virada para a respiração densa da porca parida, cheiro de esterco e de leite azedo, um conforto, seus bichos o conheciam, sim, sabiam do seu valor, os porcos, melhores que filho, mulher, galo.

A quentura do sono foi atravessada pelo primeiro sol, o tempo de se reconhecer no chiqueiro, remontar os eventos da noite. Ergueu-se pesado, braços e barba pegados de esterco, se lembrou num fastio de que existiam uma mulher e um menino, chamou na porta de casa, Mulher! Nada, só o canto dos pássaros, a janela escancarada, o parapeito. O fastio deu lugar à apreensão, o que teria acontecido? Se houvessem entrado na casa, sabia como costumava ser, os quilombolas não só roubavam, diziam, achincalhavam as mulheres; o moleque, o teriam levado, ou até atirado para longe, morto na queda. É pequeno, basta um tranco forte. Temeu encontrar o menino no chão, Ambrosina chorando abraçada aos joelhos. Com um aperto na garganta, seguiu lento, entrou; tudo igual, a casa intacta no sol da manhã. Ouviu um resmungo de criança. Frederico? A cabecinha apontou por debaixo da cama, logo Ambrosina rolou com ele nos braços, a roupa suja de terra: Enfim, Julião, me virei sozinha com o menino, as vozes pela casa inteira, subindo e descendo as paredes, amaldiçoaram a noite toda e você me aparece mijado, não me espanta.

8

Deixei Ambrosina e o menino seguros em casa, saí no escuro e chamei, Venha se for homem, venha! Ele veio atrás da minha nuca, falou Julião seu desgraçado, olhei: os chifres na boca e os dentes na cabeça. Um cheiro, senhor, de cabo de facão queimado. O diabo em pessoa. Meti logo um safanão, Venha, venha, encoste na minha mulher, no meu filho pra você ver, seu canho; fugiu pelas telhas, uma risada de seriema, parecia até mulher, ria, ria, dizendo desgraçados, me amaldiçoou com o frio, não fossem os porcos... Padre Cirilo ouviu o relato, a expressão ora de susto, ora de dúvida, chegou mesmo a rir, aguardando Julião revelar a pilhéria; ficou sério outra vez, no fim desconversou, Não há limites para a esperteza do mal, Julião, você teve coragem; agora me conte de onde saiu o tal galo, o das bicadas no irmão de Dona Praxedes, eu soube e estou rindo até hoje. Das cercanias, padre, nada de mais, venha nos benzer a casa, me faça esse favor, Ambrosina não se cala, me atormenta noite e dia. Rezarei por vocês daqui da capela, Deus ouve de lá ou cá, vale o intento da oração. Padre, cá entre nós, ando morto de medo, vamos lá, espirrar uma aguinha benta na casa, aproveite a viagem e benza também o milharal, vamos, andamos precisados de uma safra melhorzinha. Julião, chifres na boca, meu amigo, mande trazer um exorcista, peça à Dona Praxedes. Julião desanimou: não queria bulir com a viúva por isso, ela exigiria a história completa, contar e recontar, ficaria com as sobrancelhas daquela maneira irritante, de quem pesa a verdade em cada palavra; com certeza consideraria ele, Julião, o culpado de tudo. Coitada da Ambrosina, ela diria ao enxerido do Rabelo, o Bomtempo além de pobre levou o capeta pra morar em casa. Não mesmo, por enquanto prefiro o diabo, seu vigário. Padre Cirilo pensou, sugeriu procurar a Iamiana das Folhas, Difícil de mexer, mas ela, Julião, é quem sabe ajudar.

9

Julião reparou nas cicatrizes nos braços da mulher. Diziam-na escapulida de um engenho nos fundos do sertão, onde a caneta da princesa Isabel não valeu a tinta, os pretos mantidos na corrente tal qual antes da abolição. Iamiana, contavam, amotinou, renderam coronel, mulher, filhos, nestes passaram a faca na frente da mãe. As marcas nos braços, fácil dizer, foi de tocar fogo no canavial do coronel, um fogaréu de dias, uma nuvem de fuligem doce chegou em Capelinha tempos antes dela aparecer por aqui, coincidência não existe. Curandeira danada, diziam dela, Iamiana das Folhas não reza, dá jeito. Já curou ferida feia de faca, também reavivou um menino nascido morto, apenas na cantiga e nas ervas, todas plantadas no jardinzinho do seu casebre sem janela, a botica de muitos ali. Também falavam muito mal dela. Não sabe dar remédio sem palpite, pergunta às mulheres se apanham dos maridos, maltrata os bêbados, diz que vão estourar de cachaça. Pede dinheiro.

— Preciso da senhora o favor de benzer minha fazenda.

— Fazenda é, é? Eu sabia o senhor dono de sítio. Mas se é fazendeiro pode pagar bem o meu favor.

Desaforada. Mas Julião precisava dela. Contou-lhe sobre a promessa à Pulidóra, a surra na rinha e as desgraças decorrentes do compadrio com o galo, tinha medo, confessou, da malquerença que crescia dentro dele, uma hora fará mal a Ambrosina e ao filho, Tenho gasturas de fazer ruindades aos dois, dona Iamiana. Ouviu Julião em silêncio, deixou-o implorar um bocado antes de concordar, Cantarei sua casa, vamos, pare de falar. Antes de fechar a porta, acrescentou sem deboche: Isso tudo, seu Julião, é quizila de palavra descumprida.

10

Desgostou de pronto do riso solto de Iamiana, achou-a enfeitada demais: pulseiras balangandãs nos dois braços, tornozeleiras de palha, as canelas descobertas, uma vergonha. Pior o pano torcido na cabeça, outro atravessado sobre o peito, quanta estampa. Mulher malina. Havia muitas dessas mulheres na capital, anéis, tornozeleiras, braceletes da grossura do punho, Ambrosina sabia reconhecê-las. Quando mocinha, viu uma delas irromper na igreja, todos os olhos da missa atraídos pelos ouros nos pulsos e nas canelas, levou uma cotovelada da mãe, Não dê confiança. Essas joias, Ambrosina logo intuiu, contam quem são e o que fazem. Cobrou explicações a Julião com o olhar: perdeu o respeito por mim de vez? Mais desgostosa ficou quando bateu à porta a Pulidóra, doida sem volta das cercanias, num vestidinho esforçadamente limpo, pedindo muitas licenças, desculpas, perdão incomodar.

Pulidóra foi surpresa também para Julião. Que pretendia Iamiana? Trazer a bruxa para dobrar o capeta, essa tem graça. Muito à vontade, Iamiana estendeu uma toalha, dispôs vela, farinha, sal, uma panelinha de barro, Tem cachaça, seu Julião? As mãos moldaram a massa, de um frasco verteu gotinhas vermelhas, preciosas, aproveitou uma na iminência de escorrer oleosa pelo antebraço; o cheiro, Ambrosina conhecia, exalava dos tabuleiros das quitandeiras da capital, braços enfeitados como os de Iamiana oferecendo frascos com essências para limpar o sangue das doenças, para animar os maridos desinteressados, mãos como as dela dando forma aos bolinhos de feijão; as iscas de porco fritas na gordura, lascivas na boca dos fregueses do começo da noite, temperos de acordar a língua. As risadas das quitandeiras invadiam os sobrados na hora do ângelus, seus gritos e cheiros entre as batidas dos sinos e os cascos dos cavalos nos calçamentos. Aquelas mulheres, a mesma moleza de corpo de Iamiana. Malina, puxando um canto numa língua do avesso, a vela acesa, saiu a passear por cozinha e quarto como se dona da casa, a panelinha segura pelas bordas, Pulidóra atrás nos passos e na cantiga virada, um eco puído da outra; Frederico ora fixo nas duas mulheres, ora na lenha do fogão, as labaredas levantadas por uma ventania inesperada. De nada adiantou fechar a janela, soprava pelas frestas do telhado que Julião prometia consertar desde o primeiro dia de casados; daquela época Ambrosina só sente saudade da ignorância de não saber como tudo podia e iria piorar, só isso.

Julião Bomtempo exalava confiança, planos certos de riqueza, Herdei uma terrinha, um milharal e palmeiras de macaúba, botarei tudo abaixo e teremos o nosso cafezal, um cafezal de rodear a serra, Ambrosina, não me falta vontade de trabalhar. Duas ou três voltas ao redor da igreja, o tempo de uma sesta maldormida, foi o suficiente para fazê-la decidir caminhar de mãos dadas com aquele homem para o resto da vida. Durante o namoro, falou dele à prima Praxedes — pois sim, Ambrosina Lima até então se hospedava no Cantagalo, com todo conforto dispensado à parente da capital. Praxedes reagiu distraída ao nome Bomtempo; limitou-se a um sorriso entediado, como quem ouve falar das roupas feias das moças de Capelinha. No domingo seguinte, padre Cirilo emendou o latim com uma preleção às moças, dedo em riste, o pescoço pulsante, *quem ama sua mulher por ser formosa, cedo lhe converterá o amor em ódio, a natureza é inclinada a variedades, não durará*, Praxedes assentia, a expressão grave, *as fervenças da carne são barro, lodo e sangue imundo*. Quando as duas a sós, elogiou o sermão, padre Cirilo é muito inspirado, escolheu o tema certo, as moças gostam de romances, antes a cabeça cheia de piolhos do que de tantas ideias erradas, afeição... em telhado de folha afeição mofa na primeira chuva. Ela precisava opinar, pois se sentia responsável, comprometida com o futuro de Ambrosina, Seu pai me pediu ajuda, me escreveu, querida prima, Ambrosina já passou dos vinte anos e a senhora saberá encaminhá-la. E aceitou tal confiança apenas por achar a tarefa muito fácil: moça letrada, prendada, bonita. Então ficasse tranquila, não aceitasse o Bomtempo, não mesmo, é preciso calma, os burros sempre vêm na frente do carro de boi. Questão de tempo. Logo surgiria um fazendeiro, algum doutor, Ambrosina Lima vale mais que um milharal à beira do barranco, com toda certeza, ali em Capelinha seu sobrenome é muito. E, veja, eu não ia dizer nada, mas o compadre Rabelo quase suspira quando vê você... não faça essa cara Ambrosina; é homem de idade, eu sei, mas só vejo vantagens: os defeitos depurados, a vida ganha, viúvo sem filhos, tão prestimoso, o Rabelo, faria gosto até da minha Leopoldina casada com o Rabelo, se ela tivesse dez anos a mais, se quer saber. Ambrosina ouviu em silêncio, já naquela época não interromperia a prima por nada. Manteve a sobriedade, agradeceu a preocupação e reiterou, um quê de orgulho pela própria firmeza, a decisão de se casar com Julião Bomtempo. A resposta foi um sorriso de canto, de então faça como quiser. Não falaram outra vez sobre o assunto. Praxedes conformou-se até rápido, fez-se generosa e útil: ajudou-a a comunicar à família, a preparar o enxoval, separando as peças calada e diligente como uma modista que desaprova o gosto da noiva em tudo. No dia do casamento, abotoou-lhe o vestido nas costas, ajeitou-lhe o véu, Empacote bem seu vestido no rancho, Ambrosina, a poeira vermelha da roça adere ao tecido, manchas impossíveis de tirar, isso quando não entra na pele, veja pelo povo da lavoura; sua vida será de economia, conserve. Disseram adeus depois da cerimônia e desde então

Ambrosina não foi convidada para o Cantagalo, nem para o banco da família na igreja. Deu-se conta do mata-burro escavado pelo casamento quando se percebeu chamando a prima de Dona Praxedes no batizado de Frederico, a mesma ansiedade servil dos muitos compadres e comadres da viúva em Capelinha do Chumbo.

II

A lenha estalava, Frederico estendeu as mãozinhas em direção aos ciscos de cinza, o canto de Iamiana e Pulidóra uma voragem de palavras estranhas, a vela inquieta, Julião sentiu as mesmas lambadas de frio da noite com os porcos. Tirou a camisa, as duas mulheres lhe passaram a borra de farinha e óleo no corpo, exortação, o frio vindo e indo, o vento arrancou um pedaço do telhado e a luz de verão bateu no rosto de Ambrosina, revelando as rugas nos lábios; curtida nas preocupações, a pobre, emagrecida, um sabugo de dedos queimados de forno e furados de agulha. Ambrosina era outra quando virgem de lavar e de varrer. Tentou disfarçar o pavor quando viu o rancho pela primeira vez, as paredes de barro, a mesa de pinho, a cama de segunda mão adquirida às pressas para a primeira noite de casados. Ele havia sido sincero na intenção, planejava levantar um cafezal. E teria levantado um, com toda certeza, não fosse a má vontade dos parentes dela; nunca ofereceram nada, um empréstimo, um mínimo para contratar uns braços, talvez comprar uma terrinha além da cerca, dinheiro de pinga pra essa gente. Nunca nada. Não servem pra parente, os Lima, essa é a verdade. A Praxedes, entojada, prefere deitar fora as sobras de semente a dar pro marido sem sobrenome da prima, custa emprestar um par de capiaus para derrubar o milharal, arar, plantar, colher, custa? Presenteou Ambrosina com roupa branca bordada, figuras de santos, um Cristo de parede, tudo embondo sem serventia no meio do mato, gente rica não vê necessidade. Gente rica não gosta do pobre deixando de ser pobre. Nem se for da família. Ambrosina, a culpa é de Ambrosina, não sabe pedir, exigir, a cara de ariranha desorientada quando acaba o feijão, as frestas da janela tampadas no frio da noite com suas blusas de moça rica, a roupa branca mantida escondida na arca, ela diz que o cheiro dele pega nos lençóis e não sai. Julião, você é um grosso e fedido. Ambrosina é boa de ofender, voz de choro e cara de calvário, parece uma coitada, mas diz o que quer, e como diz. Viver junto é ver o caráter do outro rachar feito coco de macaúba no sol.

Iamiana apagou a vela, Feito, senhor fazendeiro; de súbito silenciou, ajeitou o pano na cabeça, assentiu. Com uma careta de contragosto, tirou uma das suas pulseiras, pesada de pingentes. Ambrosina viu figas, chifres de marfim, medalhas de santos. Ouro. Recebeu uma delas na palma, Pra proteção do menino — Iamiana fechou-lhe a joia entre os dedos. Ambrosina sentiu o peito se encher de um visco morno, longínquo, quem dá ouro a desconhecidos? Nem de seus parentes, nunca ganhou, de Julião nem se fala. Olhou ao redor, aquela casa de uma janela só fechada com um fogão aceso dentro, ela mesma, anos de fuligem na boca e nos olhos. Andava cansada, um cansaço em gotas, de todo dia. Perguntou apenas porque não soube que mais dizer, Qual santa é?

— Dessas que moram n'água.

"Não dê confiança a essas mulheres." De novo a cotovelada da mãe, os gritos e cheiros da capital. As quitandeiras enganam e riem. Vai pedir algo em troca, alguma hora.

— As santas moram na igreja ou no céu, de todo modo agradeço. — Apertou a medalhinha; não sabia se oferecia café, se fugia com o filho dali. — Sou da família do Cantagalo — tentou impor algum orgulho na voz.

Até então alheia, Pulidóra desatou um riso de carroça desembestada, Iamiana a conteve pela cintura, Pare com isso, venha, reze comigo; espalmou a mão de Pulidóra no peito de Ambrosina, a sua por cima, A quem se afoga na pena, Maria dá a mão, revira mágoa, raspa limo do coração.

— Seu Julião, esta casa está choca, melhor levantar outra. — Pulidóra se despediu, desejou felicidades à família. Uma vez fora de casa, cochichou a Julião, Seu compadre se aborreceu com o senhor, mas tem caminho com o seu menino, dele não vai se separar.

12

Por sorte a mãe atendia as visitas quando as duas irmãs voltaram para casa, do contrário desconfiaria se haviam passado as últimas horas na horta, lá e apenas lá o tempo todo, as pimentas estão quase no ponto, as couves cheias de bichinhozinhos, repetia Tonica, oferecendo detalhes perigosos. Tonica, aprenda, mentira a gente não pode encorpar. Se for mentira pra mamãe, pior ainda. Dona Praxedes aceita as minúcias como linha de bordar, pergunta, manda soltar, prega os buracos como quer, faz o laço da forca. Leopoldina aprendeu da pior maneira, quando precisou mentir a sério para a mãe pela primeira vez. Tinha menos de dez anos, foi por causa do tio Bem. Mamãe adorava contar às visitas sobre o filho único do barão do Cantagalo, nascido depois de uma partida de filhas mulheres, sendo ela própria, Praxedes, a caçula até então, já crescida; Deus abençoou-os com Modesto Lima, o nosso Bem, nascido no mesmo ano da primeira filha dela mesma, Agripina. Tio Bem passava as férias do seminário no Cantagalo e Dona Praxedes não permitia que ele pisasse no cafezal nem andasse a cavalo, não pode, futuro padre de pele queimada de sol, onde já se viu?, arriscando picada de cobra, não mesmo, deixasse o Cantagalo com ela e se concentrasse nos evangelhos. Ocioso, matava tempo como professor das sobrinhas, autorizado a exigir excelência, livre para aplicar a palmatória quando as julgasse preguiçosas ou burras demais. Nas sessões de estudo, ou tédio ou terror. Tio Bem gostava de provocar em especial Agripina, talvez porque tivessem a mesma idade e ela o superasse em altura, com certeza em beleza; sacudia a palmatória de couro, Você lê como uma criança, Agripina, passou o colégio de freiras pensando em vestidos e namorados, eu sei, mas ajudarei você: leia para nós os cânticos, vamos, seu futuro marido me agradecerá. *Os seus seios são como cachos de tâmaras, vou subir e colher seus frutos*, Agripina gaguejava, o sangue subindo às bochechas, tio Bem balançava a cabeça, Moça encruada, bobinha, nem as freiras se acanham dessa maneira. Com ela, Leopoldina, e com Tonica, beliscões se rasuravam nas tarefas, chamava-as lambonas; fez Leopoldina encher o caderno com o alfabeto em maiúsculas e minúsculas, cinquenta páginas de letras sem utilidade, um calo no dedo médio. No entanto, se o temiam também ansiavam por sua aprovação, um tipo de adoração às avessas alimentada por Dona Praxedes todos os dias na hora de jantar, curiosa sobre os progressos das meninas; duas terminariam o prato infelizes, fato, pois tio Bem escolheria uma para destacar. Depois procuraria as preteridas em separado, Perdoe se esqueci de você, minha adorada, preciso elogiar suas irmãs também. Deixou Tonica febril ao lhe desprezar um desenho, As margens, Tonica, você não respeita nem as margens, também não sou calvo desse jeito nem tão corcunda, você não deveria desenhar a mim nem a ninguém se não tem talento. À Leopoldina, conseguiu ensinar as quatro operações e a porcentagem antes do colégio. Como aprendia com facilidade, tio Bem não dava descanso; um dia contas com bananas, outro com jabuticabas, só situações estranhas, nas quais as pessoas comiam e trocavam entre si quantidades absurdas de frutas, fácil-fácil, desafiou-o ela mesma então com um problema real, uma divisão do excedente de café em sacas, levando em conta um percentual mofado, certa de surpreendê-lo pela dificuldade, Número redondo, tio Bem!, quero a resposta, provocou-o com bom humor; recebeu de volta a voz seca, Sou um homem das letras, Leopoldina, essa brincadeira de probleminhas me toma tempo, termina aqui. E se acabaram as aulas de aritmética, tio Bem ofendido por dias. Um mérito é justo ao tio, no entanto. Foi quem percebeu o interesse de Leopoldina pelo acordeão guardado à chave embaixo do oratório, Arranje o Velho Rabelo para ensinar as notas à menina, Xede, Leopoldina *precisa* ser prendada. A mentira contada à mãe, todavia, não teve relação com a matemática do tio Bem nem com o acordeão. Foi algo de vergonha, muita, assunto trancado nos móveis comidos de cupim do casarão. Aconteceu no dia do batizado do bebezinho da prima Ambrosina, chorão nos braços do tio, padrinho junto com a mãe; chovia, chovia, tio Bem retornou ao Cantagalo depois da família, à noitinha, a porta do brasão fechada num estrondo mal calculado, a roupa molhada, manchas na camisa branca: sangue. Leopoldina quis saber se haviam batido nele, seguiu-o pelo corredor, passaram diante da cozinha, as irmãs se divertiam fazendo biscoitos, de costas para a entrada, não viram tio Bem tombar, se arrastar de quatro até o quarto, o forte cheiro de aguardente. Despiu-se inteiro antes de cair na cama, a luz tênue de um toco de vela na cabeceira. Leopoldina distinguiu cortes nos braços, nas costelas, como se ferido por garras, Tio Bem, o senhor está machucado?

O tio virou-se num susto, as mãos sobre o meio das pernas. Fez menção de expulsá-la, mas mordeu os lábios, pálido, Sim, machucaram o titio, venha ver, isso, venha perto — tomou-lhe a mão, separou devagar o dedo indicador, botou-o sobre a clavícula, depois o peito, o sangue endurecido em ponto-cruz; em seguida guiou-o pela barriga lisa, onde já não havia arranhões, apenas um caminho de pelos, Aqui também, pode ver, minha pequena, não há mal. Correu o dedo no alto do emaranhado do púbis, nunca tinha visto, tão diferente do das mulheres. Pegou no tio entre as pernas e, logo sentiu, tirou a mão, rápida; as costelas brancas subiam e desciam na respiração de álcool; o tio tomou-lhe a mão outra vez, Isso, pequena, você gosta do titio — pôs e ela tirou, depois manteve-a segurando com a mão dele mesmo em volta. Ficaram nisso até o tio empurrá-la, um golpe forte no ombro. No chão, atordoada, entendeu: Dona Praxedes observava os dois da soleira da porta.

13

Faziam algo escondido, isso sabia. Anos depois, falaria sobre aquela noite com sua grande amiga do internato: tocou o corpo do tio pelo simples motivo de não querer contrariá-lo, a voz amaciada, os dedos nos dela, a novidade de agradar aquele professor impossível de satisfazer, fazê-lo ansiar por sei lá o quê. Nunca viu a mãe tão pálida, parada na porta, os tamancos crucificados no chão. Leopoldina a julgaria incapaz de se mover para sempre não houvesse ela irrompido no quarto, agarrado sua orelha a ponto de arrancar; levou-a assim até a sala, o rangido das tábuas do corredor atraiu as irmãs e Fia. Leopoldina, me diga ligeiro, o que faziam lá? Soube muito da mãe, ali; Dona Praxedes não queria a verdade, nunca quis, mas também não aceitaria uma mentira sabida a mentira. Aos dez anos, foi como, entre limões, precisar colher um para dar o tanto exato de sumo para uma xícara de tamanho desconhecido:

— Tio Bem está machucado, mamãe. — Percebeu as feições da mãe se aliviarem um pouco. — Na barriga e nos braços, mamãe.

— É pecado espiar o quarto de um rapaz, você me deixa doente.

Mandou que ela mesma pegasse a palmatória pendurada atrás do oratório — não a de couro flexível permitida ao tio Bem nas aulas, mas a de madeira rosa polida. Leopoldina precisou das duas mãos para despegá-la da parede, onde jazia desde sempre, o cabo comprido terminado na cabeça achatada e pintadinha de furos, uma concha de feijão pisada, aposentada, porém onipresente, feito os ferros à entrada da lavoura. Tonica, com farinha nas bochechas, arregalou os olhos: nunca tinha visto a palmatória de madeira sair da parede. Tio Bem surgiu com semblante grave, a batina cinza de seminarista, Dona Praxedes gostava de vê-lo de batina. Ignorou-o dessa vez, porém.

— Vou dizer uma vez só. Leopoldina foi espiar o quarto do Modesto. — Tio Bem baixou a cabeça ao ouvir o nome de batismo. — Isso é mau. Nunca se entra em quarto de moço, de qualquer moço.

Fez Leopoldina subir no tamborete de pinho na sala, puxou a mãozinha, Conte; os lábios numa linha dura. E Leopoldina logo aprendeu, e anos depois confirmaria a regra no colégio de freiras: à parte a humilhação, a dor é manejável até uma, duas, três pancadas; o problema é a repetição, os poros da palmatória sorvem a pele, quatro, as palmas se riscam de trancinhas rosadas, cinco, a dor de verdade. Tentou puxar a mão, Dona Praxedes segurou-a no pulso, completou meia dúzia, fiel ao método da própria infância, se chorar apanha em dobro. As coisas desandam porque não se mantêm os costumes, dizia, apontava a palmatória para as outras meninas, Vocês perdem o pudor, se acham donas de si, espiam os quartos dos moços... em casa sem olhos o diabo faz a festa, não pode! entendam todas vocês, não pode, homem é homem, não é tio, não é irmão, não é nem pai. Ao finalizar a mão esquerda, puxou a direita; as lágrimas correram, Eu já aprendi, mamãe. Dona Praxedes recomeçou, inconteste. Agripina resolveu interceder, a mesma firmeza de polvilho com a qual reagia às zombarias do tio, Dina não fará outra vez, mamãe, ela já entendeu, sussurrou para ninguém ouvir; com as mãos escondidas uma na outra, Fia fixava a palmatória, boca aberta, Tonica destampou o choro, tio Bem consolou-a com tapinhas no ombro.

Terminou de bater ofegante, quase cansada, passou a palmatória para Fia, a moça correu a pendurá-la no jazigo da parede, para tirá-la quanto antes da vista.

— Xede, querida, não era para tanto, mal dei pela menina no quarto, Dina não me incomodou em nada.

Dona Praxedes passou por ele em silêncio, trancou as filhas, depois ela mesma.

14

Se Dona Praxedes afirmou que os pecados da filha de dez anos a deixavam doente, quem definhou depois da surra foi Leopoldina: deixou de comer, tomada por uma febre baixa, resistente a banho gelado e emplastros. Fia, se atender manha dela você se vê comigo, não insista, uma hora ela come. Dona Praxedes se sentava à mesa sem olhar Leopoldina, apesar de haver ela mesma se ocupado de preparar a sopa da maneira apreciada pela menina, o caldo da galinha engrossado com fubá, os ovinhos cozidos junto com asa, pé, pescoço, a salsinha salpicada depois de apagar o fogo, abafada na quentura para dar o cheiro; a menina empurrou o prato, queixava-se de não poder engolir. A mãe examinou sua garganta: rosa e macia, saudável. Menina luxenta. Não bastasse, passou a acordar a casa inteira com maus sonhos, gritava fogo!, dizia ter um toco de vela esquecido aceso no quarto ocupado pelo tio, que já voltara para o seminário. Afirmava a casa em chamas, Agripina, Tonica e Fia esturricadas. Mamãe, estou cortada na barriga, no peito, dói. Dona Praxedes levantou a camisola de Leopoldina a contragosto, exibiu a pele ao médico, sobrinho do Velho Rabelo formado no Rio de Janeiro, chamado às pressas.

— Veja o senhor mesmo, a pele lisinha.

— A senhora pode me deixar a sós com a menina, por favor?

— Estamos bem assim. Vamos, diga, que há com ela?

— Dona Praxedes, primeiro preciso conversar com a menina.

— Meu caro, não ficará sozinho com menina-moça no quarto. Se aprendeu isso em seus estudos de medicina, ensinaram o senhor errado. O que precisa saber eu mesma posso contar.

O jovem auscultou Leopoldina, a expressão científica, surdo às suposições de Dona Praxedes sobre lombrigas, uma gripe a vingar; quis saber se as regras da menina já vinham, se sofreu algum desgosto recente, a voz branda, cabelos em madeixas até os ombros. Depois de lhe apertar o pescoço, debaixo das orelhas, afirmou: Inapetência. É comum, fala-se muito disso na Europa hoje, doença de mulher, umas sofrem dores de não sair da cama, outras vomitam, deixam de comer, deliram.

— Não, não, estamos bem longe da Europa, senhor. Doença de mulher? Leopoldina é menina nova, sofre de sonhos maus porque não come, é isso, só pode ser. De qualquer maneira obrigada por me atender, perdão incomodar o senhor por isso.

O rapaz não se levantou da beira da cama. Pediu detalhes dos sonhos, das dores, anotava na caderneta de bolso, quase alegre com as visões da menina, um caso desse, em Capelinha! Se estivessem no Rio de Janeiro, receitaria banhos de mar, Ao menos há o açude, não deixe de levá-la, Dona Praxedes, caminhadas diárias no sol da manhã farão bem, e chás, os chás são importantes — disse alguns nomes em língua de padre e espiou divertido o efeito no rosto delas antes de dizer os nomes pelos quais conheciam: cidreira, valeriana, remédios bobos de horta. Dona Praxedes mordia os lábios, não via a hora de vê-lo pelas costas, Aceita café, meu caro Oscar?, ou um bolinho de fubá, sem um bolinho você não sai; Fia, não me espere mandar, sirva o sobrinho do compadre Rabelo, ele não pode demorar, não é habituado a andar à noite pelas bandas de cá, pode tropeçar e quebrar a perna, Deus proteja, para isso não tem remédio de folha nem latim que dê jeito... moço estudado no Rio!, orgulho para os Rabelo, para Capelinha toda, aliás; perdoe, por favor perdoe se eu disse que ensinaram errado na faculdade, meu defeito é falar com o coração. E logo fechou a porta atrás do médico, jurou, Esse trapo não pisa outra vez no Cantagalo nem se você estiver pra morrer, Leopoldina. Aquelas mãos quebradas de moça, vozinha mole. Vergonha de rapaz. Acha que vale muito por frequentar o Rio de Janeiro, "fala-se disso na Europa", cheio de si com aquele latim. Se ela mesma não chama as plantas pelos nomes dos livros é porque não a mandaram à escola, teve mais que fazer, aprendeu sozinha a botar um cafezal de pé, ganhou respeito por si. Com um diploma debaixo do braço, qualquer um passa por sabido, uma perda de tempo terem-no chamado. Curo melhor as minhas filhas sozinha. Banhos de sol como ele quer, jamais, escurecem a pele. No dia seguinte, porém, ponderou, surgiu com uma ideia dela mesma. Fia, leve Leopoldina para um banho na cascatinha, lá não bate sol à tarde, e Fia, olhe para mim, direto e reto, nadou voltou, não me deixe saber de vocês à toa por aí.

15

Na barriga a água é mais fria, ou sai ou mergulha de vez, Fia dizia; mandava Leopoldina tapar o nariz e descer, olhos abertos no turvo da água, a camisola de banho inflada. As pedras do raso, uma diversão catá-las, brincar de ordenar pelos tamanhos, também as cores, umas rosadas, outras pro amarelo. Logo aprendeu a imitar os sabiás da cascatinha; Tal qual, igualzinho, Dina, Fia ria, trepada no paredão mais alto, nua e corajosa, pulava de finca, seu corpo de cobra-d'água no escuro do poço, retornava sem ar, Dina, desço, desço, desço e não acho pé. Deitavam nas pedras para esquentar o corpo, de barriga para o céu de fogo. Dina, o lusco-fusco, você sabe por quê? uma santa abana o leque todo fim de dia, venta o azul pra longe, aí a faísca, bem essa cor, minha mãe me contou. Cadê sua mãe, Fia? Se eu contar, Sá Praxedes ralha comigo, vem — propôs andarem por um desvio atrás do poço, mas precisava ser segredo. As sapatilhas de veludo seguiram as chinelinhas ágeis de Fia até as costas de uma casinha afastada das outras do povoado, rosas nas cercas, ervas de cheiro. Fia bateu palmas, um rosto breve de mulher apareceu na fresta da porta, Pois entre, Maria Felipa. Maria Felipa. Chamavam Fia por um nome, um de verdade, como nunca a chamavam no Cantagalo, como nunca se perguntou se ela tinha. Um nome de gente de respeito, feito o dos bebês batizados nos braços de Dona Praxedes. Era casa de um cômodo, chão de terra, uma panela no fogo; mãos pesadas de pulseiras pegaram nos punhos da camisola:

— Essa renda toda só pra tomar banho de rio, é? — A mulher sorriu para o homem sentado na única cadeira da casa: o sobrinho do Velho Rabelo, o das doenças de mulher.

16

— Dona Iamiana, por favor me descreva os benefícios da arruda — o lápis aguardava sobre a mesma caderneta onde anotou os sonhos maus de Leopoldina.

— Arruda arreda.

— Arreda?

— Corre com o mal.

— Qual mal?

— O senhor nos dê licença agora.

— Dona Iamiana, me deixe ficar, estarei quieto e de longe, sim? Teremos um belo compêndio de ervas, prometo.

— Um quê? Já me amolou muito por hoje, volte outro dia e deixo o senhor me olhar até secar, vá com Deus. Maria Felipa, sem demora, as folhas.

O homem deixou algumas moedas na mesa de bordas carcomidas, saiu um tanto decepcionado. Largou a porta entreaberta e acendeu o cachimbo do lado de fora, tentando espiar; a mulher meteu um pontapé na porta, resmungando sobre assim serem os brancos, tiram dos pretos quanto podem e ainda tentam aspirar deles o que há dentro da cabeça, tomar posse do aprendido com o viver, mas ela não, ah, ela não, se faz de besta, ganha as moedas e vai levando o poltrão, isso sim. Fia deitou num vaso de barro arruda, alecrim e outras folhas que Leopoldina não conhecia, juntou a água fervente da panela no fogo; o vapor de planta tomou o cômodo. Leopoldina reparou melhor nos pertences da casa, na louça entre as cuias de barro e colheres de pau, os mesmos motivos da porcelana inglesa do Cantagalo. A sopeira de Dona Praxedes. Havia anos a mãe acusava Fia de haver quebrado a peça, os cacos enterrados para sumir a culpa, É, Fia, só espero que tenha enterrado bem, pois se eu encontro amarro um caco feito colar no seu pescoço. E a sopeira ali. E também uma bonbonnière, essa Dona Praxedes punha a culpa numa criada de muito tempo atrás. Mais tarde, aprenderia com Fia, essas louças guardavam tesouros de religião, pedras e sementes e óleos e sangues. A mulher molhou o galho da arruda na infusão e lhe passou nas costas, braços, pernas, a pele arrepiando no fugidio das folhas, o vapor nas narinas, dentro da cabeça, misturado ao canto. O canto, uma toada amiga, como as das cirandas; sentiu-se estranha, como se de fato no centro de uma roda de cantantes, tonta sem girar. Lembraria desse dia em estilhaços de odores e visões: os passarinhos e as pedras do poço irrompendo da sopeira, uma mulher com pulseiras no fundo da água, nua como Fia, como ela mesma debaixo da camisola, coloca a mão de ouro sobre sua cabeça; suas pernas são ora cauda de peixe, ora de cobra, atira-se pra trás e nada pra longe. A mulher da casa tira do pulso uma medalhinha, fecha em sua mão sem dizer nada, irrita-se com Fia, que implora para se apressarem. Correm então as duas de volta pelo mesmo desvio do poço, escureceu e mal enxergam a trilha, Vixe, Dina, corre; Fia, apreensiva, encosta o nariz em seus cabelos, nos punhos da camisola. Se Sá Xede cheirar nosso segredo você não me vê nunca mais.

17

Quando escutou as palmas do marido da prima Ambrosina e do menino deles na frente do casarão, aproveitou a distração da mãe e saiu pela cozinha a pretexto de colher folhas para as cólicas, Tonica junto. Dona Praxedes nunca especula quando o assunto são os incômodos de mulher, sangue ou dores, não gosta de falar nisso; assentiu depressa, vão, vão, quase enojada. Caminharam as duas pelo desvio do poço, rápidas, as saias amarradas na cintura para não sujar, outra vez as costas da casinha, o canteiro de ervas, o cenho franzido de Iamiana, Sim, chegou uma carta para a senhorinha, quase rasgo, pois não me chamo Leopoldina Lima, nem sei ler. Perdão, não posso receber as cartas em casa. Pois é só trocar de casa comigo, espere seus papéis aqui e eu aproveito sua cama macia, até rezo o terço com a senhora sua mãe se me servirem costela de porco. Lembro tanto da senhora desde o benzimento, eu menina ainda, tem quanto tempo?, sete, oito anos? Vou aprender a escrever pra anotar quem vem aqui e as datas, pra satisfazer a senhorinha.

De volta pelo desvio do poço, Tonica se queixou, as sardas multiplicadas debaixo do sol:

— Dina, essa dona Iamiana me dá nervoso, ela me lembra a irmã Bertha do colégio de freiras. E essa carta? É de Cantau Gama, aposto. Deus me perdoe, mas achei que já estivesse morta, a doença...

— Se continua a escrever é porque não morreu, Tonica. — Leopoldina escondeu a carta na cintura do vestido. Havia muito não recebia notícias de Cantau, temia que houvesse sucumbido ao verão, o mal da amiga piorava com o calor; o humor também. As melhores cartas saíam quando Cantau as iniciava se queixando de tédio ou de dor insuportável, *Leopoldina, deixe eu me distrair de mim nos defeitos dos outros. Vou começar pelos nossos conhecidos em comum, depois passo para as figuras novas por aqui. Quantas vezes conhecemos as pessoas primeiro pelo que nos dizem delas? Com você foi assim, me disseram "Leopoldina Lima? Cospe na cara de quem a provoca, cuidado". Gosto de olhar pelo buraco da fechadura, Dina, adivinhar as pessoas por partes e brincar de completar o resto. As partes mostradas sem querer, na raiva e no susto, são as melhores. Como sua cusparada na cara de Adma Mauad. Fiquei doida por você desde aí.* A história do cuspe. Aconteceu no primeiro dia do internato, na primeira aula. Uma das freiras escrevia no quadro-negro, a palmatória e a vara presas no cordão do hábito. Leopoldina tentava não dormir, ainda zonza da viagem de dias até Mariana, a cabeça pesada das recomendações de Dona Praxedes sobre não desafiar as freiras, jamais, Se precisar se fazer respeitar pelas colegas, Leopoldina, porque creia-me, uma hora vai, o faça longe da vista das irmãs. A palmatória e a vara ondulavam sobre as coxas gordas da freira, o quadro-negro uma noite de cama quente, conteve um bocejo, num repente sua cabeça foi puxada para trás com violência:

— Corte o cabelo, essa gafuringa me tapa as vistas.

Virou o pescoço contra a claridade dos janelões, deu com o sorriso esgarçado, o nariz curvo, as mãos atrás da cabeça. Adma soltou um risinho, as colegas ao redor riram também; um frio de cascata lhe correu pela espinha, a luz da sala era de gelo. Quem agiu foi o corpo, meteu uma cusparada, daquelas do âmago da goela, nas ventas da zombeteira. Aos gritos de estou cega, me ajudem, estou cega, a freira acorreu, não faltaram testemunhas do cuspe, o motivo ninguém soube dizer. Caso grave, a palmatória não dá conta, uma cusparada! Foi levada à madre diretora, a vergonha repetida em detalhes.

Leopoldina antecipava a sentença, a palma da mão ardida, a humilhação, a madre: Ela quis falar à colega, não cuspiu, as meninas viram mal. Pediu para ficar a sós com Leopoldina, explicou, a caridade de sua família à nossa congregação é inexcedível; bisavô, depois avô, grandes beneméritos do Colégio Providência, então, por hoje, só por hoje, tanta sensibilidade será atribuída às novidades do internato, dispensará a vara, o indicado para o caso, Mas algum castigo precisa haver, está nas palavras sagradas, quem se nega a castigar não disciplina.

Foi enviada à biblioteca da irmã Bertha, no pescoço o cordão com uma cruz de madeira, um palmo de culpa, condenada a pensar por dias seguidos, todos os intervalos. Lá, ninguém além dela e da freira encurvada, concentradíssima em escrever entre paredões de livros. No chão, obras canônicas sem capa, romances confiscados das alunas, sandálias sem par, roupas a doar, panelas furadas e todas as sobras do internato. Freiras são iguais à mamãe, gostam de coisas que não servem mais. Nem cheiro de poeira sentem. Irmã Bertha, diziam-na caduca, só faz escrever em letra miúda, os dedos tortos da idade sobre a folha de um caderno ensebado, ao lado mais e mais cadernos, um, dois, três, vinte e um, todos preenchidos por ela. Dias e dias, Leopoldina sentada, escorregava o corpo na cadeirinha quando não podia mais com o peso da cruz; irmã Bertha lançava olhares rápidos e voltava aos escritos, o barulho da ponta molhada da caneta, cheiro de tinta. Leopoldina sentia alguma pena da freira na mesma medida em que se irritava com a poeira, as janelas fechadas. Num intervalo, apareceu armada de um pano e, indiferente à expressão de ameaça da freira, limpou mesa e prateleiras próximas, com respeito à ordem caótica dos livros e tralhas e às observações ciumentas de não toque nos meus cadernos; removeu, ainda, o pó incrustado nos vidros da janela, e irmã Bertha deve ter percebido que havia anos trabalhava quase sem luz, pois quis mostrar alguma gratidão perguntando o nome, se sabia algo de aritmética, as moças nunca sabem aritmética. Pois eu sei. Vamos ver se sabe mesmo; pediu somas simples, depois complexas, não conseguiu esconder a animação com a rapidez da menina nas multiplicações, Como você aprendeu? A história dos problemas matemáticos pensados pelo tio seminarista e a desistência dele em ensiná-la fizeram irmã Bertha gargalhar de maneira impensável para uma freira, De hoje em diante você me ajudará no pomar, Leopoldina, todos os dias.

Foi bom ter de ir ao pomar, poupava-lhe o esforço de fazer amigas. Ao contrário de Tonica, não se integrava às internas, em parte, ou talvez apenas por isso, pela influência de Adma Mauad: Perdoe, Leopoldina, confundi você com uma das meninas acolhidas por caridade e falei aquela bobagem, não imaginaria por nada... você e Antônia, quem diria, têm um quarto só pras duas. Adma se jogava de costas na cama de Tonica, os cabelos dispersos sobre o travesseiro. Toninha, nossos cabelos, não fosse a cor, seriam idênticos de tão lisos, veja, se os prendo a presilha escorrega... Leopoldina, perdoe, estou falando alto, atrapalho suas leituras? Toninha, vamos nos controlar, sem gargalhadas, por favor, os urubus de saia desconfiam da sua irmã por causa da história do cuspe, eu mesma nem me lembro disso, mas as freiras sim, reparem como a madre diretora gira o pescoço para procurar Leopoldina no refeitório, não sossega até achar, morro de rir; fosse comigo eu sentaria numa ponta diferente todos os dias, aquela velha merece um pescoço entrevado, contei de quando fomos espiá-la no banho?, haja couro velho!, os peitos cumprimentam o chão, a Bertha pior ainda, se as freiras são as esposas de Jesus, o coitado passa mal, ai ai, não consigo parar de rir, muito feio, Toninha, as mulheres não envelhecem, apodrecem. Levantava-se num pulo se ouvia passos no corredor, recomposta antes de chegarem à porta, o rabo de cavalo astuto, A bênção, irmã!

Sua voz ficava aguda quando contava das festas e procissões da capital, na loja de tecidos do pai ficava-se sabendo de um tudo, uma variedade de gentes e de enredos, mocinhas embarrigadas antes do casamento, viúvas de trinta anos de caso com estudantes. Adma ria e rolava na cama, Tonica conquistada, Dina, por que você não gosta de Adma? Ela percebe. Até perguntou se somos irmãs inteiras, filhas de mesmo pai e mãe, nos acha muito diferentes, em *tudo*.

18

As visitas de Adma coincidiram com o sumiço da medalha da Virgem, escondida num saquinho costurado ao travesseiro, conforme Fia havia ensinado, Se Sá Xede sabe da medalha, fica sabendo de Iamiana, Dina, não pode, não. Por que dessa medalhinha, Fia? É patuá, Dina, proteção. Fato, o benzimento mandou embora os pesadelos. Depois da casa de Iamiana, voltou a comer com gosto e a dizer tio Bem sem amarrar a língua. Contemplava a joia todos os dias, Maria em ouro velho, sua coroa uma concha de rio, evocava o dourado dos mergulhos no poço, os cheiros da casa de Iamiana, lembranças embebidas de conforto solvido no medo. Deu falta da medalha no travesseiro ao retornar do trabalho com Bertha no pomar, trabalho pelo qual ninguém no internato mostrava interesse. As freiras diziam, lá vai Bertha cuidar de seus feijõezinhos, linguagem corrente entre as freiras, essa, a da maldade em diminutivos. Riam de Bertha como quem ri dos velhos de língua solta, achando graça da malcriação, mas com medo dela resolver apontar-lhes os próprios erros. Como as alunas não entendiam suas aulas, fosse pelo sotaque, fosse pela falta de paciência, tiraram-lhe o ensino de ciências e a puseram na biblioteca, um salão-porão por onde ninguém precisava passar, com a função de pajear meninas de castigo. Irmã Bertha conversava assuntos que ninguém entendia nem queria ouvir no Colégio Providência de Mariana. Descreveu à Leopoldina um mundo bruto de fogo líquido existente debaixo da terra, sob nossos pés, sob o mar. Leopoldina não fazia ideia de como era o mar. É como a terra, contou Bertha, mas com água salgada, há florestas enormes lá embaixo, bichos, até estrelas, sim, nascidas dentro do corpo dos bichos, das plantas. Leopoldina pensou em fileiras e fileiras de cafezais sob a água, peixes com tamanho de bois, outros menores e coloridos feito bem-te-vis, deviam fazer cantos diferentes. Bertha não sabia se faziam sons, do mar pouco se sabe para além de onde o homem chega com armaduras de latão e canos de ar, o corpo é uma limitação.

Quando não entretida em seus cadernos, irmã Bertha mantinha com dedicação dois canteiros, idênticos, cada um em uma extremidade do pomar, os pisum, chamava-os assim, plantas semelhantes a feijoeiros; hoje vamos limpar as daninhas dos pisum do muro, dizia num dia; hoje os pisum da cerca, dizia no outro. Quando Leopoldina sugeriu poupar tempo e esforço, sendo perfeitamente possível trabalhar os dois canteiros ao mesmo tempo, Bertha lhe desferiu um olhar de morte, Jamais devem ser tocados no mesmo dia, pois um é capaz de corromper o outro. Leopoldina obedeceu, uma certeza triste: as alunas do internato estavam corretas, irmã Bertha é caduca e incompreensível, o acento estrangeiro piorado quando fala animada dos seus pisum. Mas antes o trabalho na terra do que exercícios monótonos no acordeão, as freiras conseguiram estragar seu gosto pela música, proibindo os improvisos, Tocar de ouvido é para os arrogantes, Leopoldina, o uso do acordeão é como o do corpo, santo, devemos seguir as escrituras — a irmã professora de música apontava para as folhas de partitura abertas em par. Com a obrigação de praticar, a pirraça se instalou de vez; decidida a não evoluir, assimilou os clássicos como os tônicos de abrir apetite, vertidos na garganta. O suficiente para as provas. No pomar, ao menos havia os passarinhos, as caminhadas. Bertha, na maior parte do tempo, calada, atenta às suas anotações sobre os canteiros que, ao longo das semanas, revelaram-se de fato diferentes, para surpresa das duas: um brotou roxo, as flores apontando cá e lá, como os chapéus dos bispos nas procissões; o outro se cobriu de flores brancas. Bertha ficou de ótimo humor, Podemos começar a trabalhar. Instruiu Leopoldina no replantio de mudas de pisum brancos em uma porção selvagem do terreno, atrás do antigo galinheiro, bem ao lado de outra experiência secreta, um enxerto feliz de jilós e berinjelas num mesmo tronco, Minha berijó, dizia Bertha, e dava beijinhos na árvore curvada de peso até o chão, carregada de gordos frutos amarronzados, outros verdes pequeninos, Os diferentes compartilham semelhanças invisíveis, Leopoldina, cada pedra, planta ou bicho não passa de combinações dos mesmos elementos. Fisgava os raciocínios de Bertha aos pedaços com a mesma frustração com a qual, ainda pequena, percebeu o tempo dos dedos mais lento que o dos ouvidos na aprendizagem do acordeão. Voltava ao quarto do internato com o pensamento em ponto de fervura, buscava o frio apaziguador da medalhinha na palma, a medalhinha, onde está? Fronha, colchão, vasculhou quanto pôde, desapareceu. As irmãs inquiriram no colégio, houve choro das moças encarregadas de limpar, nada. Por certo se foi com a roupa de cama, mergulhada em tinas de água fervente com sabão. Leopoldina aceitou a versão e deu a medalhinha como perdida, até reconhecê-la no colo de Adma Mauad.

19

Na aula de higiene do corpo, as freiras coordenando os polichinelos e alongamentos, Adma, fora do comum de tão elástica, gostava de se exibir com os cotovelos no chão, as pernas esticadas, Dina, faça par comigo, venha; deram-se os braços e a medalha pendeu da corrente, fosca entre coraçõezinhos rosa-azuis de rubi e safira.

Leopoldina fez não ver. Iniciou uma sequência vigorosa de polichinelos, a respiração apertada pela ameaça de um soluço, o desejo de apertar o pescoço de Adma com as duas mãos. No Cantagalo, Velho Rabelo contou de um estrangulado encontrado nos arredores do garimpo, espuma rosa na boca, a língua preta, pretíssima, estrangulamento se sabe pela cor da língua do infeliz, os ouvidos botam sangue. Continuaria Adma a sorrir de língua preta e os brincos encharcados de sangue? Se a enforcasse agora não a mataria nem por falta de força, mas de tempo, pois a tirariam de cima dela. E levaria fama de descompensada de vez. Uns tapas, apenas uns tapas, ela merece, depois a palmatória, já conhece a dor. Ou a vara, sim, há a vara, nunca experimentou, mas com certeza deve ser pior. Desistiu da surra, porém, nem tanto pelo medo do castigo quanto pelo receio de terminar chorando de descontrole na frente das outras. De nada adianta reivindicar a medalha, com certeza dirão você está enganada, ou mesmo você é malina, não há motivo para Adma, justo Adma Mauad, precisar roubar qualquer coisa. Exigiu-se nos polichinelos até não poder mais, o pensamento em teias, a raiva viúva-negra; caiu de costas no pátio quente, ofegante, assustando as freiras, Chega, Leopoldina, vá para o banho.

Adma pediu permissão às freiras para segui-la, muito possível Leopoldina passar mal outra vez, cair. Buscou as toalhas ela mesma e esperou atenciosa enquanto traziam a água. A sós, perguntou a Leopoldina se estava naqueles dias, Meu Deus, Dina, se visse sua cara — Adma brincava com seus pingentes entre os dedos. Leopoldina chegaria a duvidar da memória da própria medalha, não a conhecesse tão bem nem desconfiasse de Adma, conformada rápido demais com a cusparada. Molhou a cabeça e rezou à Virgem pra que tivesse forças pra reaver seu tesouro, Adma tagarelando do outro lado da cortina, de repente o silêncio, Quero me refrescar também, disse, e se meteu para dentro; havia largado a roupa toda no chão, Leopoldina teve apenas o tempo de virar as costas. Adma era lisa no quadril, cheia de peito, a penca de pingentes livre na cava dos seios. Tirou o caneco d'água das mãos de Leopoldina e se molhou também, Dina, você caiu de costas no chão; ria, o sabão de sebo em espuma no colo, no ventre, tratava a própria pele como um couro precioso. Passou a toalha para Leopoldina, Podemos ser amigas, é só você não ser brava.

À noitinha, na cama de Tonica, Adma outra vez, a corrente agora nua das safiras e rubis, a medalha única no decote. Leopoldina encolhida na própria cama, pensava muito no Cantagalo, na mãe, Mosca zumbideira se pega com mel, Dona Praxedes gostava de dizer. Em breve as freiras apagariam as luzes, Adma não se aguentou, ergueu-se sobre os cotovelos: Dina, uma belezinha minha medalha, não? Uma pena a sua ter se perdido.

— Uma graça, sim, mas eu gostava mais da minha, era bem diferente. — Descreveu então uma joia extraordinária: um sol gravado no lugar da cabeça da Virgem, brilhantes nas bordas. — Uma perfeição, não é, Tonica?

— Nem me lembro, mas com certeza! Uma perfeição! A sua também, Adma, vocês não me peçam para decidir por uma das duas.

— Nunca vi medalhinhas com brilhantes. — Adma abriu o mesmo sorriso do dia do puxão de cabelo.

— A minha tinha. Deve ter muitas joias lindas na capital, não? Mal imagino quanta coisa interessante você já viu, Adma, pobre de mim e de Tonica, só conhecemos a roça.

Adma ficou eufórica, concordou que na capital havia muito a se ver e ela já tinha visto bem mais que a maioria das outras moças; falou de colares e brincos, depois de pelicas, organzas, tafetás, na loja da família havia todos os tecidos possíveis; conseguia acertar com precisão se o vestido cairia bem ou mal em cada noiva, as mães desesperadas para comprar fiado, uma diversão ver quem se aprumou com esmero para as festas nos casarões e no fim não foi convidado. Espiando pelo provador, viu o esforço das costureiras para disfarçar a barriga já avantajada de uma noiva de família importante, se insistirem ela até pode dizer quem é, devem conhecer de nome, estudou no Providência também. Saiu do quarto satisfeitíssima, Tonica embasbacada com a amizade repentina a ponto de segredar à irmã, rostinho afogueado como ficava desde pequena quando atormentada por alguma culpa, que Adma roubou a cruz do castigo, a mesma carregada por Leopoldina no pescoço, e enterrou no pomar. Você e irmã Bertha estavam lá e nem perceberam, aquela velha falava sem parar, a boca solta como os intestinos — copiando Adma nas palavras e no tom, a Tonica. Leopoldina fez achar graça, no corpo a mesma exaustão dos polichinelos, nada abate a gente como os outros; como quem posterga um doce, Adma só aguarda enquanto não cansa das provocações. Em breve jogará a culpa sobre ela, Leopoldina, claro. Tonica não será aceita como testemunha da própria irmã. Mosca das grandes, zumbideira. De bom humor e colorida aos domingos, único dia de dispensa do uniforme cinza-morrido do internato:

— Adma, você combina seus lenços e vestidos como ninguém, você sabe ser elegante, eu mesma nem sei a diferença entre cetim e seda — Leopoldina se despediu com toda simpatia possível depois da missa para ver Adma aparecer no quarto logo em seguida, lenços e lenços sobre a cama de Tonica, disposta a entregar minúcias de conhecimento, Eu sei, vocês nunca viram nada melhor, mas garanto, tudo é nada perto da caxemira, pode tocar, aqui, passe o dedo de leve, Dina, assim, é o tecido de maior valor no mundo, caro porque raro, como diz meu pai. Leopoldina elogiou os detalhes pintados à mão, a textura, Fabuloso, Adma, deveria usá-lo, não guarde as coisas bonitas para nunca; surpreendia-se com os mesmos trejeitos da mãe quando falava das safras de café com os barões, nas sobrancelhas a certeza bem dissimulada de o Cantagalo ser melhor administrado em todos os aspectos e superá-los em centenas de arrobas. Percebia que Adma se vestia pra ela, dizia gracinhas e humilhava as outras tendo-a sempre de canto de olho; outro dia mesmo pediu sua opinião na frente de todas. Outra vez domingo, Adma foi à missa com a caxemira no pescoço e convidou Leopoldina para se sentarem juntas.

— As meninas do colégio me irritam. Sua irmã Tonica, me perdoe, vence entre todas as tontas, me elogiaria até se eu aparecesse vestida de estopa. E ela ri de tudo, o tempo todo. Você não, você sabe das coisas.

— Pena seu lenço esconder sua medalha. É linda, quero uma igual, assim simples.

— Pois eu me canso rápido dessas latarias sem brilho, vou mandar fazer uma com borda de brilhantes, fique você com esta. — Abriu o fecho da corrente, a medalhinha escorregou para a palma de Leopoldina.

Passou o domingo cutucando as culpas de Tonica. Afirmou não esperar dela nada menos que uma confissão às irmãs sobre a cruz enterrada, mentir é pecado capital. Adma insinuou colocar a culpa em você. Em seu lugar, eu falaria à madre, pra já. Se mamãe ficar sabendo antes de você mesma contar, não gosto nem de pensar.

20

A suspensão de Adma Mauad coincidiu com a chegada de uma ex-aluna de quem as freiras sempre falavam, nem tanto por haver sido exemplar nos estudos quanto pelas tragédias em sua história pessoal, cochichadas à exaustão no Providência: filha bastarda de algum homem importante com uma liberta, foi entregue às freiras ainda muito menina, mas não como órfã; o pai encheu a bolsa da congregação, as irmãs orientadas a crescer a menina no bom e no melhor. Deram-lhe francês fluente e um quarto exclusivo nos fundos do último andar, nunca souberam ao certo onde a acomodar — com as meninas de linhagem, poderia ofender as famílias; com as de caridade, desagradaria o pai. Nem lá nem cá cresceu Cantau. Com certeza a veríamos hoje com o chapéu corneta das vicentinas não houvesse o pai enviuvado e enfim se revelado: filho de marquês, o homem, e juiz, juiz Gama. Mandou buscá-la para viver no sobrado da família na capital. Deve ter sido feliz nesse tempo, até se casou rápido, mas pobrezinha, tem gente que não vem para ser feliz nesta vida, perdeu o marido, lamentavam as irmãs, com os pulmões cheios d'água, Deus o tenha, morto em menos de um ano de casados. Tal perda, com certeza foi isso, fez crescer a doença ruim dentro de Cantau Gama. O juiz arranjou outra esposa e, todo mundo sabe, filhos de antes azedam o tacho do casamento; uma filha mulher-feita e necessitada de cuidados, então... Cantau fez bem, veio terminar seus dias com quem a criou, oremos por muitos, coitada. Coitada-coitada não. Há quem esteja muito pior, Deus sabe, não é sacrifício morar numa cela única sem precisar cozinhar nem lavar, dia e noite com seus livrinhos. Come e estuda no quarto. Sai da cela apenas à noite, na fresca, uma volta pelo pátio e pelo pomar, e de lá ela traz as folhas de erva-de-angola para suas dores terríveis; queima-as no incensário, sente-se o cheiro de longe. Talvez Cantau andasse para além do pomar, Leopoldina acreditava, pois o mato amanhecia pisado ao redor do canteiro de pisum oculto pela mata selvagem. Não dizia nada a Bertha, para não lhe dar a ideia de começar o trabalho outra vez. Estavam agora ocupadas em cortar os estames das flores do canteiro secreto, Vê, Leopoldina, são os órgãos de macho da planta, se os arrancamos sobra apenas o oco fêmeo; ensinou Leopoldina a capturar, com um pincelzinho, o pólen das flores roxas; levavam-no até às flores capadas dos estames, o túmido feminino acarinhado com o pincel. Quem assistia da janela com certeza se divertia, duas loucas lá e cá com o pincel em riste debaixo de sol, calor de meio-dia, por isso o inusitado de Cantau Gama aparecer para ajudá-las. Leopoldina a viu de longe no pátio, aproximando-se em passos lentos sob a sombra filetada das palmeiras. Cantau pediu o pincel, se mostrou experiente no manejo. Bertha aceitou-a sem surpresa, Você ainda sabe trabalhar, Cantau. Falaram dos pisum e Cantau perguntou sobre os cadernos da biblioteca, se Leopoldina ouviu bem. Dias depois, deparou com Cantau na mesa de Bertha, compenetrada nas anotações secretas. Tentou sair sem ser vista, mas Cantau perguntou-lhe: Preciso escrever uma carta e não posso com o cheiro da tinta, se importa de me emprestar as mãos?

21

Querido Franco,

Sabe os pisum brancos de Bertha, aqueles plantados no mato, os escondidos, nos quais usamos o pincel? Deram flores novas e adivinhe você a cor. Roxas, meu irmão, todas roxas, os canteiros brancos pariram flores roxinhas, como as flores-pai. Tanto roxo me trouxe uma memória, agora não sei se de fato minha, ou mesmo sua, ou até de nossa mãe, me ajude se você souber, é a lembrança de um céu violeta fazendo linha com o mar de mesma cor. De frente para o mar há uma cidade, muito diferente da nossa. Ou melhor, muito diferente de todas as cidades que já vi ou li. Uma cidade sem nenhuma torre de igreja, só casas térreas e tendas. Um monte de tendas coloridas. Vendiam frutas que não conheço, panos estampados, abriam os peixes frescos na nossa frente e arrancavam as vísceras. Lembro bem dos pedaços da carne, fria e rosada. Fiquei fascinada pelas mulheres dessa cidade. Elas riam de boca inteira e negociavam o preço do peixe, das frutas, só pelo prazer de negociar. Estou morta de saudades dessa cidade onde nunca estive, Franco. Talvez seja a cidade da mãe da mãe da nossa mãe. Ando pensando nessas coisas, Franco, acho que trazemos no corpo as vidas dos de antes. Às vezes acordo e sinto areia na sola do pé. E nunca fui ao mar nem nunca andei sem sapatos, você sabe. Minha língua tem saudade de temperos que nunca experimentei. É cada cheiro, meu irmão, nem a melhor cozinha do melhor sobrado de Ouro Preto mataria minha fome. Essa fome que tenho, meu irmão, aliás, essa fome que nós temos, você me entende. Nosso pai juiz fala com orgulho de nosso avô marquês, um português, filho de outro e de outro português, papai sabe os primeiros nomes de todos os Gama. Já reparou como ele gosta de dizer "Gama"? E da nossa mãe, da mãe dela, Franco, que sabemos? Quem foram os de antes delas? Minha desconfiança é das piores, naqueles anos ainda jogavam as cativas numa curra com os pretos fortes das minas, você sabe. Como fazem com os touros e cavalos, as fêmeas são colocadas para emprenhar dos mais fortes. Jogavam uma preta para vários, Franco. Curra todo dia, até a barriga apontar, você sabe, precisavam de crianças para cavar os túneis menores das minas, entre em qualquer uma por aí e confirme. Não paro de pensar nisso. Por pouco não fui eu, questão de anos. E por muito tempo foi quem veio antes de mim. Eu seria mais feliz se não buscasse ficar sabendo dessas coisas, cavando minhas minas. Mas você me conhece. Perguntei quanto pude enquanto estive aí e não gostei do que me contaram. Se eu me iludisse com nossa meia realidade, seria apenas a filha do juiz e deixaria a outra metade para lá. Talvez vivesse em paz. Mas os pisum roxos da mata riram de mim ontem. As flores que têm sorte, Franco, não perdem a paz por serem roxas ou brancas.

Com saudade,
Cantau

A resposta de Franco Gama coincidiu com Cantau acamada, as dores atacadas. Por isso pediu para Leopoldina a gentileza de ler:

Querida, contei ao meu amigo Oscar sobre as flores roxas da sua amiga Bertha e agora ele não se aguenta de tão curioso. Ele vai comigo na próxima visita. Aproveito para dizer que irei em breve, logo que resolver algumas questões do jornal. Tenho boas notícias, minha irmã. O jornal vai às maravilhas. Minhas charges têm sido elogiadas, com toda razão (você sabe que não sou modesto) e enfureço quem eu quero enfurecer. A maior afronta a essa gente, Cantau, é nos saberem dignos. E nos saberem cientes de quem somos e do que queremos. Nós, Cantau. Minha irmã, essas suas memórias roxas, violeta, que seja, fique sabendo desta: lá atrás, ainda na África, antes de os desgraçados forçarem nossos avós para dentro dos navios, os obrigavam a dar sete voltas em torno de uma árvore das grandes. O propósito é óbvio, minha irmã. É fazer esquecerem-se de quem eram. Cada volta tirava alguma coisa: uma o nome, outra a família, o brio, talentos, lembranças, vontade e o que mais tivessem de próprio e de origem. Aquela maldição tinha até nome, árvore do esquecimento. Cantau, eu acho que essas suas memórias estranhas podem ser memórias arrebatadas naquelas voltas, não acredito que elas simplesmente tenham sumido. Não pode, não seria justo! Então você se lembre (e me lembre também se um dia eu esquecer), nós temos nossos compromissos com a metade de nossa mãe. Eu não acredito na nossa criação. Roupas, livros, pudemos tê-los, sim, minha irmã, mas (isso você rabisque depois de ler) nem tanto por outro motivo como por caridade de nosso pai. Detesto caridade. E tenho muita raiva. Aprendi a riscar essa raiva nas charges e assim vou vivendo. Para você, Cantau, eu confesso, é até fácil fazer boas charges numa república assentada sobre as contradições e as desgraças das gentes. Se a vida fosse justa e boa, se as pessoas fossem justas e boas, não existiriam as charges. Em breve estarei aí. Franco.

Escrever as cartas para Cantau se tornou um hábito, lê-las também; em pouco entrava sem bater na cela, a única desprovida de crucifixo detrás do catre, a janelinha de costas para o norte recebia a luz doída das cinco, a luz de fim de tarde abominada pela mãe no Cantagalo. Cantau adorava essa luz, dizia prenunciar a noite e o silêncio, dali em diante seria só a alegria dos seus livros, Quando eu morrer, estes meus livros todos ficam para você, Dina, pela ajuda com as cartas e também porque não tenho outra pessoa para quem deixar — a tosse cortava sua risada, os olhos contraídos de dor. Leopoldina até tentou protestar, Cantau poderia esperar viver muito ainda; a outra repeliu suas palavras com um gesto de mão, não a desagradava morrer, não fosse a dor, estaria no seu melhor tempo. Saber-se no fim aguça os sentidos, cheirava e testava na língua como nunca, o corpo em frangalhos e em festa, acordada pros prazeres: as leituras, os passeios no pomar, escrever cartas, Percebe como as escrevo mais para mim mesma do que para meu irmão? As dele também são assim, acho que todas as cartas e livros o são, conversa consigo próprio. Mesmo quando podia escrever, pedia ajuda a Leopoldina, as cartas saíam melhor, afirmava, As palavras sem você ao meu lado seriam outras; só não assinava Cantau e Leopoldina para não assustar o irmão, a pensaria doida de vez. Você precisa conhecê-lo, Dina, Franco acredita de coração ser possível mudar as pessoas, às vezes tenho pena dele. E fala e fala, nem me deixa falar, um defeito fatal em gente burra, ser eloquente, Dina, mas no caso de Franco cai bem, porque ele tem o que dizer, mesmo quando usa palavras difíceis sem necessidade; e ainda se dissesse asneiras, Dina, você o perdoaria, tenho certeza, relevamos nos bonitos o que por muito menos pediríamos inferno para os feios.

Sobre Franco, Cantau tinha razão, tal qual disse, em tudo; Leopoldina pôde constatar no domingo aberto a visitas. Se houve surpresa, foi o amigo que o acompanhava.

22

Indisposta no dia da visita, Cantau recebeu o irmão e seu acompanhante no quarto, Leopoldina presente, penteada com esmero, a medalhinha engastada numa gargantilha de ouro, um vestido amarelo-margaridinha sem decote, fechado nos punhos. Encostada à parede, cumprimentou os rapazes com um aceno curto, com certeza a consideraram de humor azedo, pois não recebeu atenção de nenhum deles. Franco, sentado à cabeceira da irmã, resmungou um desinteressado grato pelas cartas, a pedido de Cantau, e lhe virou as costas de vez, deixando-a um tanto, ou até muito, decepcionada, afinal compartilhavam todos aqueles assuntos de cidades violeta e árvores de esquecimentos; poderia agradecer como se deve, sorrir, se olharem de perto, a voz revoltosa das cartas dirigindo-se a ela com alguma curiosidade, um mínimo de consideração. A voz, aliás, havia sonhado com a voz de Franco mesclada às notas do acordeão antes da visita, tal qual — ou sonhou depois, mas escolheu a memória de haver sonhado antes e, anos mais tarde, já não saberia dizer a verdade. Pois então, de Franco, nem um aperto de mão. O outro rapaz, reconheceu-o vagamente quando o viu, suspeitou quem era quando lhe disseram o primeiro nome, teve certeza quando ele apalpou o ventre de Cantau com as "mãos quebradas de moça" que, anos antes, irritaram Dona Praxedes; seu latim dessa vez soou quase simpático quando exaltou a erva-de-angola, melhor remédio para sossegar as dores e as náuseas não há, Cantau fazia bom uso das folhas, ele mesmo se beneficiava dos cigarros, fumar antes das refeições abre o apetite, faz pensar com liberdade. Franco discordava, Essa liberdade, Oscar, é apenas indulgência consigo próprio, meu amigo, os pensamentos fáceis são fracos. Leopoldina, atenta, nunca havia participado de conversas com homens, à exceção dos padres no confessionário, talvez do Velho Rabelo e do tio Bem, mas aquilo não era conversa. Cantau se sentou na cama, Quase me esqueço, Oscar, Leopoldina é da sua terra, das famílias do café, Lima, vocês dois são ricos, então devem se conhecer ou ter alguém em comum.

— Os Lima do Cantagalo? — Oscar olhou breve para Franco; um olhar a dizer, disso Leopoldina não teve dúvidas, são o tipo de gente de quem falo a você.

23

— E os maus sonhos, as dores da senhorita? — Oscar seguia Leopoldina até a biblioteca. Pretendia se distrair com a freira dos experimentos, referiu-se assim a Bertha, e deixar o amigo a sós com a irmã. — Curaram-se com os banhos e chás receitados por mim ou pelas mãos de Iamiana? Eu quis tanto ver o benzimento da senhorita naquele dia. Não que os unguentos de Iamiana superem outras caixas de botica por aí, mas os efeitos me parecem outros por causa dos cantos, das mãos impostas.

— Depois do benzimento não houve mais nada. Agradeço ao doutor, também, os banhos de rio me fizeram bem... Minha mãe foi inconveniente com o senhor, eu sei, perdoe.

— Nada a perdoar, as novidades dão quatro ou cinco voltas ao mundo antes de chegarem em Capelinha, elas se cansam de dobrar tantas serras. Aproveite sua amizade com Cantau, ela não é apenas ilustrada, sabe pensar do avesso.

Bertha não dissimulou o desgosto de ser importunada na biblioteca. Fez o médico repetir várias vezes o que pretendia, descrente de haver interesse em seus estudos. Desanuviou um pouco, porém, quando, constrangido, o rapaz se disse um devoto da ciência, acompanhava extasiado as investigações com os pisum, por notícias de Cantau. Ainda desconfiada, apontou a cadeirinha destinada às meninas de castigo e retornou para seus escritos, nada além de monossílabos distraídos às tentativas de conversa, e se fez de desentendida à intenção dele de ver os canteiros. No entanto, Leopoldina, que já conhecia Bertha, logo soube quando a freira começou a ouvi-lo;

foi quando o médico descreveu, inteirado, os debates na Europa sobre herança entre plantas; os dedos de Bertha tremeram no instante em que ele evocou com intimidade um tal Darwin, de quem Bertha sempre falava com admiração, na natureza apenas persiste o que não permanece, conquistando a freira a ponto de puxá-lo pelo braço até a horta. Obrigou-o, sem misericórdia pelas calças claras do moço, a entrar no canteiro, exaltada como ficava ao palestrar, surda a perguntas; descreveu seu método e as florações com datas e minúcias. A senhora precisa escrever seus achados, por favor não deixe que se percam, comprometo-me a enviá-los às sociedades científicas. Não apenas escrevo como os envio eu mesma. Se obtive resposta?, nenhuma, declaram buscar o novo, e a verdade é que só querem ideias repetidas... assinarei meu próximo relato com primeiro nome de homem, talvez me respondam. Lembrou-se de anotar algo e abandonou o médico no canteiro sem explicações, passou apressada por Cantau e Franco no pátio. Chegavam ao pomar em passos lentos, ela, apoiada no irmão, trocou para o braço de Oscar quando se encontraram; Franco seguiu sozinho, na frente, apesar de Cantau indicar-lhe o braço de Leopoldina. Ágil, Oscar ofereceu o outro lado a Leopoldina. Achou Bertha uma mulher brilhante, talvez um pouco doida, Se visse a expressão dela quando entrei na biblioteca, Cantau, temi levar uns tapas.

— Quero conquistar esse efeito de Bertha sobre as pessoas, se eu tiver tempo. Leopoldina, aprenda você, é bastante útil colocar medo nos outros. — Cantau acreditava Bertha nada louca. Uma cabeça daquelas, existindo sem outra por perto capaz de lhe corresponder aos pensamentos. Afirmou-se também perplexa com a última floração, os pisum brancos cruzados com os roxos deram flores todas roxas. Agora Bertha deixará o canteiro ao acaso, como ela diz. Veremos. Curioso, lembra-se de ter lido sobre como acontece com as pessoas: os homens guardam no sêmen um bebê minúsculo, botam-no pronto nas mulheres, a ser crescido na barriga.

— Não faz sentido, Cantau. — Leopoldina percebeu a rispidez na própria voz. — Se fosse assim, as pessoas não nasciam misturadas, como você e este seu irmão.

— Cantau, você não cuida da sua própria correspondência e seus assuntos se tornam de conhecimento público. — Franco se manteve à frente.

— Sobre isso, nem que quiséssemos muito esconder, Franco. E Leopoldina escreve as cartas comigo, são pensamentos dela também.

Oscar Rabelo quis colher uma flor de pisum, levaria para observar no microscópio quando fosse ao Rio de Janeiro. Leopoldina o reteve pela manga da camisa, As plantas são de Bertha, doutor, se as quer, peça permissão.

As moças do internato observavam debruçadas nas janelas. Leopoldina antecipava os comentários da noite: dois rapazes pra lá de alinhados e as ajudantes da freira caduca; o que Leopoldina Lima puxou pela manga da camisa é médico. O irmão da adoentada, apesar de não usar colete nem calças claras, como o doutor, tem sua graça, com certeza. E é filho de juiz, Franco Gama. Estendeu a mão para se despedir de Leopoldina e ela lhe deu as costas, toda sonsa, deixando-o com a mão no ar.

24

Não há mal em permitir um capricho a uma moça com uma doença terrível, filha de um benfeitor do colégio. Foi a ponderação da madre diretora ao atender Cantau no desejo de ter Leopoldina instalada num catre ao lado do seu. Além disso, essa pontual exceção às regras do internato — motivada por compaixão, fique claro — não duraria muito, os sintomas se agravavam.

A mudança agradou Leopoldina. Cantau viveu na capital, foi casada, combinava sagacidade e muita leitura. Foi morar, viúva e com quase trinta anos, na cela no Providência onde dormiu desde menina. Contou a Leopoldina que o pai juiz ficou aliviado de devolvê-la às freiras, nem tanto pelo cancro, mas por causa de uma crise nervosa. Aconteceu no largo da capital, na praça dos inconfidentes, passeio tranquilo, sozinha, punha uma cocada em bocadinhos lentos na boca quando deparou com o inusitado de um homem deitado, cada braço e cada perna amarrado a um cavalo; num estampido de tiro, os bichos dispararam, o corpo despedaçado em quatro rumos, as postas de carne de arrasto pelos cavalos entre o povo, trilha de sangue, ela caiu aos gritos. Foi uma visão, disseram-lhe os padres e os médicos: nas mulheres de útero doente, as regras sobem à cabeça, ficam nervosas e saem vendo coisas; recomendaram repouso sem fim. O útero se vinga das mulheres sem filhos, o bendito ventre, escolhe adoecer justo as inteligentes, lamentava Bertha diante de uma Cantau habituada e divertida com a franqueza da freira. Tem mulheres que passam a vida grávidas, um filho após o outro, então me diga você, Leopoldina, me diga você, Cantau, como arranjam tempo para começar e terminar qualquer tarefa importante. A melhor companhia, dizia, é a dos livros, só estuda de verdade quem dorme só.

Conhecida no internato pela discrição, Cantau se revelou diversa na intimidade da cela, Recebo olhares de piedade, as pessoas adoram sentir pena e eu sirvo como ninguém a esse propósito, veja, perdi uma vida na capital, um casamento, a saúde, tudo em menos de um ano, minha amiga, dou alegria a muita gente por aqui; nas missas, presumo quanto decaí pelos suspiros de pena, arre!, como se suspira por aqui, vou morrendo e elas quase me perdoam pelo meu pai juiz, pelas festas que, elas pensam, eu frequentei; se ressentem do que nunca me importou e têm pena justo das minhas vantagens, meu tempo livre, minha solidão.

— Seu marido fez algum mal a você?

— Não. Ponderado, bom de conversa, não sinto falta nenhuma dele. Na realidade, eu nunca quis compartilhar cama com um homem. Mas depois do casamento do meu pai, isso eu tinha claro, ou me casava para ter minha casa ou acabaria outra vez ao redor das freiras. Não consigo deixar de rir, pois veja como terminei. A viuvez é boa. O que me impede de viver só é o cancro, por isso vim para o Providência. Achei melhor vir por vontade, antes de me sugerirem. Dina, se você visse a mulher de meu pai quando eu disse que voltaria para o internato em Mariana, a alegria dela, perceba: tristeza, raiva, aprendemos a dissimular, mas alegria, essa não, é impossível disfarçar, as linhas da boca denunciam, os olhos brilham! A mulher do meu pai, Dina, ficou alegre como eu também ficaria, assumo, se desaparecesse por completo o risco de uma doida adoentada se instalar na minha casa. Abraçou-me, fez chás, ganhei esse cobertor de retalhos, esse aí dobrado ao seu lado, a piedosa não podia com a ideia de eu passar frio aqui em Mariana, meu pai abobalhado, Dina, orgulhoso da bondade da mulher.

Nessas horas entro em tentação, tenho vontade de falar, vocês dois estão estourando de felizes porque vou embora, eu sei. Mas não, o maior presente que podemos dar a algumas pessoas é um motivo para nos odiar. Ela choraria, meu pai me daria as costas, concordariam que tenho mesmo má índole e estariam justificados de me quererem longe, satisfeitos e em paz. Eu não quero que tenham paz. Agradeci às caridades de brioco da minha madrasta, meu Deus como a senhora é boa!, lembrarei de vocês todas as noites enrolada nesse cobertor, comida de cancro e com os dentes batendo de frio. As falsidades me divertem, Dina. Franco diz que a caridade é refugo da consciência, por isso os ricos gostam tanto de esmola. A caridade é mesquinha, se satisfaz com um pão dormido, um cobertor de retalhos, quer que tudo continue como está.

— Por que não quis viver com seu irmão, não se dá com a esposa dele?

— Minha amiga, meu irmão me ama, mas é homem. Se é capaz de incendiar os palacetes da capital, não sabe acender o fogo para me preparar uma infusão. A obrigação de cuidar estraga qualquer amor de homem. E eu deixo de amá-lo por não me acolher? Jamais. Aprendi a não impor condições para os meus afetos. E não, Franco não é casado, nem maricas, como gostam de dizer por causa da amizade com Oscar. Franco come e dorme numa pensão, tem verdadeiro desprezo pela ideia de formar família, seus propósitos são maiores, ele diz. Franco ama a todas as mulheres e homens no melhor dos sentidos, Dina, quer vê-los dignos, libertos para além da lei. Por isso, daria o pior dos maridos, vive da porta para fora. Se um dia se casar, tomara não seja com alguém de quem eu goste tanto, alguém assim como você. No entanto, seria curioso vê-lo de gancho com uma moça do seu tipo.

— Você me compreende mal, Cantau, pergunto sobre seu irmão apenas para saber de você. Agora, me explique, como assim uma moça do meu tipo?

Desde os primeiros dias juntas, Cantau havia distinguido Leopoldina entre todas as outras, a fala concisa, resistente aos floreios que se incorporam às palavras e maneiras das moças educadas por freiras, floreios persistentes nela mesma, Sabe quantos anos demorei para negar algo a qualquer pessoa, ou ainda, para falar sem sorrir e sem amaciar o discurso? Mais de trinta, minha idade, sim, porque ainda não o faço, e você, Leopoldina, puxa Oscar pelo braço e o proíbe de colher as flores de Bertha, vira as costas para o meu irmão sem se despedir. Claro que percebi, eu sei, que ele não foi gentil com você, de fato Franco não se esforça em agradar; foi engraçado vê-lo de mão no ar, todo mundo viu. Quando você me contou da peça em Adma, exultei como se fosse eu, você não imagina quantas Admas passaram pela minha vida. Nunca entendi o porquê de me odiarem, até entender que não tinha a ver com o que eu fazia ou deixava de fazer... Cantau falava mais que o comum naquela noite, Leopoldina acreditou-a febril. Ajeitou-lhe os travesseiros, fez menção de soprar a vela, deviam dormir, Cantau segurou-a no punho: Quando você saiu com o médico, eu e Franco gastamos nosso tempo juntos quase em um só assunto, você.

— Então desate essa língua e me conte, você não tem nada melhor pra fazer mesmo.

— Que atrevida! Só se você me contar primeiro como era seu pai? Não perguntei quem, perguntei como. Quero detalhes.

25

O avô Honório Lima, esse Leopoldina sabia como era, pendendo careca e vermelho na pintura fixada no Cantagalo: suíças austeras, o braço sobre o ombro da avó, o olhar dela elevado aos céus, à moda das santas, os dois rodeados das suas meninas e moças, caprichadas em organzas e sapatilhas. Do pai, porém, pouco sabia. Diziam-no também Lima, não da linhagem sem percalços da mãe, mas primo discrepante, ponta solta de casamentos obscuros. Isso ela sabia, de subentender e de ouvir pedaços: o pai foi comerciante na capital, depois adquiriu o Cantagalo no contrato de casamento com Praxedes, um acordo para folhear o Lima dele com respeitabilidade e afastar o dela da falência. No mais, a lembrança remota de pisadas de homem no casarão, botas e correntes de ouro no pescoço; ela, as irmãs, beijam-lhe, a bênção pai, os dedos escuros e seus anéis afastam-nas com um gesto, terra sob as unhas, acariciam o baixo do acordeão. O fole exala álcool, uma melodia que não consegue se lembrar de jeito nenhum. O homem bate a botina no soalho e canta, seu rosto. O rosto. Reconhece as costeletas vermelhas do avô Honório de Lima, nunca o conheceu. Confessou então a Cantau: sempre atribuiu ao pai o rosto do avô da pintura. E nada no Cantagalo recordava outro homem a não ser os vestidos de luto da mãe e o acordeão debaixo do oratório. Retrato, visitas de parentes? Não. Aproveitou a mãe no quarto de banho para espiar o camafeu largado sobre a cômoda, mamãe jamais o tira do pescoço, mas, descobriu, frustrada, apenas o perfil do avô Lima numa face da joia; a outra, nua. Do avô materno, todavia, sabe um sem-número de gerações da família, histórias, muitas, como se o velho Honório ainda se arrastasse pelos cômodos do Cantagalo, a mesma expressão descontente da pintura.

— Sua outra irmã tem os cabelos e a pele de Tonica?

— Sim, puxaram ao lado da minha mãe... — Deu de ombros. Pela primeira vez, se cansava das conversas na cela; irritavam-na a curiosidade, as olhadelas perspicazes de Cantau. Cuidado com os espertos, dizia Dona Praxedes, jogam milho às suas galinhas para descobrir quantas você tem. — O que você quer, Cantau?

— Não quero aborrecer você. — Cantau tomou a mão de Leopoldina. — Alguma diferença no tratamento das suas irmãs com o seu, você percebe. É a maior verdade do mundo, essa, Leopoldina. No Providência, na sua fazenda Cantagalo, na capital, em toda terra. E não nos falam disso, jamais. Mas ela berra, meus ouvidos quase estouram, está pegada em tudo, nessas paredes, veja, coloco o ouvido nas fissuras e eu sei, imagine as mãos levantando essas paredes, agora olhe as minhas e as suas, escute: entre as letras das placas com o nome das ruas e dos largos, há os nomes deixados naquela árvore, Leopoldina, você sabe qual. Estou ouvindo agora, daí, da medalhinha no seu pescoço, escute, é de ensurdecer.

— Cantau, a erva-de-angola atrapalha sua cabeça, devia incensar menos. Não sei nada do que você diz.

— Sabe. Não preciso conhecer sua mãe para presumir o pior segredo, as boas famílias têm todas os mesmos pecados. — Abraçou os joelhos, suava. — Intriga ela ser a branca, inusitado ser a mulher, é verdade, mas nesses casos se faz por aperto de dinheiro ou de honra.

Com uma toalhinha, Leopoldina refrescou Cantau na testa, na nuca, baixou a camisola grudada no suor das costas; molhava o pano na bacia, surda como uma boa enfermeira de dementes, coração em suspenso: desejou Cantau morrer de súbito e ao mesmo tempo que não parasse de falar, dissesse tudo de vez, o mesmo sentimento sem nome de quando cruzou o batente do quarto do tio Bem aos dez anos, o levantar da tramela de uma porteira impossível de ser fechada outra vez. Sempre quis perguntar a Cantau sobre as cartas, a metade dela filha de liberta, dividir seus próprios pensamentos, conversas nunca acontecidas no Cantagalo nem em outro lugar. Agora Cantau falava e Leopoldina não queria, se ouvisse o que já sabia de sentir não haveria jeito de seguir ignorando. Atirou a toalhinha na água, Pode fugir, eu mesma já tentei, ouviu Cantau dizer enquanto descia as escadas. Correu pelo pátio, percebeu-se sem sapatos só no pomar, o granizo na sola dos pés. Se adoecesse não seria mau, um resfriado fatal, uma febre, um cancro, quanto piores os sintomas mais amplos os direitos de falar, de carcomer a mente alheia com ideias fantasiadas de delírios, sair bagunçando os guardados dos outros, botar abaixo as lembranças empilhadas no canto mais escuro, vinham todas agora, aos borbotões — sendo penteada pela mãe, a pasta de babosa escovada da raiz às pontas dos cabelos, depois o ferro de passar, a mãe a fazia curvar sobre a mesa, passava mecha a mecha, um método lento e furioso, o cheiro de cabelo queimado, a ponta do ferro encostando no couro, ai! Sem moleza, menina, não reclame; depois o coque no alto da cabeça, emplastado de babosa, o couro ardido de puxar. O penteado de todos os dias. Aprendeu a infligir dor em si mesma com dedicação igual a da mãe, um coque sem fios soltos, perfeito e previsível, tal qual as partituras que detestava tocar no acordeão. E havia a roupa dos domingos da infância: meias, luvas e véu de missa cobriam cada bocado do corpo nas idas à igreja; as restrições da mãe a brincadeiras no terreiro, a trabalhos na horta e tudo mais debaixo de sol, a vida em penumbra. Os tratamentos noturnos com suco de limão com açúcar, a pele esfregada com vigor, os olhos minuciosos da mãe pelas manhãs, conferindo a evolução do clareamento das faces e das mãos. "Você vai precisar se fazer respeitar", disse sobre o internato, e tanto e muitas vezes disse sem dizer. Odiou Dona Praxedes por abrir o corte e Cantau por jogar sal nele. Odiou a medalha da Virgem no pescoço, a medalha roubada pelo sorriso cínico de Adma, o puxão doído na parte baixa do cabelo, "essa gafuringa me tapa as vistas". Gafuringa. Soltou os grampos dos cabelos, o coque afrouxou, o couro sentiu a distensão; as madeixas respiraram a manhã azulada de Mariana, clareava, já se viam as folhas das palmeiras, os canteiros, sozinha não estava — num calafrio distinguiu uma silhueta grisalha, vestida de camisola; Fia dizia, As aparições não gostam da noite, não, gostam do comecinho da manhã. No Cantagalo mesmo já tinha visto uma, não é invenção da cabeça pois viram juntas, ela e Fia, uma mulher branca de luz na beira do cafezal, um caco de porcelana nas mãos, o sangue a descer pelo antebraço, Cadê as asinhas douradas das minhas xícaras?, perguntou e sumiu; Dona Praxedes ouviu a história, reagiu desinteressada apesar de muito pálida, Vocês duas criam, umas inzoneiras, se falarem de novo nisso, apanham, não assustem a Tonica. E não falaram nela outra vez e, agora, sozinha no pomar, Leopoldina não sabia se corria ou se evitava se mexer, aterrorizada pela ideia de a mulher virar-se com um caco na mão. Levou o tempo de clarear um pouco até reconhecer Bertha. Apenas Bertha, pequena de camisola branca, canelas e braços expostos ao frio, um fiapo de velhinha, de pé àquela hora no pomar, talvez seja dessas pessoas que andam dormindo. Leopoldina se aproximou, nunca tinha visto a freira sem chapéu, seus cabelos cinza até as costas dos joelhos. Bertha contemplava, imóvel, o matagal, seu canteiro selvagem de pisum, as folhas abertas em coroa contra a alvorada. Leopoldina acompanhou-lhe a linha dos olhos e então entendeu, estremeceu: brotinhos brancos despontavam na folhagem, cá e lá, entre as florzinhas roxas: o canteiro secreto desabrochou flores mistas. Bertha fitava as plantas em êxtase, descrente.

26

Guardou a carta debaixo da santa Rita do altar, sobre o pedido assinado com seu nome de solteira; Obrigada, obrigada, minha santa, Frederico conquistou Dona Praxedes. Sim, a madrinha reconheceu-o um Lima, apesar do acidente de se chamar Bomtempo. Coloca-se à disposição para custear o seminário, o mandassem o quanto antes, *os bons costumes só permanecem se metidos na cabeça logo cedo, minha prima Ambrosina*. Alegrava-se pelo filho e por si mesma. Prima! Dona Praxedes não a chamava assim desde o casamento com Julião Bomtempo, os recados desde então enviados e lidos pelo padre, como se o letramento de Ambrosina Lima houvesse se desfeito entre os coqueiros de macaúba e o chão de terra batida do rancho. *Nosso Frederico segue para o seminário na companhia de seu padrinho Modesto Lima, meu estimado irmão Bem*. Aquela carta, uma sutura benfazeja no rompimento de uma dúzia de anos. Mirou da janela os frangalhos da casa antiga, a primeira, sucumbida ao tempo do outro lado do milharal, "esta casa está choca, levantem outra", disse a Pulidóra, Frederico ainda de colo. É só uma doida, Ambrosina, não vamos mudar de casa por isso; Julião, dominado pela preguiça, não queria construir. Mas a vida já andava difícil o suficiente para quererem, depois de tudo, desafiar maus presságios, Ambrosina tomou para si a missão de construir a casa nova. Obrigou Julião a chamar braços para ajudar; em pouco se cravaram os esteios, a casa cresceu, térrea e firme, fincada na conformação com o destino, o barro das paredes batido no contrato mudo de uma coexistência de agora em diante apenas tolerada com o pai de seu filho. Precisou matar dentro de si o Julião com quem se casara para poder seguir ao lado do Julião desmentido pelo tempo — tagarela, tacanho e desentendido de dinheiro.

Nos primeiros anos se ressentiu dele, suas promessas de colchete sem par, mas com o tempo desenvolveu indulgência, dessas difíceis de abalar por ser fundada no desprezo. Quem nasce tatu morre cavando, não há como ser diferente. Agarrou-se às pequenas vitórias, Frederico ganhando tamanho e vontades, o milharal dourado, apesar do desmazelo de Julião. Quando preciso fazia o marido trabalhar o mínimo, aprendeu a conduzi-lo de maneira a fazê-lo se sentir útil o suficiente para culpar ela e Frederico pela falta de prosperidade no rancho, incapazes de economia, preguiçosos. Passava a maioria dos dias a perambular em Capelinha, de conversa com os garimpeiros. Voltava embriagado, esquecido do feijão, do sal, dos motivos inventados para haver saído de casa. Sempre foi assim. Quando Frederico nasceu, trouxe aquele galo violento de penas roxas, presente para o menino, sei, treinava-o para briga; prometeu vender o bicho e retornou com o animal ferido, esquecido da própria mentira. Julião, isso ela pode dizer depois de uma década juntos, atira no mundo palavras sem valor, promete tanto quanto não pode cumprir, quantas vezes já o ouviu dizer amanhã levanto com o sol, vou abrir espaço para o café, deito as sementes antes da próxima lua; no dia seguinte, enche o copo logo cedo: melhor aguardar a lua virar, não é boa hora pra carpir. Ouvia em silêncio, terminava acalentando os defeitos dele para ter paz ela mesma, Vá se distrair em Capelinha, um dedinho de pinga é permitido ao bom cristão. Quase agradecido, vestia o chapéu e sumia, às vezes por dias. De início, agoniou-se em sabê-lo bêbado no povoado, com risco de se enrabichar por alguma mocinha disponível nas janelas, depois nem isso, em cavalo ruim até égua dá coice — surpreendeu-se rindo sozinha, um modo avesso de ver as coisas; uma ela surgida dentro dela mesma devagar e de repente, apaziguada com a solidão e até desejosa dela como nunca pensou acontecer, o rebuliço das ruas e as vozes da mocidade agora apenas ecos distantes entre os estalos da brasa no fogão e o vento nas telhas do rancho. O bom e o mau de aprender a viver só é perder a necessidade e a capacidade de viver com os outros. Começou a dar confiança para algumas ideias sopradas pelo silêncio, brisa nas cortinas. Abriu a arca com seu enxoval de noiva: toalhas, lençóis, camisolas e anáguas, alvíssimas, colarinhos e punhos em renda virgem, à espera de uma vida sem furos ou dobras. Buscou a tesoura, meteu-a primeiro no linho dos lençóis das melhores lojas da capital, cortou em retalhos; depois as camisolas e os corpinhos, os acabamentos arrancados com a agulha de crochê, trabalho de horas e divertido, a picotagem; no fundo da arca seu vestido de noiva, "vai se acabar na poeira da roça", disse Praxedes. Desembrulhou-o em cima da mesa, o cheiro pastoso da cânfora, estendeu-o contra o escuro do pinho, perfeito, a copa da saia, as mangas longas; dispôs a tiara acima da gola, uma luva em cada fim de braço. Desfez a tiara com a ponta da tesoura, as madrepérolas pipocaram no chão, penetraram nas nervuras da mesa, debaixo das luvas, delas cortou os dedos, um a um. Precisou das duas mãos para rasgar a saia, camadas e camadas de cetim de qualidade, assertiva, tal quando contradisse a prima sobre Julião Bomtempo, anos atrás. Dobrou os pedaços de pano um a um, trancou-os na arca.

Dali em diante passou a bordar os retalhos todos os dias, na calma morna da ausência de Julião; gostava dos temas da juventude: sobrados, igrejas, carruagens, serras, de pouco vieram as fogueiras, os pontilhados da chuva, letras, preferia entre todas o *i*, sua leveza em comparação às outras vogais, o pingo em ascensão, *Imaculada* — bordou, junto com um perfil santo, assustou-se: idêntica à Virgem da medalhinha no pescoço de Frederico, medalhinha de uma das pulseiras indecentes de Iamiana, *Iamiana indecente* — a agulha animada completou com figas, chifres e folhinhas em fio dourado, copiando à linha os balangandãs da mulher. Teve pena de desfazer o trabalho e trancou o lenço na arca. Assim ia, com sua costura secreta, borda e desfaz; exigente, guardava uns poucos. Mostrou-os somente ao Velho Rabelo, frequente em suas visitas ao rancho desde a apresentação de Frederico no Cantagalo, achava-o muito parecido com Ambrosina. Acariciava a textura dos bordados, São uma beleza, um evangelho de mãos. Ambrosina achava graça nas palavras ensaiadas do velho, reconhecia com alguma piedade a brutalidade de nascença domada pelas leituras, o alinho premeditado com o qual se apresentava no rancho, sua cartola fora do tempo, a camisa suada depois de um par de horas a cavalo, murrinha de velho, pensava Ambrosina com asco e um tantinho de culpa. As visitas aconteciam quando Julião estava no povoado, ela o recebia com alegria, fingia não ver sua dificuldade em subir o terreno elevado até a casa. Rabelo diferia dos outros homens pelo prazer genuíno em tagarelar com as mulheres; bom de reparar nos defeitos dos filhos dos outros, contava casos de adultério, Quando há amor, não há pecado, penso assim muito comigo mesmo. Ambrosina apenas assentia, às vezes reprimia o riso, de toda forma grata à consideração do velho, ninguém a visitava. Com certeza a decisão da prima de enviar Frederico ao seminário devia seu quinhão a Rabelo, às ideias bem sugeridas sobre deveres de parentesco e o valor da caridade, sopradas discretas, inesperadas, plumas voadas ao acaso para dentro do casarão. Abençoadas sejam as palavras do velho, todos somos um pouco ridículos, sorte se esse for o único defeito. Abençoada seja também a empáfia de Dona Praxedes, o seu dinheiro. Ambrosina não sabe nada de seminários, mas da vida por ali, sim. Frederico não tem resistência pra lavoura nem malícia pro garimpo. Julião não deixará nada pro menino, nem um ofício.

Mesmo se tivesse um, não sabe ensinar, não tem tato como o Rabelo, não entende Frederico, sua natureza, sempre um tempo à frente ou atrás nos reflexos, ou leso ou afobado, se não está perdido na beira do rio está se afogando, entende? Se vai ao milharal com o facão, perigoso voltar sem os dedos, o menino é desses com muita vida dentro da cabeça. Nem por isso é abilolado nem asno, longe disso, Deus queime a língua de Julião. Frederico apenas se distrai. Talvez encontre seu rumo nos corredores sem janelas do monastério.

27

Espichado de costas no chão de terra, espia a caminhada das nuvens por entre os buracos do telhado, procissão sobre o azul. Acaricia a medalhinha da Virgem no pescoço. Os dedos de barro da santa devem ser gelados, os pezinhos escondidos sob o manto, um arrepio... Gosta de imaginá-la calçada com botinas, botinas firmes sobre a madeira do casarão, os dedos de barro, acarinhando os botõezinhos da sanfona, chamam-no num gesto pra perto, bem perto. Estão molhados, os dedos, benzem-no nos cabelos, na nuca, descem pelo peito, barriga, um toque tenso e leve de aranha, correm pra dentro da calça entreaberta... Leopoldina! Berrava o nome dela, seu segredo, entre os escombros da casa choca. Mamãe chamava assim a casa do outro lado do milharal, porta pregada com madeiras, as rolinhas fizeram ninho nas falhas do telhado, entre pedaços de céu; até a cascavel, danada, fez ninho na quina da parede e aguarda um filhote ainda não sabido de voar, enroscada sobre os próprios ovos, sua pele bonita de fundo de rio. As pessoas não gostam das cobras porque Deus ficou de mal com o homem por causa de uma, aconteceu dentro da Bíblia, padre Cirilo contou. Não é bonito dizer isso, meus filhos, mas a mulher de Adão queria luxo, pegou amizade com uma cobra faladeira e fez cair a honestidade do marido, ambiciosa, quis ser mais. Agradeça pelo seu trabalho, beije a mão do barão em vez de falar dele por aí, se não fossem suas terras, vocês não teriam o pão. A ingratidão, meus filhos, é estrada para o inferno. E também a curiosidade, as mulheres querem saber tudo. Uma mulher, a primeira, quis saber além e todas pagam até hoje, condenadas a sangrar. Frederico perguntou ao padre onde sangravam, a capela toda riu, levou cocuruto ardido da mãe. Mesmo ciente da maledicência da serpente, porém, simpatizava com as cobras, espertas elas, passam longe de gente. Ali, na escuridão da casa choca, também buscava passar longe do pai, dos gritos, dos socos e chutes por nada.

— Essa história de seminário acabou, a viúva não gostou de você, vi nas fuças dela. Você não será padre nunca. Vai precisar trabalhar de verdade na roça, vai trabalhar pra mim, carpir e carpir, seu à toa — disse o pai no dia seguinte à visita ao Cantagalo. Haviam amanhecido no povoado, o corpo doído de dormir na rede armada atrás da capela. Foram à venda comprar provisões antes de voltar ao rancho.

— Bomtempo, não sei se vivo para ver você pagar o fiado. — O dono da venda encheu o copo do pai.

— Pois se devo é apenas porque me esqueço de pagar as coisas sem importância. Do jeito como o senhor fala parece que, por querer, saio por aí virando pinga ruim de graça. Sabe de onde venho? Do Cantagalo. Dona Praxedes é prima da minha mulher, minha comadre, veja se preciso fazer uma miséria dessas; eu compro, eu pago. — Vasculhou os bolsos de Frederico em busca das moedas dadas pela madrinha. Não as encontrou, puxou os bolsos para fora da calça. Nada. Apertou Frederico nos ombros: Cadê os cobres, demônio?

— Sonhei a Virgem suplicando doar aos pobres... Deixei na capela.

O pai abanou a cabeça, as narinas de porco bravo, repetiu sem som com os lábios, "doar aos pobres", como se apreendendo o acontecido em todo seu contrassenso antes de soltar o tapa de mão cheia na bochecha de Frederico: era um moleque boiota, doido, inútil a não poder e, ainda por cima, ladrão, aquele dinheiro era da família; outro tapa, Frederico sentiu sangue nas narinas, nos lábios. A barriga mole do comerciante saiu de trás do balcão, Por Deus, Bomtempo, sossegue, pague depois. O pai levantava a mão outra vez, mas o comerciante sugeriu, Vá lá ver se não acha, não faz muito tempo. Retornaram à capela, Frederico pela gola da camisa: nem no altar, nem no chão, os bancos de madeira tão pelados quanto os anjinhos aos pés da Virgem no alto, a santa com seu ar pétreo, uma linha de gozação nos lábios, Julião encarava-a de mãos fechadas; os anjinhos talvez temessem por Frederico, ou até quisessem se distrair com uma boa surra. Seu moleque, vem cá! Julião o teria esmagado com seu punho de martelo se Frederico não houvesse rolado para debaixo dos bancos; arrastou-se até o pai levantá-lo pelos cabelos e lhe fechar o pescoço com as duas mãos, os dedões no coquinho da garganta. Frederico buscou os olhos indiferentes da santa, tudo escurecia; ouviu de longe o padre Cirilo, Julião, pare!, o menino acaba morto ou, pior ainda, aleijado para a vida toda. Capelinha inteira já sabia da história. Não o castigasse assim, Frederico com certeza foi tolo, mas teve um bom comportamento, Quem dá aos pobres empresta a Deus.

— O pobre sou eu, disgrama — Julião soltou-o com um empurrão. — Seu padre, o senhor e essa puta dessa Nossa Senhora defendem esse louco, é uma goiaba bichada.

No rancho, a mãe reparou, mas não disse nada sobre os cortes nos lábios, o inchaço no rosto, a calça suja como se rolado na terra. Serviu o feijão amassado com farinha, abóbora, torresmo para Frederico e Julião, ovo para ela mesma, economia. Perguntou se estava bom e, na ausência de resposta dos dois, permaneceu quieta. Estava ansiosa para saber como foi no Cantagalo, mas se continha, pois conhecia Julião. Se ela perguntasse, ele se faria de besta, demoraria ainda mais a contar. Comia de cenho fechado, a mastigação de pedregulho, limpava a boca na manga da camisa, calado, como se o seminário não houvesse sido o único assunto sobre o qual se conversava naquela casa havia meses. Empurrou o prato vazio e iniciou uma brincadeira boba e silenciosa de correr o canivete nos leitos da mesa de pinho. Ambrosina recolheu os pratos, abriu a compota de figo enviada por Dona Praxedes, serviu em bocados, com fatias finas de queijo, para render. Silêncio. A água do café ferveu, não pôde esperar mais: Comadre Xede vai bem?

— Vai rica e entojada — Julião largou o canivete como se interrompido em um trabalho importante, levantou-se brusco e carregou a rede para a varanda. — Você fala demais, mulher, não me dá sossego nem depois de comer.

— Dirico, você rezou para a madrinha? O que a dindinha disse? Falou da sua calça, gostou dos pãezinhos? Conte para a mamãe como foi, repita as palavras dela, igualzinho, você tem memória boa, vamos. — A mãe voltava-se para ele agora, tocando-lhe as marcas no rosto e no pescoço. — Vamos, fale, quero saber tudo.

— Lá eles tocam sanfona, mamãe. — Frederico passou as moedas que ganhou da madrinha direto para a mão dela, quentes, tiradas do cano da botina. Na roda da íris, a súplica para não contar ao pai.

28

As três moedas passaram do baú de bordados de Ambrosina para as mãos de Modesto Lima, o padrinho Bem, pois Frederico não podia ingressar no seminário sem uma batina, O hábito não faz o monge, mas ajuda muito, explicou o padrinho com sua camisa de punhos branquíssimos sob as mangas da casaca, preparado para uma visita de luto na capital. Levaria seu afilhado consigo e, depois, seguiriam juntos para o seminário, prima Ambrosina ficasse sossegada, cuidaria de Frederico como de um irmão caçula. Ajudou Frederico a subir com sua trouxa de lençol, ceroula e camisa na carroça — carruagem, corrigiu a mãe. Julião Bomtempo se despediu, No convento, se aproxime dos filhos de fazendeiros, esses lugares servem para fazer as amizades certas.

Quando se foram, pensou que a casa choca ficava para trás, e o milharal, os sabiás no cocho de manhã, o colo da mãe. Não que houvesse costume de afagos no rancho, mas afeto é engraçado, daqui a alguns anos entenderia isso melhor, quando é pouco deixa mais saudade. Escondeu o rosto na cortina do carro.

— Ora, ora, vai chorar? — Modesto Lima catou a esmo um breviário na sacola. — Já é um homem, leia um livro, vamos, vou tomar o conteúdo quando chegarmos.

Suspendeu o choro: pois o padrinho esperava que soubesse ler? Tentou dissimular, as lágrimas secas de confusão, mas agora Modesto mirava os dedos inexperientes sobre as letras douradas da capa.

— Leia o título para mim.

Foi como se o mandassem tocar fogo no milharal.

— Não sabe ler? Com essa idade? Vai ser divertido ver a cara dos padres. — Desabotoou o colarinho, as mãos finas de quem estuda. — Ao menos tenho gravuras. — Tirou um envelope da sacola, passou a Frederico.

Aliviou-se um pouco, conhecia fotografias, isso podia dizer, a mãe guardava um retrato na sua arca de bordados, mostrara-lhe uma vez, Já fui mais bonita, hein Dirico?, mas ele não soube dizer; a moça em preto e branco, as maçãs do rosto durinhas, não havia nada da mãe ali, impossível comparar. As fotos do padrinho, no entanto, eram muito diferentes da moça-mãe em suas mangas e gola. Diferentes a ponto de ser preciso olhar demorado para entender. Também descobriria anos depois: os olhos custam a ver o que a cabeça ainda não conhece; o contrário também, vemos com clareza o que já se pretende enxergar. Aos doze anos, examinou as fotografias do padrinho com uma mistura de curiosidade e culpa, uma coceira estranha por dentro do corpo. A primeira foto, uma moça deitada de bruços no colo de outra, a saia levantada até o meio das costas, a sentada com o braço erguido, palma pronta a descer no bumbum macio da outra. Que teria esta mocinha feito pra apanhar? E a outra não tinha idade para ser-lhe a mãe, de maneira nenhuma, a despeito da expressão severa, mesmo maldosa. Passou à seguinte, a mocinha castigada agora de joelhos, em atitude de abocanhar as mamicas da maldosa, o biquinho de cravo-da-índia. Outra foto — e haveria caído para trás não fosse o encosto: as duas moças, mãos e pés no chão feito as gatas, lenço trespassado na boca, no cabresto um homem de bigodes duros e calças arriadas, uma robusteza de cavalo.

— Quem é? — As mocinhas pareavam em idade com as duas filhas de Dona Praxedes, não pôde deixar de pensar.

— São francesas, Frederico. Moças sem acanhamentos, beijam com a língua, montam por cima se você quiser. Paris, França, Europa! Já ouviu falar, Frederico? Claro que não, eu sei, não precisa dizer, estranho seria se tivesse ouvido. Mulheres e vinhos de aguar a boca, ainda vou viver lá, em Paris, fique sabendo.

— Dindinha Praxedes disse que o senhor vai ser padre.

— Não, Frederico, você será padre, eu não, porque sou herdeiro. O seminário serve apenas de estudo para quem tem dinheiro e nome. A ordenação fica para os pobres, os sem origem ou os maricas, feito você. Minha irmã, ela me quer na igreja, e eu deixo-a acreditar, afinal preciso de meios para viver. O Cantagalo é meu por direito, mas isso não dizem por aí. A sorte de Praxedes é que ainda não posso assumir minha fazenda. Na verdade, não é que não posso, é que eu não quero, por enquanto. Há tempo contado para se divertir na vida, Frederico. Para que vou me enfurnar naquele buraco de mundo se posso ir à capital quando quero, se posso comprar meus livros, se posso empurrar a ordenação para nunca e *frui vita*? Veja como já estamos iniciando suas aulas de latim. *Frui vita*. Isso, alongue a palavra, o latim toma tempo, vá se habituando. Então, Frederico, por que eu deveria ter pressa de viver o resto da minha vida naquela fazenda, pra quê? Não serei barão do café, meu caro, eu já sou, de nascimento. A Praxedes acha que manda, está enganada! Deixo-a trabalhar, isso sim, na minha hora a cama estará quente. Durmo tranquilo, meu caro, muito tranquilo, porque sei dos meus direitos. E você agradeça por ter a mim como seu dindo, precisará de muita orientação.

Frederico ainda perguntou se lecionavam sanfona no seminário, mas o padrinho já havia se virado de lado para dormir, chapéu sobre o rosto. Cochilou Frederico também, um sono agulhado de saudades da mãe, do milharal, da casa choca. Entre os solavancos da estrada, sonhou que Leopoldina, nítida e brava, passava-lhe um cabresto, forçava-o contra o chão com a mesma botina com a qual marcava o compasso do acordeão.

29

Nos fundos de uma loja de tecidos, o alfaiate ajustou-lhe direto no corpo uma batina usada, que havia sido do padrinho Bem. Acertou o comprimento com alfinetes, soltou no meio do corpo, beliscou com muito custo alguma sobra debaixo do sovaco, Não demora a rasgar, veja, está apertada, o pano gasto, melhor costurar uma nova. O padrinho declinou, Nós valorizamos a sobriedade, meu caro, costure novos vestidos para as mocinhas.

Saíram da loja, Frederico atordoado com os cascos dos cavalos nas pedras do calçamento, os berros dos cocheiros, carruagens, altas e lustrosas, perto das quais a do Cantagalo era um tonel apodrecido. Mulheres com chapéus de abas macias, reparou num menino da sua idade vestido de colete e bengalinha. Homens e mulheres com tabuleiros na cabeça, Frederico aceitou um naco de cocada oferecido na ponta de uma faca. Detrás das lojas, pôde contar cinco torres douradas de igrejas, não é possível a mãe, silenciosa nos seus tachos de doce, haver crescido ali. Entraram em uma casa com toalhas brancas, pratos bordados de dourado e todas as bonitezas de mesa. Padrinho Bem ordenou trazer um bolo, Frederico aguardou segurando o garfinho da maneira ensinada pela mãe, entre o mata-piolho e o fura-bolo, nunca de punho fechado. O rapaz de avental deitou o bolo na mesa, a massa macia, como se com vento dentro. Revirou os olhos, havia coco no recheio, molhadinho, percebeu o padrinho puxar assento para uma moça, no colo uma medalha do tamanho de uma hóstia, embainhada de pedrinhas brilhosas.

— Minha amiga, seu empregado nos recebeu com dignidade, acertou minha velha batina para meu afilhado. Não fosse sua caridade, querida, esse pobre entraria no seminário sem roupa.

— Deixe disso, e ele? Saiu de onde? — Um sorriso afiado sob o nariz de anzol.

— Do mau casamento de uma prima.

— E você, vai ficar no seminário para sempre? Já tomou coragem e falou com sua irmã?

— Em breve, Adma, sejamos pacientes. Pois não me abalei de Capelinha até aqui apenas para ver você?

— Uma hora me canso, Modesto Lima, veja como arrisco minha reputação sentada aqui com um seminarista. Não sou uma qualquer. — Os dedos espanavam cristaizinhos de açúcar das mangas, Frederico contou sete anéis. — A propósito, não sei se você sabe, sua sobrinha Leopoldina anda à solta por aqui. Passeia sozinha, ou pior, junto de um rapaz que dizem ser artista e conspirador. Em vez de se preocupar tanto com a ordenação do irmão, a mãe devia ficar atenta à filha. Não gosto de intrigas, mas conheço ela do colégio, pra algumas moças reputação não é nada. Estou apenas avisando. Não posso me demorar, vão reparar. Fique com Deus, Modesto Lima, fique com Deus, menino, não seja como seu padrinho, nunca leve as moças pelos beiços.

O vestido de mangas se perdeu entre outros da rua, o padrinho cutucou Frederico com o cotovelo, Morre de amores por mim, já a beijei, deixou-me apalpá-la numa procissão, as moças são assim, se deixam pegar e depois querem se casar. Largou na mesa uma das moedas entregues por Ambrosina, Frederico pensativo com as palavras daquela moça fugaz; então Leopoldina Lima também estava na cidade, também ouvia os gritos dos compradores de ouro, dos moleques com carrinhos de abacaxis; também provou das cocadas das quitandeiras com blusas resvaladas nos ombros, passeou no largo, sentou-se naquela mesma cadeira na casa de bolos, quem sabe hoje mesmo, levou aos lábios aquele mesmo garfinho, a língua acarinhada de doce bom. "Anda com um rapaz artista e conspirador." Rapaz. Artista? Isso não deve ter importância, Velho Rabelo chama mamãe de artista por causa dos lenços bordados, nada demais; agora, conspirador? Palavra ardida nas ventas, argola em narina de touro bravo, o homem robusto das fotografias do padrinho Bem. Largou o bolo pela metade, sem apetite. Tropeçou na saída, os joelhos da calça de brim esfolaram na poeira cinza da calçada, poeira diferente da do rancho, da de Capelinha, o padrinho cumprimentou outros rapazes de casaca e de chapéu, às vezes ralhava, Frederico, você tropeça por nada, um parvo, perde o tino com toda sombra de moça na rua. Não olhe muito para elas, aprenda comigo, as mulheres gostam de um tantinho de desprezo. Já contei que passei a mão em Adma na procissão?

30

Outra moeda do baú de Ambrosina foi usada para pagar uma charrete lustrosa, dindo Bem deixou-o escolher uma de brasões dourados, bancos de veludo. Entardecia, de repente os postes em torno do largo se acenderam sozinhos e de uma vez, uma luz vermelha opaca boiando dentro das lamparinas. É eletricidade, Frederico; o padrinho mandou baixar a capota da charrete antes de entrarem por uma viela, apenas a luz dos lampiões nas janelas, mulheres apinhadas nas portas como nos dias de festa em Capelinha, umas quase meninas, as faces de pó branco, acenavam vem cá, atiravam beijos. A charrete parou em frente a uma casinha térrea, uma senhorita de lábios coloridos na janela, Tenho novidades, saí das portas, coração, ganhei proteção de freguês!; o vestido ameaçava escorregar sobre o peito.

— Só por isso vai recusar um amigo antigo? — Modesto mostrou a última moeda recebida de Ambrosina. Atrás da moça surgiu uma mulher, Frederico nunca se esqueceria do seu rosto, afundado dentro de uma cicatriz em forma de foice, da testa ao queixo, olhos de gema, amarelíssimos; reconheceram Modesto com aquele susto dos bichos surpreendidos na mata. Avançou na janela, a cicatriz consternada: Senhor! O senhor me diga como ela está, a Maria Felipa! Quero saber de Maria Felipa.

— Vai indo, ora, sei lá dela. — O padrinho deixou de olhá-la. A moça de boca vermelha pulou a janela, subiu ao lado do cocheiro, o fura-bolo sobre os lábios, Eu vou porque é você, será segredo. O cocheiro fez andar os cavalos, a mulher ficou à janela, Maria Felipa! Fia, me falem de Fia!

— Ela quer saber da neta. — A moça saltou para o colo de Modesto.

— Vê lá se conheço algum parente dessa carniça! Você seja boazinha e não me aborreça.

A moça encarou Frederico, os bicos gastos da botina, as mãos de enxada: Esse aí não é de seminário, de jeito nenhum.

— Ainda não, nem sabe ler.

— Eu também não sei.

— Meninas como você não precisam ler, Coração. — Logo a charrete encostou, o padrinho saiu de mãos dadas com a moça. — Quieto aí, Frederico, não tenho moedas para nós dois, tire uma pestana, volto em breve.

31

As torres das igrejas e os contornos da serra já haviam desaparecido no escuro, vozes tremulavam de dentro dos sobrados, o cocheiro começou a roncar. Frederico se enroscou no banco, frio de encarangar os dedos, saudade da casa choca; Não vá lá do outro lado, Dirico, mamãe dizia, mas nas horas suspensas da sesta Frederico corria por dentro do milharal até a casa antiga, escuro e silêncio, a impressão de os escombros participarem das conversas dentro da sua cabeça com conselhos, pilhérias, às vezes antecipavam os acontecimentos: contaram-lhe que iria ao seminário antes da mãe receber a carta de dinda Praxedes. Foi quando observava a luz por entre os furinhos nas paredes, veio a certeza, palavras atravessadas direto nas têmporas, um não pensamento, *Mais caminha quem anda para longe do milharal*, ouviu sem ouvir, uma presença quase corpórea espichada a seu lado no chão. Já a sentiu muitas vezes, costumava surgir quando estava com a cabeça entretida em seus brinquedos de repensar os pedacinhos dos acontecimentos e das pessoas, de remontar lembranças; achava muita matéria, claro, no casarão e nas parentas de lá. No escuro da casa choca, passeava lento nas maneiras da dinda, sua testa brava e a boca descontente; na anágua respingada de barro de Leopoldina, deixava entrever duas panturrilhas nuas, a entrada da coxa... Punha enfeites nas lembranças para brincar um pouco e depois ficava difícil de limpá-las; já não tinha certeza se vira ou não Leopoldina no quarto de banho entreaberto, as mãos em cuia pegando água da gamela de cobre, como a mãe faz no rancho, molhando debaixo dos braços, no meio das pernas, acocorada, saia e meias na cadeira; o corpo de Leopoldina é igual ao de mamãe, talvez mais firme, curau em ponto de corte, a água do seu banho tem cheiro de canela. Leopoldina com certeza dorme vestida como as santas da igreja, peladas debaixo dos seus mantos, os sabiás entram pelas cortinas e bicam de leve seus dedos dos pés, as mãos de música, Leopoldina o amará se também aprender a tocar sanfona bonito? Quer ir ao seminário pois lá ensinam sanfona, nada tão útil para ser estudado, as pessoas precisam de música para não dormir na missa. Sim, aprenderá a tocar, vai se esforçar, domará os pensamentos que insistem em ventar seus olhos e ouvidos para longe do mundo, que o fazem perder o fio das conversas, distrair-se parado e de boca aberta daquela maneira que enfurece o pai, Seu moleque sabasquá, mosquito zonzo!, gritou com ele no dia em que quase decepou o próprio dedão com o facão, distraído com o sol batendo na cabeleira das espigas, idênticas às tranças grossas de Tonica, crinas vermelhas despontando no verde do milharal, o sangue do dedo cortado pingando brilhante nas botinas, misturando-se à terra; as cores puxam-no, tiram-no de si. Elas tonteiam, entram com força pelos olhos e se embolam com os cheiros e os barulhos, berram dentro da cabeça e o corpo não dá conta de tanto, as mãos e os pés tremem — o pai chama isso de faniquito, chilique, diz que é doença de doido ou sem-vergonhice pra fugir do trabalho. Mamãe sente medo, não gosta de deixá-lo andar sozinho no mato nem ir ao povoado. Nem pra mandar levar um recado esse boiota serve, o pai diz. Se peço uma ferramenta, ele vai e volta esquecido de qual é, não aprendeu até hoje a ordem dos arreios. Nasceu igualzinho aos filhos de ricos, inútil, só que pobre, Ambrosina. Mamãe não responde, mas até ela se contrariou quando precisou repetir outra vez e outra como torcer o soro do queijo, lembrá-lo de tirar o leite do fogo antes de levantar fervura, de trazer lenha para o fogão, de soltar linha quando ajuda na costura. Mas com a sanfona vai ser diferente porque, isso ele sabe, os olhos e os ouvidos pregam onde está o coração. Já havia aprendido assim. Sabe qual passarinho é qual pelo canto, sem ninguém ter ensinado, conhece assobio de tempestade, de pé de poeira, ventania. Os tico-ticos aparecem em bando no milharal na hora certa, justo quando a lagarta-da-espiga dana a furar as folhas; o joão-de-barro levanta sua casinha de costas para o vento e ensina os filhotes a construir com uma paciência que nunca viu em seu pai, deixando-os meter bocadinhos tortos de argila na casa, os buracos tapados mal e mal até que uma hora fazem certo. Aprenderia sanfona, sim, porque é impossível não aprender as coisas bonitas — elas ecoam no pensamento, feito o bumbo na Folia de Reis. Dominaria o instrumento de Leopoldina e se apresentaria no Cantagalo, com uma calça de tamanho certo, de casaca e chapéu elegantes como os do padrinho Bem e com sua própria sanfona nos braços, A senhorita me dê licença para versejar, diria sem acanhamento, e todos admirariam seus dedos voando no baixo, seus versos sobre sabiás. Só precisa da sanfona, então. Mamãe deu as moedas para o dindo Bem guardá-las. Por que não pedir um acordeão? Dindo, pago o resto ao senhor depois do seminário... Melhor não, o padrinho desgostará de tanto abuso. Mas ao menos dizer aos padres, Meu afilhado não sai do seminário sem saber acordeão, isso ele pode. Dindo Bem é obedecido, ordena bolos e mocinhas nas janelas, os padres devem respeitá-lo. O padrinho. Demorava a voltar com a menina, frio, frio, a essa hora se dorme no rancho. Cogitou caminhar sozinho até o largo, ir e voltar pelas vielas, retornar pelo mesmo caminho da charrete, até as luzes do largo, não há como errar, talvez encontre Leopoldina, com certeza irá encontrá-la, deve gostar de passear na fresca da noite, no Cantagalo só abrem as janelas depois do entardecer. Talvez esteja com o artista e conspirador, um rapaz de colete e bengala, gestos de dono, Leopoldina apoiada em seu braço, dengosa com ele, o acordeão pendurado no ombro, pronta a tocar suas modas, Espere, mamãe, vou tocar a música que eu quiser — a voz funda da filha de dinda Praxedes, uma pedrinha atirada na água, mas desde dentro, reverberava no seu pensamento todos os dias, ouvia-a a pretexto de nada, ouvia-a mesmo agora, perto, perto, um acalanto quase de sono... Mas uma voz de mulher berrou na rua da cidade, alta, aderiu agressiva à voz de Leopoldina no seu pensamento; feriu-a desprevenida e para sempre, tornando-se ela também a voz, como as taturanas que se mesclam à cor das folhas que elas mesmas serram: uma mulher gritava na rua, havia uma briga. Frederico espiou, distante poucos metros de uma mulher de costas fortes, cabelos cheios sobre os ombros, cachos gordos de macaúba. Também havia um homem, tentava apaziguá-la, pegou-a pelo braço, a mulher virou-lhe um safanão bem dado, correu, deixando-o para trás, com a mão no nariz. Frederico viu-a passar rente ao carro, bem perto, um instante claro-escuro, o mínimo e o bastante para se assustar de morte e ter toda certeza: rolaria essa visão no pensamento ao longo da vida, com o cuidado de manter a lembrança bruta, nua de enfeites, uma fotografia de perfil mantida numa caixa de vidro, resguardada de grãos de poeira, floreios e suposições. Nunca macularia essa certeza, jamais, sobre isso não havia nem poderia haver engano. Aquela era Leopoldina Lima.

II

32

Abriu a carta com mãos de ourives, a faquinha de prata na exata linha do lacre, atenta a não machucar o timbre, marca de nobreza, logo se vê, gente aparentada com a antiga família real. Tinha faro inato para nomes e origem, intuição para saber se vidro ou se diamante e, mais importante, se cristal com brilho e sem valor, sobre este não errava nunca. Aquela carta foi escrita por um diamante. Leu com gosto; fosse qual fosse o conteúdo — um pedido de arrendamento de terra para parente distante, devia ser isso —, a deferência em escrever justo a ela, à *sra. Praxedes Lima do Cantagalo*, seu nome e o da fazenda, um só, numa escrita carregada de tinta, já agradava. Arrendei um trecho, diria às visitas e mostraria o envelope para que notassem o timbre. Enfim, até esse pensamento se revelou humilde diante do conteúdo da carta, ficou pasma à medida que avançava as linhas. Impossível. Leu, releu, pesou a veracidade dos nomes e dos fatos, no fim não teve como questionar, nem quis, aceitou, tomou como sorte, sorte não, Providência. Assinava a carta um tal juiz Gama, descendência direta do último marquês das Minas, linhagem válida, superior à desses marqueses de título comprado. Linhagem, uma vez paga, são anos de esforço para dar cabo do recibo, passado adiante pela boca das pessoas. Todo mundo sabe informar sobre ouro de tolo. Melhor do que se fundir à força numa ascendência sem desvios, é ser convocado por ela. Assim foi: o juiz Gama escrevia, respeitoso e cordial, pedindo a honra de receber em sua casa Leopoldina Lima, tão querida por sua filha Cantau Gama, como todos sabem, em uma batalha contra a doença terrível da qual nos resguardamos de dizer o nome. A vontade da filha, para ele, só não suplanta a do nosso bom Deus. Como uma mulher conhecida por seu coração generoso, disso estava certo, a sra. Praxedes Lima não privaria Cantau de companhia em situação tão extrema, sendo que fazia o convite após se certificar da boa índole da amiga da filha, presumida a partir de uma origem irrepreensível. Origem irrepreensível! Precisou parar a leitura para se recuperar.

Bom, Deus não é, não mesmo, mas é justo, tinha de admitir. Talvez aquela carta fosse uma reparação. Uma reparação, sim, da vergonha, da dor, do calvário a que sobreviveu, esquecida pelos santos, pela Virgem, os anjos surdos ao seu choro por anos. Na parede da sala de jantar, a pintura da família, o barão Honório Lima com esposa e filhas meninas e moças; a pintura, ninguém sabia, da qual desviava os olhos todos os dias, os rostos detrás da mesa de doze lugares do casarão, ela a caçula de vestido de roda e meias até os joelhos, a única de mãos dadas com papai. Usava o mesmo vestidinho, ao menos a memória dizia assim, quando correu até o barão, sentado à cabeceira da mesa, para lhe contar dos brotos nos cafeeiros, identificados conforme ele ensinou, vermelhinhos, aos montes valem como rubis. Como a caçula que foi por quase quinze anos, teve as vantagens de crescer com pai e mãe relaxados da preocupação de meterem-na num casamento; postergaram a ida ao colégio de freiras para nunca, mandaram-na letrar em casa. Ainda melhor, na falta de filho homem, coube-lhe o privilégio de conhecer o cafezal no cavalo do barão, ouvir sobre os caprichos do café, É como uma filha que não gosta de luxos, mas o pouco que exige tem de ser do melhor e na medida exata. Dele assimilou o ensinamento precioso de pagar aos empregados sempre o tanto exato de comer, um tiquinho para menos, De bucho vazio sentem raiva, Xede, um perigo, de bucho cheio começam a querer além; forçá-los a se ocuparem de um quintal de mandiocas para completar o prato é um bem a eles, não gastam o tempo pensando bobagens; de quando em vez é bom agradá-los, afinal somos cristãos, distribua cobertas antes de junho, dê uns cobres para os esforçados, mas na frente dos outros, guarde isto, é importante distinguir os obedientes e esforçados. Barão de verdade sabe primeiro e segundo nome dos empregados e se mostra honrado em apadrinhar os seus filhos. Precisam da minha terra para viver, nem por isso são tratados com desprezo; apenas os faço saber que, neste mundo mau, ganham o pão na minha terra e não na de outro. Gratidão é importante, Xede, antes lhe sejam gratos do que tenham rancor, gratidão chama respeito, rancor chama revolta, compreende? É questão de jeito e não de força, lidar com os libertos e os filhos dos libertos, é jeito. Eu os prefiro aos europeus. Os barões de São Paulo só faltam se ajoelhar para os europeus trabalharem em suas fazendas, mas eu não quero saber de estrangeiros por aqui. Não sabem nada de café e vêm com querer. Os italianos são os piores, acham que valem muita coisa, têm mania de se juntar para exigir melhora no pagamento ou, do contrário, não trabalham. Eu por muito menos mandaria moer a língua enrolada desses trapos no monjolo. Antes os libertos, Xede, prefiro os libertos, a abolição calhou para todo mundo. Já não nos atormentam com as fugas, dormimos sem medo de emboscadas à casa nem há obrigação de alimentá-los. Um despautério: ficam crianças por muito tempo e ficam velhos rápido, duram pouco, adoecem por nada e comem e comem, e nem falo a você dos feitores e capitães do mato, estes, só por Deus, nem do lado deles muito menos do nosso, irmanavam com os fugidos quando lhes convinha e nos faziam de besta. No fim das contas, éramos nós os cativos. Pagar dá menos prejuízo do que ser dono. O segredo, você lembre seu marido se um dia tiver um, é o quanto a se pagar: um tanto ali para se manterem de pé entre a lavragem e o debulho, nada além, senão não voltam para o trabalho. Não os deixe à toa aos domingos, por isso há a capela, exija se confessarem e cumprir os sacramentos, antes as missas à rinha, à erva-de-angola, rezar não deixa ninguém preguiçoso.

Do barão ganhou a permissão para vestir calças nos dias de vistoria ao cafezal, iam juntos, gostava de ver as plantas tomando corpo, As folhas criaram dentes, papai, disse da borda serrada da folhagem; papai riu muito, tomou-lhe uma mecha do cabelo, pôs lado a lado com um punhado de terra na palma, reparasse como tinham a mesma cor, Você é minha melhor menina, Xede — então tocou-lhe os lábios com os dele, devagar, a língua cheia de autoridade, a baba de tabaco, o bigode espetando os cantos da boca, ela petrificada, entocada dentro do próprio corpo, testemunha de si, os pensamentos em formigueiro entre a glória, "melhor menina", e o estranho daquele afago com direitos de pai. Manteve a boca aberta, sem coragem de fechar, papai segurou-a pelos cabelos, tentou forçá-la para trás, mas ela susteve o corpo, se esgueirou feito os filhotes quando tentamos cercar com as mãos. O barão não insistiu. Retornaram a pé, o cavalo Bagual pelas rédeas, o pai sem falar dos cafeeiros, dos passarinhos, de cabeça baixa. Às vezes olhava-a, um sorriso de lábios fechados, um sorriso de me enganei com você, menina de sentimentos tortos, incapaz de reconhecer amor, honra, a distinção concedida entre todas as mulheres da casa, assim me agradece. Pois bem. Ignorou-a por dias, rumando sozinho para a plantação sem acenar, como de costume, para ela subir na garupa. Passava por ela sem vê-la, preparada com as calças de montar e o chicotinho de couro que ele mandara fazer, angustiada com aquele ritual diário de se aprontar para o cafezal, de querer e sofrer as possibilidades de tanto ir como ficar. Era o tempo raro das flores do café, da janela o cafezal, um véu de noiva sem limites, queria tanto ver de perto! Desfazer as florzinhas nos dedos, colocá-las sob o nariz, Tão lindas quanto se acabam rápido, as flores do café, não duram nada, o pai dizia às refeições. Continuou se vestindo na mesma agonia, até que o barão, de bom humor, pareceu haver se esquecido do desatino do outro dia, pegou-a com os dois braços, encaixou-a à frente da sela. Galoparam entre a florada, a terra chovida de branco, toda uma alegria de ver e cheirar logo anuviada por uma das mãos dele soltando das rédeas, pousando em sua cintura, na coxa, dentro da calça. Tentou evitá-lo com uma quebra de corpo, mas o barão passou o antebraço em volta do seu tronco, apertou-a de costas contra o peito, Amansa ou não sai de casa outra vez — o bafo acre na orelha, depois na nuca a língua, aquela maneira como os bois lambem sal, ela inerte, garganta seca, acompanhava sem querer os desenhos dos dedos sob a calça, as unhas de charuto do barão em uma espiral feroz. Tentou desviar os sentidos no chape-chape dos cascos do Bagual no barro, no rascar amigo da folhagem nas pernas, no céu sem nuvens, os urubus circundavam, voavam um redemoinho sinistro contra o azul.

33

Viu-se dali em diante no terror de ser requisitada para as vistorias no cafezal. Deu de se dizer enjoada, enjoos que começavam na ideia e nos quais o corpo terminava por acreditar, vômitos secos, as têmporas quentes. Papai então a dizia molenga, frouxa igual a todas as outras mulheres. Passava com o Bagual debaixo da sua janela antes de disparar para a plantação, ao longe seu chapéu de abas largas, direitas, asas tesas de urubus.

O mau julgamento do pai doía feito vara de marmelo nas costelas, às vezes duvidava de si: não é possível aquele homem à cabeceira da mesa, capaz de decidir sobre a família e os empregados, aquele homem circunspecto da pintura na parede da sala, ser aquele entre os pés de café. Talvez a culpada fosse ela, ingrata e maldosa, o pai apenas exercia seus direitos. A disposição em isentá-lo cresceu à medida que se viu, de novo, ignorada nas inspeções ao cafezal, quando não a chamava para falar sobre café, para repetir aquela história, a predileta dela, sobre como o avô, pai dele e tão barão quanto, fez do Cantagalo o Cantagalo, mandando abrir os primeiros sulcos na terra, firmar as estacas da igreja, Capelinha do Chumbo é um povoado só por causa de nós, os Lima. O homem ciente de honra e sobrenome não pode ser o do cafezal, não pode, algo toma conta do barão quando monta o Bagual, é isso, seu espírito se embebe de instintos de garanhão ou, pode ser também, o bicho-mineiro entrou na sua orelha por acidente, carcomeu seu juízo, como faz com as folhas dos cafeeiros.

Não podia desagradar aquele homem a quem todos pagavam respeito. Pensava em contar à mãe, às irmãs, às criadas, mas a ideia vinha e evaporava com o sereno, desvanecia com pavor da luz. Considerou falar em confissão, mas logo entendeu que se o barão ocupava o primeiro lugar à direita no primeiro banco da igreja era porque os padres e os santos e Deus estavam de acordo, sim, os acontecimentos no cafezal talvez fossem um expurgo necessário à honradez da família, um punhado de café entregue de paga às pragas a favor da paz, condição sine qua non dos bons nomes — havia aprendido *sine qua non* com sua tutora e nunca pôde esquecer, atraída como era pela noção de estirpe, devota dos direitos de nascimento. Nisso puxou ao pai: prezava, acima de tudo, as coisas e as pessoas no seu devido lugar.

34

Por essa época de cafezal florido, apeou no Cantagalo um parente Lima da capital, nem jovem nem velho, alinhado e até de bons modos, Xede notou, apesar da cor. Educação não areia berço encardido, ouviria o pai dizer depois da visita. Havia convidado o homem para almoçar daquela maneira com a qual convidava os empregados para se sentar quando vinham lhe falar, uma cortesia dessas de se recusar. No entanto, o visitante aceitou compartilhar a mesa; serviu-se de angu, quiabo, elogiou as costelas.

— Sr. Honório, gostaria muito de ver a plantação.

— Nada que ver por agora, quem sabe na próxima safra.

— Cresci ouvindo falar das terras do Cantagalo no tempo do meu avô, seu pai.

O pai se concentrou no prato, permaneceu em silêncio a não ser para repreender uma das criadas, fato estranho a Xede, jamais falava com as empregadas de dentro, quando queria algo dizia à mulher ou às filhas em voz alta e as empregadas atendiam; dessa vez, ficou irritado com a demora em tirar a louça, a toalha manchada, abanou a cabeça, Esses tipos são preguiçosos e sujos por natureza, eu, meu pai, meu avô, cortamos um dobrado com esses daí. Mandou trazer sua charuteira, não ofereceu à visita; tirou fora a ponta, acendeu e desenrolou um pensamento junto com a primeira fumaça, falando devagar, um salmo sem margem a desentendimentos, Do tronco da família às vezes brotam uns galhos desavisados, quando é assim, prefiro cortar logo quando apontam, pois sempre vão fazer de tudo para se torcerem aos galhos bons e terminam bichando a árvore inteira.

As palavras não surpreenderam Xede, mas a ligeireza do homem sim, sua voz sem emoção, Pena que este tronco está desmedrado, e enumerou as dívidas no lombo do Cantagalo, andava a par de todas, continuassem assim terminariam pedintes, sr. Honório. Afirmou-se disposto a esquecer as palavras descorteses de há pouco, a calçar os desaforos de anos sob as vantagens de um acordo para salvar a fazenda, O senhor põe a terra, eu cuido do resto. Eu posso fazer comércio no Vale do Paraíba, fixar-me no Rio de Janeiro, mas estou aqui oferecendo a mão à família.

— Existe mão de apertar e mão de abrir a terra. Para mim é uma ou outra. Xede, vá pedir o café. Mande trazer sem demora, está tarde e a volta é comprida, cheia de perigo para quem não conhece.

Quando ele saiu, Xede espiou pelo bastidor. Ficou por muito tempo encostado na gameleira do terreiro, fumando, antes de partir. Aquele parente torto lembrou-lhe por algum motivo o joalheiro do distrito do Carmo, visita cada vez mais frequente, trazia caixinhas de veludo, deixava sobre a mesa bem à vista dos empregados, intocadas; quando a sós com o barão, recebia as joias da caixa de marchetaria da baronesa — correntes com crucifixo, anéis grossos —, analisava com olhos de balança antes de escorregá-las para o bolso, Guardo guardadinho para quando o senhor barão puder... Contava e entregava as cédulas, o *pagar* contido em respeito aos Lima, sabidos os joalheiros. Aquele homem na gameleira, enquanto à mesa, passeou a vista pela prataria, por dentro da cristaleira, atentou para os desenhos em ouro na charuteira e para ela mesma, ereta e séria ao lado do pai.

35

Papai gostava de manter a casa em penumbra à tarde, janelas cerradas para deixar o calor de fora. Bagual criou um berne no pescoço, vamos lá tirar, Xede. A mãe dormia a sesta, as irmãs costuravam no quarto, pensou forjar alguma dor, mas ele já a havia tomado pela mão, seguiram para o estábulo, papai nos melhores dias de papai, contando como se espreme berne, Os cavalos precisam ser mantidos no melhor trato, Xede, não são como os porcos nem as vacas, são diferentes entre si, um bom cavalo é como uma mulher de valor. No estábulo, o cheiro de esterco, os animais em silêncio, Só eu sei do seu valor — segurou-a pelos braços com uma das mãos e lhe tapou a boca com a outra. Domada de bruços, sentiu dilacerar, os pedregulhos da terra contra o ventre, as coxas e os joelhos; durou o tempo de um canto sem fim de cotovia até o barão tombar de lado com um rugido preso nos dentes, aliviado. Levantou-se rápido, Preciso arrumar você, menina, ele ria, ajeitando-lhe a saia puxada para cima da cintura. A calçola abriu um rasgo e isso o preocupou. Pensou um pouco e decidiu rasgá-la de vez, guardou no bolso, Diga que se esqueceu de pôr se alguma enxerida perguntar, Xede, não fale de nossos assuntos para ninguém, nunca, nem ao anjinho da guarda, se disser eu vou saber e não vou gostar; molhou o lenço na saliva para limpar-lhe o esterco dos braços, do rosto, beijou-a nos lábios com uma expressão de alegria tímida, um moleque vitorioso de seus goles escondidos do vinho da missa, Você me obriga a gostar demais de você, minha pequena.

36

Quando entrou o tempo de secagem do café, o barão presenteou Xede com uma potra avermelhada, Pitanga, além de botas de montaria e uma pulseira-argola de marfim, gravada com o desenho de uma ninfa adormecida; a mãe azedou os lábios, Sagrado coração, parece adorno de cantoneira.

— Não aceito tal palavra na minha casa, senhora. Peça desculpas à sua filha. Ou melhor, troque de lugar com Xede, a senhora ouviu certo, vá, não amarre a cara. Xede, você senta à minha direita agora, é a única útil aqui, vai me ajudar com o livro de contas.

Com sua letrinha organizada, passou a anotar entradas e saídas, em pouco constatou o prejuízo do Cantagalo em toda sua glória. Os paulistas deitam o valor do café no chão, alegava o pai, mas ela via nas vistorias, muito do que se colhia se desperdiçava, os grãos perdidos na secagem, no ensacamento. Talvez o barão não soubesse levar a fazenda tão bem quanto afirmava, como insinuou aquele parente quase preto. Pensou no assunto por dias e sugeriu ao pai deixar os homens na colheita e colocar as mulheres e as crianças para a catação dos grãos. Ele não só aceitou como a deixou encarregada da tarefa, cabível àquela menina, de coordenar um bando de mulheres e de crianças de barriga bichada. Ali, ela sentiu pela primeira vez a satisfação de poder ordenar o mundo, determinar o que e como fazer aquelas mãos de fome separarem os grãos, deitando fora o torto e guardando o puro, a vida como tem de ser, ao menos nos limites do terreiro de terra batida. Em pouco, aprendeu a identificar no olho se as sacas atingiam o peso de ouro de sessenta quilos, quase duas dela mesma, um galho seco de botas de montaria, Xede, Xede, seu cafezinho vai encher as xícaras da França, ria o pai diante da profusão de grãos; nessas horas adquiria uma leveza de rapaz, o rosto rejuvenescido da sisudez diante do livro de contas, logo sisudo de novo depois do temporal, os grãos da secagem afogados, trabalho de semanas feito em lama. Ouviu de má vontade Xede propor forrar a terra com tijolos de barro, assim revolveriam o café molhado sem sujá-lo. O pai ficou pensativo, depois seus lábios resmungaram uma admiração quase inaudível, De fato essa menina tem engenho, e ela teve um prazer sem precedentes. Vinha encontrando na lida da terra um recanto de si, a clausura de sossego, pois o barão andava caprichoso como nunca de suas vontades de animal. Exigia irem ao curral na hora da sesta, conferir o nível do açude a pretexto de qualquer tarde quente. Numa noite de granizo, quis ver os cavalos, depressa a fez calçar as botas, ela de camisola, caminharam no breu até o estábulo, e na volta, num desatino, apertou-a ainda outra vez contra a parede externa do casarão, a respiração presa, possível ouvir as batidas do relógio de pêndulo da sala, contou doze, as palmas das mãos e joelhos, o rosto, contra a cal. Na volta, deram com a mãe sentada à mesa.

37

Aguardava a água ferver para a infusão de calêndula para as dores da mente, à mesa o aparelho de chá, bule, cremeira, açucareiro, xícaras e colherinhas dispostas diante de cada uma das cadeiras. Mamãe gostava de arejar suas porcelanas, trancadas das criadas durante o dia na cristaleira. Servia um chá completo pra si mesma nas horas mortas, a mesa montada para uma partida de convivas invisíveis e simpáticos ao costume de bebericar no escuro, pois a luz piorava sua dor de cabeça constante, terrível, Soubessem vocês o que passo!, suspirava, encarnava as unhas nas palmas para desviar a dor. A pele ferida, exibia a toda visita, orgulhosa do seu método de distrair uma dor com outra, as pálpebras trementes, os lábios machucados de morder. Logo percebeu-a sentada no escuro, Xede escondeu as mãos com a poeira de cal atrás do corpo; fedia a esterco, a nuca, as faces, pegajosas da baba do barão.

— Vejam, senhores, os dois namoradinhos perderam o pudor de vez — a mãe riu para as cadeiras vazias.

O barão observou ao redor enquanto pendurava o chapéu. Dobrou as mangas da camisa, tranquilo ao constatar ninguém ali além das almas penadas sentadas à mesa com a mulher. Caminhou até a mesa e num único puxão de toalha mandou tudo ao chão, xícaras e pires da coleção, a preferida da mãe, pintada de uma cena agradabilíssima a ela: um rapaz oferece uma rosa a uma dama com uma mão e toca seu pezinho nu com a outra, devoto e de joelhos. As xícaras de asinhas douradas se espatifaram com força no chão, também o bule, os pires, o jogo inteiro antes exibido na mesa da mãe dela, da avó, da bisavó, lavado em água morna e secado com linho, sobrevivente a gerações de visitas de olho gordo e de escravas de mão leve, estilhaçado. Despedaçou-se ela também em gritos e choro, tentou estapear o barão, mas foi contida sem esforço, pressionada contra a pintura da família, Eu posso te matar por falso testemunho se eu quiser, mas só vou fazer você limpar a bagunça; desceu-a pelo pulso até o chão, Cate, ela soluçava, Cate, meteu-lhe um pontapé nas costelas; mamãe se desequilibrou sobre os cacos, cortou-se, levou um dos dedos à boca, o sangue escorreu pelo antebraço. O barão se agachou para ver-lhe a mão, Desastrada, ao menos te poupa o trabalho de meter as unhas na carne, como gosta de fazer; e você, Xede, por que está abaixada? eu não mandei ajudar sua mãe, se ela sujou tem que limpar. E se você se cortar aí sim vou ficar irritado.

Decidiu que a menina dormiria o resto da noite com ele na cama do casal, fez a mulher se sentar na cadeira em frente, A senhora vai ficar aí, velando o sono de pai e filha, pense sobre como é feio maldar a família com essa cabeça fraca. Caiu no sono de barriga para cima. Xede permaneceu deitada de lado, os punhos sujos da camisola; arrepiava-se com cada soluço da mãe e tentava conter a própria respiração, aterrorizada com a possibilidade de acordar o pai.

38

As regras vieram pela primeira vez naquela madrugada de granizo e porcelana estilhaçada, o vermelho pubescente empapou os lençóis de linho que a mãe só não amava mais que os pires e as xícaras. Você só sabe fazer porcaria — tirou o lençol num puxão, mandou-a se trocar, esse tipo de sangue nunca deve ficar às vistas.

Fosse pelos perigos de sabê-la moça, fosse pela mãe os haver denunciado às almas da mesa, o barão atenuou os contatos, começou a querer de outro jeito. Suplicou, com uma maneira muito dele de pedir ordenando, que recebesse a papa branca de cheio no rosto, ela de joelhos e ele de pé, os dentes apertados entre a barba de lobo-guará, um uivo contido. Subiu as calças, dessa vez atirou-lhe o lenço, Vamos, se limpe. Observou-a muito, quase ressentido: Você está tomando corpo de moça rápido demais.

39

O humor do barão piorou muito quando as geadas de junho queimaram os cafeeiros. Cartas de dívidas chegavam ao Cantagalo, a despeito das centenas de sacas empilhadas todos os dias nos carros de boi; o pai desdenhava, Os estrangeiros têm língua dormente, só pode, para importarem o café dos paulistas. As visitas do joalheiro tornaram-se assíduas e o homem já não mostrava pudores em analisar as joias na frente das criadas, nem em falar de pagamentos. É só um empréstimo, disse o barão enquanto retirava do braço de Xede a pulseira-argola de marfim, a que a mãe dizia adorno de cantoneira. Mamãe. As dores nas têmporas prenderam-na de vez no quarto depois da madrugada de granizo, apática ao casarão, às porcelanas, também levadas aos bocados pelo joalheiro. Tiraram-na quase à força do quarto para o casamento da penúltima filha, o melhor da gente de Capelinha do Chumbo e do distrito do Carmo apinhada nos canapés arranjados na varanda sob as ordens de Xede, a mocinha ao lado da mãe. Cochichava em seu ouvido os nomes dos convidados, sorria por ela a cada um deles, mandava checar se a leitoa de fogo de chão estava no agrado, a ambrosia no gosto das crianças, copos cheios. Improvisou para a irmã um buquê de crisântemos roxos e sempre-vivas, o laço do mesmo cetim do vestido. Alguém perguntou como as flores chegaram tão frescas da capital, trabalho de modista francesa, haja bom gosto, Praxedes Lima num vestido cor de goiaba madura, bem encaixada na posição de organizar, de adivinhar as necessidades e as ansiedades dos convidados, sabida de agradá-los ou deixá-los ainda mais desconfortáveis, de acordo com o interesse da família: distinguiu os melhores lugares para o bispo e os barões com suas esposas na frente do joalheiro, tratou a ele e à sua família sem sobrenome com educação fria, às criadas a orientação nada discreta de mantenha essa gente de barriga cheia até resolverem ir embora. O casamento da irmã, um respiro na rotina de sobressaltos entre o cafezal, o casarão e as vontades do barão. A satisfação de ser anfitriã só não foi completa por causa de um olhar carregado de sentidos que o pai lançou a ela quando, sentados diante da esposa e do filho do barão da fazenda Ponte Alta, um estudante de medicina, recebeu da baronesa um elogio sincero e com intenções, Você tem muito expediente, menina, Deus me dê uma nora assim. Xede sorriu, reconheciam seu esforço em manter a dignidade do Cantagalo; compreendeu as entrelinhas da baronesa, no entanto, quando percebeu seu péssimo efeito sobre o barão, condenou-se por haver sorrido. O pai com certeza achou-a assanhada. Tentou de todas as maneiras apaziguá-lo, séria e de cabeça baixa, afastada do estudante e da baronesa. Logo precisou resolver um assunto na cozinha, o barão veio atrás, puxou-a pela cintura para dentro do lavabo, exaltado da sidra mandada trazer de São Paulo, É uma mulher como as outras, se deixo cacarejar no terreiro logo pensa que é o galo; virou-a contra o lavatório e fez ali mesmo, com a porta entreaberta, maldizendo o rapazinho da Ponte Alta e todos os outros da festa, não havia quem não a cobiçasse, por que ela se exibia assim? A depender dele, não se casa nunca, não tem força para se desfazer da sua menina. Aliviou-se dentro dela, sem o cuidado de tirar fora dessa vez. Você é mais preciosa que uma dezena de olhos-d'água sob a terra, meu amor. Comece a ciscar por aí e eu corto seu gargalo.

40

Promessas de afeto são um oratório comido de cupim, intactas enquanto não é preciso movê-las de lugar. Assim foi quando o milagre e a danação chegaram de mãos dadas ao Cantagalo: Praxedes e a baronesa ficaram grávidas ao mesmo tempo. Quem descobriu a gravidez da filha foi a mãe, ela mesma com a barriga avançada, reparou na de Xede sentada com o pai, os dois ocupados no livro de contas, a menina com as calças de montar apertadas na cintura, uma dobra abaulada, como se tivesse meia cabaça debaixo da roupa. A mãe mandou-a levantar, tocou-a como nunca na volta do ventre, nos seios, a mesma minúcia de quando procurava rachaduras nas suas louças para acusar as criadas; Praxedes, há quanto tempo não vem o incômodo?, perguntou, já abraçando a própria barriga de horror, Sagrado coração, está prenha! De garimpeiro, só pode, essa cantoneira cedeu a um garimpeiro por aí — o mesmo modo de agir de quando desconfiava das criadas haverem metido a colher nas compotas de doce: queixava-se das formigas bundudas a dar cabo dos potes. A culpa é do senhor, barão, a culpa é toda sua, essa menina vive solta no cafezal, no açude, caiu nos braços de um qualquer, porque foi isso, um forasteiro!, nunca saberemos quem é, nunca saberemos, desonra, o senhor dê jeito. A culpa é toda do senhor.

Entre atordoado e sombrio, o barão alternava os olhos da barriga da esposa para a da filha. Trancou-se por semanas, silêncio de furna no casarão. Tudo andava mal. Não havia visitas do joalheiro porque já não havia o que penhorar; quilombolas invadiram a fazenda à noite, sacas e sacas levadas sem barulho nem testemunha. A barba do barão polvilhou de branco em pouco tempo, sentado à mesa diante de uma folha com a expressão no além, pensava sem escrever. A quem destinava tanto cuidado nas palavras? Xede não distinguia o todo da situação, tomada de uma fadiga de cabeça e de corpo, piorada depois da barriga se arredondar, pesada e pouco natural, como as barrigas costuradas nas bonecas de pano. Cobriu o espelho de corpo para não ver, trancada no quarto desde a descoberta; a mãe criara-lhe uma febre perniciosa, as refeições deixadas na porta com uma batida rápida, as criadas amedrontadas. À noite, vinha a mãe com a bacia d'água. Esperava-a se limpar virada de costas, sem palavra, passava outra vez a chave na porta. Da vida, agora, apenas a janela, os diferentes coloridos do céu sobre o cafezal, os lavradores amanhecidos em fileira diante da plantação, época de colheita. Logo ficasse livre da saliência no corpo, correria com Pitanga entre o verde, testaria a madureza dos grãos entre dedos e dentes. Entendia tudo aquilo: acontecia o mesmo com as vacas, as éguas, as cadelas montadas pelo macho. Quando a cria nascesse, o pai certamente mandaria jogar no açude, como se faz com os cachorrinhos indesejados, afogados logo paridos, os ganidos sumidos na água antes de existir. Deve doer muito na hora de parir. As fêmeas se afastam, ficam bravas de morder. Decidiu não se alimentar, então, matar a cria de fome antes de nascer; não pôde: uma força de dentro fazia partir o pão, sorver a sopa, como se a coisa a guiasse a favor da própria vida; revelava-se presente por uma dor na bacia, um jacaré a bocejar dentro do corpo, não a deixava dormir de bruços, deitada de barriga para cima ou de lado num torpor sem sono. Vasculhando as gavetas para se distrair, encontrou uma Bíblia velha, lia em voz alta, o latim dançante na língua, esquivo no entender, como os padres acham os pecados neste livro? Se soubesse latim, talvez descobrisse a penitência por levar o próprio irmão na barriga. Talvez a mãe tivesse razão. Se não tivesse vestido calças e ido ao cafezal, não haveria isto; antes ter ficado em casa, aprendendo a ser moça. E se parisse um menino e o entregassem à igreja? Seria padre bem longe e nunca o veriam. Seria uma redenção. A ela, ao pai, à família. Também nas gavetas, encontrou um livreto sobre a Virgem, poucas linhas e muitas figuras, bom de ler, presente esquecido da tutora. Leu com atenção a história da mãe de Jesus, sua prenhez por vontade de Deus, tanto pai de Maria quanto do filho, Ele, sumiu, largou Maria na desonra, só não a condenaram de vez porque se casou com um pobre e sem importância, carpinteiro. Ao menos contou com a visita apaziguadora de um anjo Gabriel dourado, alguma promessa de futuro, de que tudo ficaria bem… Praxedes! Praxedes, vista-se e depressa — a mãe destrancou a porta, entrou esbaforida, a barriga tão pesada quanto a da filha. Mandou Praxedes colocar um vestido, ajeitou-lhe a trança, desviando os olhos do corpo da menina. Pegou-a pelo braço e seguiram para a sala, havia uma visita, um homem, reconheceu-o de pronto: o parente torto que havia insistido em ver o cafezal, o destratado pelo barão. O homem fitou sua barriga sem reservas e, num sinal de assentimento do pai, beijou-a na mão, presenteou-a com uma caixinha de veludo, um anel.

41

Talvez tenha havido uma flâmula de afeto quando a vestiu de noiva. Disso fez questão, filha sua não se casava sem apuro, mesmo se não merecesse. Improvisou o véu das sobras do de uma das outras filhas. O vestido, uma camisola de núpcias guardada desde seu próprio casamento, aberta na cintura em saia de boneca, escondeu de todo a barriga da noiva, empinada como costuma ser barriga com menino homem — ocorreu-lhe enquanto penteava Praxedes, parou com a escova no ar: havia acreditado por segundos que ainda era a senhora do Cantagalo prestes a casar bem outra filha; deveria aprontá-la, aconselhá-la sobre as núpcias... nem virgem é, leva na barriga... malditas saídas para o cafezal. Nunca concordou com a menina vestir calças, fazer contas, coisas de homem, pra quê? Para no fim acabar como ela mesma, comida pela própria cria. Pois os filhos te comem por dentro, depois sugam o resto com o leite. Soube disso desde a primeira gravidez. Não têm gratidão. A danada soube encantar o barão como ninguém, roubou o lugar da própria mãe na cama, na mesa, no coração. Agora será a senhora do Cantagalo, em ofício e sacramento. Barão Honório e esposa seguirão para a cidade do Carmo, a pretexto de terem à mão um médico e as filhas casadas para ajudar com a criança temporã. Tomara que a língua do povo aceite. As duas ali diante do espelho, o rosto infantil refletido logo abaixo do rosto dela mesma. Nunca simpatizou com a filha caçula, aquela menina tão repetida do barão nos gestos, nas expressões, tão parecida no físico, só no físico, com ela própria, uma lembrança odiosa da sua pele fresca de antes, dos cabelos lustrosos, da sua saúde. Todavia, uma pepita de compaixão, talvez: temia pela filha. Xede não serve para esposa, não serve nem para mulher, na verdade, nasceu com jeito de botar cabresto, não de levar. Vai sofrer. Encaixou o véu na menina do espelho e falou por inspiração, sem saber se dava um conselho ou lançava uma praga, Baixe o relho, Praxedes, esse homem vai tirar a forra das desgraças dele em cima de você. Preocupada até o último momento em ser roubada pelas criadas, empregou o tempo antes da cerimônia em recontar toalhas e lençóis, deixaria um enxoval mínimo à menina, uma casa sem cortinas nem enfeites bonitos, desfalcada dos restos de prataria e louça. Não pôde pensar em castigo pior.

42

Filhos concebidos em pecado nascem com os braços e as pernas invertidos, a alma deles vem direto do inferno, de mãos dadas com o canhestro, ouviu a mãe dizer ao marido pouco antes do casamento arranjado na sala do casarão, o oratório feito de capela entre trouxas de mudança. O anel de noivado, largo para o dedo, caiu durante a cerimônia e Eugênio de Lima o perseguiu sobre as tábuas e o recolocou no anelar dela, Pronto, o senhor frade continue, não foi nada. Praxedes nunca tinha visto ninguém mandar no casarão, a não ser o pai, agora de cabeça baixa, com o chapéu de asas de urubu a despeito de estarem dentro de casa; podia sentir seus olhos por debaixo das abas, dois ovos prestes a rolar e se espatifar no chão, *já não são dois, mas uma só carne* — a voz de carro de boi do frade se misturava à claridade do meio-dia sobre a mobília de gerações, exposta em suas ranhuras e cupins, os tapetes na cor de ontem, tudo agora do parente da capital: a fazenda, o cafezal, os bichos e os empregados, a cama com dossel e lençóis perfumados com água de rosas para as núpcias, aquele homem iria querer dela o mesmo que o barão? Um refluxo azedo lhe subiu à garganta, o vômito respingou nas sandálias do frade, por sorte a mãe acudiu para salvar o véu.

43

A comitiva saiu com o barão à frente, montado no Bagual, a égua Pitanga puxada por uma corda, preferia vender o animal no Carmo a deixar para Xede cavalgar por aí com seu novo marido pra dentro do cafezal, oferecer a ele sua boquinha assustada, o corpo de vara, como ficava linda de calças, um rapazinho orgulhoso. Sentiria muita falta dos cabelos dela, cheiro de terra viva; os da esposa cheiravam a pano guardado, como se os mantivesse dobrados dentro da cômoda de dia e os pusesse à noite para irritar o nariz do marido. Despautério, ter de abrir mão de sua menina. O peito doeu na hora do sacramento, nunca sofreu tanto, abdicava de Praxedes, dos pés de café, do casarão, da carruagem. Apertou a mão do genro como apertava a do joalheiro, o amargo de haver feito um negócio ruim e inevitável. Desgraçado, periga pegar uma safra boa, ainda. Olhou as serras do Cantagalo pela última vez. Pior que se desfazer de Xede é entregá-la para um tipo daqueles, meio sobrenome. Aquilo o desgostava, até como pai. Esporeou o Bagual com fúria, ansiando por um raio, a gameleira partida ao meio, a casa em chamas, genro e filha incinerados, qualquer possibilidade de entrosamento entre os dois feita em cinzas.

44

Tomou o lugar à cabeceira da mesa, a gola afrouxada sobre as correntes de ouro, douradas também as abotoaduras em suas mangas. Mandou chamar todas as criadas, Duas ficam, disse, resolvam entre vocês, as outras vão procurar trabalho em outra banda, o Cantagalo agora está em mãos de quem sabe administrar uma fazenda, fofoquem por aí. Cadê os copos finos desta casa? No oratório havia um cálice de prata, aquele a baronesa não teve coragem de levar, exposto no oratório a não se sabe quantas gerações. Eugênio de Lima atirou o vinho sacro fora e encheu-o de cachaça; abriu o livro de contas, os dedos de anéis se demorando nas páginas preenchidas por ela mesma, Praxedes. O rosto se contraiu, a fazenda ia de fato mal. Fechou o livro e pediu a caixa de charutos do barão, sem olhá-la. Praxedes sabia, logo a chamaria para o quarto. Não dormia havia dias, a barriga pesada, nauseada das mudanças, da despedida sem palavras dos pais, mamãe na carroça com as porcelanas de Limoges a seus pés, papai puxando a comitiva com o Bagual, desapareceram na curva das serras, deixando-a só, tão só como nunca. No lugar do pai na ponta da mesa, aquele homem com o cálice de prata, o charuto nas mãos. Vai chamá-la para o quarto e sabe-se lá que vai querer além de tudo de horrível que ela já sabe. Antes morrer. Sim. Há uma navalha na casa de banho, corre-se até lá em um pêndulo de relógio, basta um golpe, um, na garganta ou no ventre, e tudo se acaba. Um senhor corte e o sangue verte com força, acaba-se tudo. Em dois pêndulos de relógio, ainda, é possível cuspi-lo na cara antes de correr, há tranca na porta, o tempo de se passar a navalha... Um golpe, um. E se a lâmina não tiver fio? Até aos porcos, mortos com machado afiado e punhal, são necessários muitos golpes, a navalha sem corte do barão no máximo serviria nos pulsos, cavar a pele à força, morte lenta... Eugênio mandou-a se aproximar.

— Praxedes, é esse seu nome, não? Sirva um dedo de conhaque pra mim e outro pra você, venha, beba comigo, não fará mal. Conte o que sabe fazer. Sua mãe lhe ensinou a mandar nas criadas? De uma casa você sabe cuidar, espero.

— Sei de café. — Ficou encostada na parede.

Serviu-se ele mesmo, o conhaque alaranjado dentro do copinho, muito além de um dedo; virou-o de todo, voltou ao cálice de prata.

— Então sabe de café. Aprendeu com quem? Só não me diga que foi com seu pai, porque se foi, desculpe se estou rindo, vou precisar manter você trancada, longe do meu cafezal. Nunca vi um fazendeiro tão burro, dê graças por esta terra não haver se partido em cem, ia acontecer. Foi ao colégio?

— Leio, escrevo e faço as contas — apontou para o livro.

— Quero saber se foi ao colégio aprender piano e palavras elegantes em francês.

Não.

— Paguei mais do que você vale então. Mas pra tudo há proveito. A senhorita, ou melhor, a senhora apenas governe as criadas, comida na hora e poeira fora, cante essa toada na sua cabecinha e seremos os melhores amigos. Só não gosto de cara feia, mas hoje eu perdoo, é seu primeiro dia. Então ficamos assim, você traga as criadas no cortado e nunca mexa neste livro. Seu pai até falou da sua cabeça pras contas, mas não me agrada caneta em mão de mulher, prefiro as coisas como são.

— O senhor podia usar um chapéu de feltro, o senhor tem um chapéu de feltro, abas curtas? — mudou de assunto como se não o ouvisse. Percebeu haver causado alguma surpresa, pois ele negou com a cabeça, atento ao que viria, nas linhas da testa a suspeita de não ser certa das ideias. — Esse chapéu de abas largas deixa o senhor parecido com um homem de Capelinha, desculpe se estou rindo, aquele homem é engraçado, foi capitão do mato, dizem, mas hoje tenta ser elegante, comprou um chapéu igual ao dos barões, mas não lhe cai nada bem, papai diz que é como arrear jumento com sela de manga-larga. — Um dos braços apoiou-se contra a parede, bastava um impulso, o trajeto para a casa de banho repassado atrás dos olhos.

Eugênio abriu a boca, fez menção de falar, nem sombra da ligeireza de quando rebateu o barão Honório à mesa há um ano. Não esperava a foice dela, fato. Se não usasse a navalha na garganta, no ventre ou nos pulsos, se esse homem não a estrangular, já sabe onde e como ofendê-lo nos dias a vir. Como serpente enroscada depois do bote, trêmula, aguardou. Poderia resistir a um tapa. A um grito no rosto, o bafo de quem cobra o desaforo. Mas não. Eugênio de Lima manteve um sorriso fechado, um sorriso sem covas no rosto nem rugas nos olhos, como as bocas pintadas nos brinquedos. Pois não quer se mostrar ofendido, não vai bater por orgulho. Talvez deixe para outro dia, um tapa por outro motivo qualquer, por coisa pouca; a mãe era assim, o pai também, talvez todas as pessoas sejam: a raiva não vai embora do corpo, nunca. Os dedos de Eugênio passearam na borda do livro de contas, arranharam a ponta surrada da encadernação; ela entendeu haver topado na beira de um matagal perigoso, tal como forçar o indicador no cetim, o limite último entre aderir o tecido à forma do dedo e furá-lo. A navalha não daria conta nem dos pulsos. Melhor, mil vezes melhor, antecipar-se, encurtar as próprias rédeas.

— Como diz meu pai, senhor, algumas pessoas nos parecem semelhantes por causa mesmo nossa, de quem olha, não que seja verdade. O senhor não se ofenda com minha lembrança de seu chapéu, eu estou cansada, muito cansada, me perdoe, o senhor é superior em tudo àquele homem de Capelinha, não importa o que possam pensar por causa do seu chapéu. É gente difícil de agradar, a daqui, gostam das coisas como são. Vou cuidar da casa, não se preocupe, o senhor é bondoso em manter duas criadas.

45

Agripina, quer dizer desvirada por milagre. Foi a parteira quem sugeriu o nome da criança, ninguém se opôs. Nasceu com braços e pernas no lugar, a pelezinha transparente ao sangue como os filhotes de ratos, minúsculos e despelados, igual, credo, a boquinha querendo o bico do peito. Fosse uma leitoazinha parida no chiqueiro, a porca a comeria com toda razão: mirrada, não vale o leite que tenta puxar, da teta nem uma gota, nada. Eugênio não quis deixar a menina morrer de fome e por algum motivo se empenhou a favor da criança. Trouxe da capital uma ama de leite, sorriso mole e pulseiras grossas no punho, junto sua molequinha de uns três anos, robusta, risonha, com o péssimo hábito de ainda mamar, e de pé, descobria o peito da mãe a qualquer hora, exigia leite mesmo depois de comer do prato e pirraçava quando a mãe acomodava Agripina no colo. Maria Quitéria, a ama de leite, passava os dias folgada, sem ocupação além de amamentar e cochilar na varanda; comia nata fresca toda manhã, mandada trazer por Eugênio, à tardezinha sopa com coxa e peito, a assoberbada torce o nariz para pé e pescoço, soube das criadas. A presença daquela mulher, no entanto, era útil. Maria Quitéria atenuou de vez o pavor de Eugênio procurá-la na cama quando acabasse o resguardo, porque toda noite, após trabalhar até as velas apagarem, ele ia dormir no quartinho da ama de leite, tendo o cuidado de se mudar para o quarto principal antes de as criadas amanhecerem na cozinha.

No batismo de Agripina, Eugênio de Lima mandou dispor uma mesa de festa em frente à capela do povoado, bolos, cachaça, carne assada, convidou além do recomendado pelo bom senso, taças de refresco e cadeirinhas arranjadas às pressas para as senhoras de importância, o novo dono do Cantagalo esforçado em uma simpatia de anfitrião da qual carecia, as correntes de ouro escondidas sob a camisa com colete, chapéu de abas curtas, feltro. Sem jeito de não vir, compareceu o barão Honório, junto de uma filha casada, ambos vestidos de luto; nos braços da irmã, a criança temporã do barão, nascida pouco antes de Agripina. Praxedes soube dois fatos importantes apenas ali, e não sabe qual causou mais amargor: a mãe morreu de parto; o bebê era menino, Modesto Lima, o primeiro e único depois de uma fileira de filhas. Todos cumprimentavam o velho barão, ele emagrecido e encurvado, bambo dentro da sua casaca e do seu chapéu, como se recebidos de esmola as próprias roupas de quando vistoriava a plantação sobre o Bagual. Sentou-se discreto, sem olhar; talvez tenha buscado, por baixo de seu chapéu, braços e pernas invertidos em Agripina. A menina, um despropósito de perfeita, rosada, já sabendo sorrir, uma maldição ter nascido viva; por que Deus matou-lhe a mãe e ainda deu um filho homem ao barão? Porque tem raiva das mulheres. Esse menino, o herdeiro, reivindicará o lugar à cabeceira do Cantagalo, um dia. E o terá. Sem saber como se planta e se cresce o café, sem saber mandar nem montar. Sem haver sofrido as alegrias e o terror de ir ao cafezal. Nunca será como ela mesma, o filho de fato, apesar da falha de haver nascido mulher. Fosse homem, muito teria evitado. Teria metido uma bala na testa de Eugênio quando visitou o Cantagalo naquele dia, papai disse "o caminho para Capelinha é perigoso", como ela não entendeu? Se fosse homem, deixe estar, pai e mãe estariam em casa, a vida tranquila, orgulhosos dela, o filho primeiro, tomando conta do cafezal, meu cafezal! Fosse homem, não teria montado com o pai no Bagual. Em filho homem não se toca, papai, não me encoste ou não respondo por mim.

O senhor pode até ter um filho, mas nunca o amará como a mim, nunca o machucará tanto.

46

Maria Quitéria assistia ao batizado de pé no fundo da capela, empencada de pulseiras nos braços e nos tornozelos, um corte de tecido trespassado sobre o peito, Maria Felipa no colo, enfeitadinha como se valesse alguma coisa. Um desaforo aquelas duas ali. Podia sentir a atenção do povo alternar de Maria Quitéria para ela própria, as línguas crescerem feito rosca no forno. Conhecia Eugênio quase nada, mas pôde ler no rosto a surpresa também: Maria Quitéria veio sem permissão. Ruim, muito ruim ela achar ousadia para isso; o algo entre esses dois vai além de se lambuzarem na esteira nos fundos do casarão. Querem-se. Tal como o pai a quis também um dia e por isso destituiu a mãe do lugar à sua direita na mesa, deu a cadeira a Xede, sua predileta, e também o livro de contas, a égua Pitanga, a pulseira de marfim. Quanto Eugênio dará a Maria Quitéria? Como vinho entornado em toalha branca, a ama de leite avançava sobre o casarão, dona de direitos impensáveis às outras empregadas: as cadeiras de palhinha da sala, sentava-se a pretexto de ajeitar Agripina no colo e ali ficava, distraída e cantarolando em língua de preto; outro dia entrou no quarto do casal para se olhar no espelho do guarda-roupa. Vai à cozinha dizer como Eugênio quer a comida, só ela sabe fritar os torresmos como ele gosta, as criadas contaram, palpita na firmeza do angu, faz cortar o quiabo em pedacinhos miúdos. À noite, traz Maria Felipa para a sala, Fia, peça a bênção! Eugênio beijava de volta a mãozinha da moleca, pedia bênção também, riam os três dessa brincadeira boba, Eugênio tinha um acordeão, puxava o fole devagar, depois rápido, a menina batia palmas no ritmo, fazia-o sorrir, Fia esperta, minha princesa.

47

Agripina berrava, negava o colo de Praxedes, desacostumada da mãe. Só se acalmou nos braços de Maria Quitéria, vitoriosa em pegar a menina, Vem, minha pititinha. Tirou o peito ali mesmo, se dirigia direto a Eugênio, na frente de todos. Sentada na ponta de uma cadeira, encalorada e emburrada, a mulher do barão da fazenda Ponte Alta. Eugênio teve a insensatez de a convidar para madrinha. Senhor, não convide o casal da Ponte Alta, vão tomar como desfeita por não poderem recusar, ela avisou, mas Eugênio fez como quis, apresentou-se sozinho na fazenda, falou com a baronesa sem o marido em casa, cavou a pior impressão. A baronesa devia pensar o pior dela, logo a baronesa, que um ano antes a havia elogiado, "moça de expediente", a queria pra nora. A baronesa e todos os outros deviam pensar: de onde saiu o genro de Honório Lima, por que casou a filha tão depressa? Praxedes humilhou o nome da família, Agripina é grandinha demais para haver nascido antes do tempo, como disseram. Esse parente Lima já havia visitado o Cantagalo outras vezes... Sorte Agripina haver saído com a pele e os cabelos vermelhos do avô, porque o Lima torto... Pobre do barão Honório, uma desonra dessa, filha ingrata, sem-vergonha.

48

Em casa, Eugênio não só perdoou Maria Quitéria ter ido ao batizado como a trouxe para um dos quartos principais do casarão, Fia colocada na cama que havia sido dela mesma, Praxedes. Teve então a certeza terrível de que ele pretendia para Maria Quitéria o lugar de esposa, para Fia a mesma educação de Agripina. Dia menos a ama de leite aparecerá prenhe, ouvia os dois gemerem todas as noites, todas, despreocupados de abafar suas lambanças. Que desfecho para o Cantagalo, uma geração de pretos, saídos da barriga daquela ninguém, fazendo dela, Praxedes Lima, um espectro dentro da casa onde nasceu, tolerada por força das aparências, tal como a ânfora horrorosa que a mãe havia ganhado de presente de casamento da família Rabelo, mantida no centro da mesa. As criadas já vinham perguntar a Maria Quitéria se porco ou galinha para o almoço, Agripina só aceitava comida e banho das mãos da abusada, que, com a desculpa de ensinar a menina a comer, começou a sentar-se à mesa para jantar, perfumada, com seus turbantes, braceletes e colares, uma exibição de pedras coloridas, ouro, enchia o prato das melhores partes da carne, falando dengosa com Agripina e Fia; devia usar aquela mesma voz com Eugênio quando se fechavam no quarto. Lá ele ficava, retornava ao quarto de casal só para se lavar antes de sair para a lavoura, ela fingindo dormir, espiava-o da cama enquanto lavava o rosto, o pescoço, a expressão menos grave por acreditá-la dormindo ou por haver se alegrado com Maria Quitéria. Velho não era, não fosse a mistura de berço passaria até por bastante elegante, herdara o perfil dos Lima, força do sangue.

Suas mãos abotoavam a camisa, ágeis; já havia reparado na sua destreza ao acordeão, na verdade até gostava um tantinho de vê-lo tocar, a despeito das letras de cantoneira que Maria Quitéria metia no meio das músicas, a sisudez do casarão suspensa pela música. Quando tocava, os dedos dele não pareciam os sem traquejo com os talheres, os da caligrafia cheia de erros do livro de contas; sempre dava um jeito de espiar o livro: ao menos de entrada e saída de dinheiro Eugênio de Lima parecia entender, as contas do Cantagalo estavam se equilibrando. Saber a fazenda sem risco de se partir de alguma maneira a consolou, até a reviveu.

Talvez tenha sido um querer viver apesar de tudo, não sabe; talvez tenha sido entender a vida não ser *a*, mas *as*, muitas em uma, abertas na força da corredeira, braço de rio. Um rio ainda o de antes, pois as mesmas águas, mas agora também outro, no tombo da nova direção. Precisou ser leito estranho para seguir vivendo. Suas ações dali em diante abriram terra, misteriosas para ela própria.

49

Praxedes veio jantar com os cabelos arranjados numa trança comprida posta de lado, o vestido verde-goiaba, o mesmo do casamento da irmã, bem passado, água-de-colônia nos punhos e atrás das orelhas, no pescoço o camafeu de ouro da mãe, encontrado na cômoda do quarto de casal, ouro velho poupado do joalheiro e esquecido de propósito ou não pela mãe na mudança. Além de se vestir com cuidado, havia mandado cobrir a mesa de jantar com a toalha de renda portuguesa, tirado das gavetas guardanapos de pano com o brasão dos Lima, feito encher a ânfora horrorosa de crisântemos. Enquanto jantavam, falou pela primeira vez à mesa. Quis saber se Eugênio havia se cansado muito durante o dia, o cafezal anda uma beleza visto da janela, a plantação nunca esteve tão folhada. Sobre o cansaço, Eugênio respondeu com um levantar de sobrancelhas, o que você acha? Sobre o cafezal, não disse nada, impassível, mas Maria Quitéria, que o conhecia bem demais, percebeu o efeito dos elogios da menina. Eugênio bebeu um gole maior, bateu o copo de volta na mesa com força, fez uma gracinha para Agripina, de quem nem dava pela existência. Quando precisou ir à cozinha temperar o quibebe como Eugênio gosta — com muita pimenta, sim, divertia-se com a cara azeda da esposinha, gente carola não agrada de tempero —, retornou a tempo de ver Praxedes servir o prato de Eugênio, exato como ele gostava, o lombo acamado sobre a mandioca bem amolecida, completado ainda com o quibebe, tomado direto das suas mãos, só uma colherada em cima da carne; ia para um lado e outro da mesa com aquele vestidinho verde enjoado sobre os ossos, Praxedes será uma menina de quinze anos para o resto da vida, costumava rir com Eugênio da sua magreza, de dar dó. Reparou na sua trança bem-feita, logo ela que nunca fazia os cabelos, quando abriu a cristaleira para pegar dois cálices delicados, esquecidos no fundo de tão transparentes: colocou um para Eugênio, outro para si mesma e serviu licor, um licor vermelho; afastou de Eugênio o copo de cachaça, empurrou-o para perto de Maria Quitéria, para quem pediu, por gentileza, o favor de ir buscar na cozinha a ambrosia e os pratos de sobremesa, Licor fino, senhor, se come com doce, meu pai o barão fazia assim. Maria Quitéria atendeu revirada de despeito, mas sem deixar de sorrir; foi e voltou depressa da cozinha, atenta aos dois.

50

Aceitou a gentileza inédita de Praxedes de trazer água aquecida para lavar o rosto, de ajudá-lo a se enxugar. As mãozinhas dentro dos punhos de renda da camisola secaram seu pescoço, os respingos de água no peito, no caminho ralo de pelos da barriga; esbarrou-o entre as pernas com os cotovelos, depois com as costas das mãos. Foi o suficiente. Cheio de urgência, empurrou-a de costas sobre a cama e se jogou sobre ela, segurando a respiração para não ser ouvido do outro quarto.

51

Como de esperar, Maria Quitéria ficou assertiva com seus direitos. Passou a pôr a mesa do jantar, cálices e pratos para três, empenhada em se mostrar cheirosa, colorida e alegre apesar do tremor leve nos lábios quando sorria. Eugênio começou a mudar de quarto muito antes de amanhecer e a perder a paciência com Fia, que sempre queria contar ou mostrar-lhe alguma coisa. À mesa, ouvia interessado as histórias de Praxedes sobre o baronato de Capelinha, as heranças passadas por gerações. Prevendo o desastre, Maria Quitéria reagiu como pôde, mostrou seu poder sobre Agripina: recusava colo à menina, que iniciava uma pirraça cortante à mesa e impossibilitava qualquer conversa. Esquecia do banho da menina de propósito e fazia de má vontade quando mandada. Repreendia Agripina por um nada e na frente da mãe, afastando com quase brutalidade as mãozinhas que tentavam puxá-la pelos colares. Uma das criadas veio contar, a ama de leite beliscou Agripina no braço. Praxedes considerou a informação útil, esperou a noite para se queixar com Eugênio, bem-humorado depois de se deitar com ela daquele jeito de costas.

— Senhor — colocava inflexão na palavra, ele gostava —, a ama de leite bateu em nossa Agripina. Eu também não acreditaria se contassem, mas eu mesma vi, um tapa e um beliscão, quase a derrubou.

— Maria Quitéria gosta muito de Agripina, você viu errado.

— Uma das criadas também viu, pergunte na cozinha, um tapa fortíssimo, melhor arranjar uma pajem para a menina. A propósito, não precisamos de Maria Quitéria aqui, Agripina já desmamou faz tempo.

— Deixe disso, a menina não fica sem Maria Quitéria. É até maldade separar as duas, que ideia! Não fale outra vez nisso.

— Na idade de Agripina já se pegam os maus hábitos, imagine se aprende a falar como aquela mulher, a rir daquele jeito. Educação é desde cedo, senhor.

— Ora, posso até arranjar uma pajem para Agripina, resolvido. Mas Maria Quitéria fica. E há Maria Felipa... Companhia pra Agripina, criança sozinha cresce luxenta e aborrecida.

— Mas eu falei em nos desfazermos de Fia? Ah, senhor, jamais, como pensou isso? De Fia sou eu que não posso me separar, nunca. Gosto de Fia como de uma filha. Penso nela moça, o senhor sabe. Com a mãe perto, não há jeito, vai aprender a rir mole, a ser à toa, esses brincos e panos enrolados na cabeça. Para má criação não há conserto, imagine se algum barão casaria um afilhado ou até um filho com ela, sim! Um filho de barão para Fia, não ria. Tão boazinha, só precisa de quem a guie.

— Você educaria Maria Felipa para ser uma moça sóbria? Educaria Fia como sua filha? — as palavras surgiram aos poucos, depois de um silêncio prolongado.

— Como não, se eu já a educo? Com o exemplo, meu senhor, tudo é exemplo, assim dizia o barão meu pai. O problema são os maus hábitos. Se a semente está no sangue, o perigo é maior, meu pai dizia assim. Os modos da mãe, aquela facilidade toda, é o mesmo que regar a semente. O barão sabia das coisas, como o senhor também sabe, é um homem vivido. Eu sou só uma moça da roça, mas muito bem-criada, no rigor e com o melhor, isso posso dizer. Então deixe Fia para mim, ela vai crescer sabendo o que, e quem, é bom.

52

Em uma noite de junho, daquelas de esquentar os lençóis com ferro de brasa para poder se deitar, Praxedes percebeu Eugênio acabrunhado. Maria Quitéria não havia se sentado à mesa para jantar, fechada com Fia no quarto. Havia tempo não sorria e, no dia anterior, soltou um muxoxo descontente quando Eugênio recebeu das mãos de Praxedes o refogado de ora-pro-nóbis — que até então ele dizia nem suportar o cheiro, só em Capelinha gostam dessa merda — e colherou com gosto. Tarde da noite, quando se esgueirou para o quarto da ama de leite, o casarão ecoou os gritos, um destilado pouco reconhecível do timbre vagaroso com o qual Maria Quitéria ninava as meninas, com o qual perguntava a Eugênio, manhosa, se queria algo depois de jantar. Pois brigaram. E, pela primeira vez, Eugênio retornou ao quarto de casal logo saiu. Praxedes o ouviu se deitar, remexer sem achar jeito de dormir e, por fim, levantar-se. Passou o resto da noite e o dia seguinte fora, Maria Quitéria sem sair do quarto. Agora à noite, covas sob os olhos, Eugênio mirava o breu da plantação, a janela aberta apesar do frio, andava de uma parede à outra; às vezes, fazia menção de sair e desistia, a mão no queixo. À Praxedes, ocorreu a lembrança de um dia no curral, quando o barão lhe pediu algo feio, feio, feio, algo que nunca contará a ninguém, que a fez chorar de vergonha depois e que deixou o barão contente como nunca. Assim, quando Eugênio caminhou até a porta, postou-se à sua frente, impedindo-o de sair, baixou as calças dele sem hesitar; ajoelhada, tocou-o lá com a boca, Eugênio surpreso e entregue àquela novidade suja. Aliviou-se em segundos, de pé e em cheio no rosto dela, exato como o barão, dentes apertados, um cão afobado, os homens variam muito pouco entre si. Quando terminou, exausto e atônito, ela o fez deitar, acarinhou-o até cochilar. Quando ele abriu os olhos, como quem recupera os sentidos sem saber quantos dias ficou derrubado pela febre, ou como quem se lembra de repente de haver passado a hora, ela o empurrou sem esforço de volta para a cama, Hoje você dorme comigo, por favor, só hoje.

53

Antipatizadas com Maria Quitéria por terem de trocar seus lençóis, por ela mudar de vestidos todos os dias, sem pudor nenhum em mandar lavar até sua roupa branca; por verem-na sempre emperiquitada e descansada, com as mãos macias de não trabalhar, tudo isso apenas por ser a preferida do senhor, as criadas de dentro acompanhavam com interesse a boa vontade crescente de Eugênio de Lima para com a menina Praxedes. Comentaram sobre o breviário encapado em couro e fios de ouro que ele trouxe para a esposinha, também sobre a égua Pitanga, comprada de volta, nisso elas mesmas ajudaram: Eugênio de Lima veio perguntar se sabiam para quem o barão havia vendido a égua vermelha, Praxedes fala muito dela, e em pouco Pitanga passeava pimpona no pasto do Cantagalo. Mas o que dava assunto, e isso não havia mesmo como não ver, eram as formas da senhora: antes um pau de sebo, agora bojuda, bem da redondinha. E não sangrava havia mais de mês, isso sabiam, não havia tirado os paninhos higiênicos da gaveta. Contariam a novidade no povoado, cada uma reivindicando para si a esperteza de haver notado primeiro. Praxedes Lima estava grávida.

54

As dores duraram pouco e o menino escorregou com ela de cócoras, sozinha no quarto, pois mandou todos, até a parteira, aguardarem de fora. Cortou o cordãozinho com a tesoura de costura, conferiu, apenas por hábito, cabeça, braços e pernas no lugar. A pelezinha, não tão transparente como a de Agripina, também não deixava de ser clara, não mesmo, é nas juntas dos dedinhos que se vê a cor do futuro, passará como moreno, talvez até por branco, o seu menino. Dispôs-se a amá-lo como a ninguém. Maria Quitéria já não se sentava à mesa nem nas cadeiras da sala ou da varanda, ficava a maior parte do tempo fechada com Fia, às vezes participava do trabalho na cozinha, silenciosa; deixou os modos de senhora de lado, procurava cooperar com as criadas à medida que Eugênio ia cada vez menos ao seu quarto. Praxedes agora com os peitos cheios, longe de precisar de ama de leite, sugeriu um novo arranjo a Eugênio: uma casinha para Maria Quitéria em Capelinha, perto, mas não no Cantagalo. Precisavam tirar a ama de leite de lá, tornarem-se ilibados para as amizades com as famílias importantes. Com aquela mulher dentro do casarão, nunca os visitariam. Livres dela, poderiam fazer recepções, danças, Eugênio gostava, ela sabia, A decisão é sua, senhor. Qualquer decisão, no entanto, teve de esperar, porque o recém-nascido adoeceu. Começou a respirar barulhento, um chorinho fraco, parecia faltar pulmão. Não demorou para depararem com o corpinho inerte no berço, morto antes mesmo de ser batizado Honório Lima Neto.

55

Há dois anos, quando se casou com a prima, a intenção era óbvia: depurar seu Lima de bastardo na casa que foi do seu próprio avô, fazer uso do nome e do casarão negados a ele desde a infância. Bendita a barriga daquela mocinha arrogante pega por algum garimpeiro, bendita a desonra dela, que prazer em fazer baixar aqueles olhos de desdém, impedi-la de se meter nos assuntos do cafezal. Decidiu puni-la com desprezo até a criança dela nascer, ao menos. A ideia de dormir no quarto do casal foi da própria Maria Quitéria, melhor que não sujasse roupa de cama de outro quarto e desse assunto às criadas além de uma criança nascida antes do tempo, aconselhou, testemunha demais dá acusação. Passava então metade da noite com as promissórias assumidas do barão e se deitava na cama de dossel por poucas horas; sentia a menina tremer como uma cadelinha assustada, a barriga sob o lençol. Como precisava dormir, também precisava comer, então dividia a mesa com ela também. Reparou no domínio dos talheres e do guardanapo, na maneira de ordenar as criadas, uma impressão na fala impossível de contrariar. O pai dele, o irmão do barão Honório Lima, também era assim. Não havia margem para desobedecer. Em sua lembrança mais antiga, o pai, vermelho como o barão, roncava na cama vista da porta aberta, ele deitado numa esteira na cozinha junto com a mãe, dormiam lá. Acordado, o pai exigia pedir a bênção, o mandava levar recados, arranjou-lhe um trabalho na ourivesaria. Todos na capital sabiam de quem era filho, apesar de continuar a dormir no chão da cozinha mesmo depois de o pai aproveitar a abolição para correr com a mãe de casa, feia e manca após lhe passarem uma carroça por cima, um rombo na cara cicatrizado em forma de foice; o pai mandou-a seguir o rumo, solteirão e apenas remediado, dizia de si, não sobrava para alimentar uma quase inválida e com a cara insuportável de se olhar. Houvesse tido a mesma sorte do seu irmão barão do Alto Paranaíba, herdeiro do Cantagalo, mas não, deixaram-lhe apenas uma partida de sobrados na capital, com o perigo de, após sua morte, irem parar nas mãos das sobrinhas, filhas do irmão. Talvez por esse motivo tenha superado o desprezo pelo filho mestiço e reconhecido Eugênio até onde possível: deu-lhe o sobrenome, mandou alfabetizar, pediu favores aos conhecidos — as famílias de respeito são mais caridosas com os bastardos alheios do que com os seus próprios; por sorte precisavam de quem administrasse uma torrefação, mandaram-no para os negócios de café, então.

Com frequência, Eugênio ouvia se referirem às terras fabulosas de seu avô no Alto Paranaíba, mal administradas por Honório Lima, aquilo vai acabar, diziam. Cresceu seu interesse pelo café. Estudou o plantio e a colheita, aprendeu a dinâmica dos portos e, tão logo ganhou a confiança do patrão, começou a roubar com segurança nas contas, os patrões se deixam roubar se continuam a lucrar no balanço final; um administrador eficiente vale mais que um honesto, aprendeu rápido, e assim progrediu. Arriscou duas vezes chamar o pai de pai. Na primeira, quando menino, o velho o ignorou da mesma maneira como lhe ensinou a fazer com os cães da casa quando queriam atenção, esperando Eugênio chamá-lo de sinhô para só então atender. Na outra, o pai já velho, deixou a palavra sair sem muito peso; recebeu de volta dele um olhar em branco, ausente, e constatou com alguma alegria que o pai batia nos limites da demência. Arranjou-lhe então promissórias para assinar, muitas. Comprou sobrados decadentes, onde iniciou negócios indignos do nome da família: aluguel de quartos para mulheres da rua e garimpeiros. O aprendizado tardio de ler e escrever, aplicou-o da melhor maneira: criando furos e ambiguidades nos contratos, tal como um ourives dos bons aprende a misturar latão com ouro. Um tanto de dinheiro veio de tirar uma casinha aqui, outra ali, de quem não sabia ler, e alugar para essas mesmas pessoas; houve também, claro, a ideia feliz de emprestar dinheiro, usou os juros como ninguém, com o princípio sagrado de não manter o dinheiro parado, erro fatal do pai, herdeiro de ofício. Convertia os cobres em pedaços de terras logo que entravam, girava em empréstimos, olhos e ouvidos apurados para as oportunidades e para a burrice dos outros. Tornou-se rico. Respeitado nas ruas mijadas pelos bêbados. Rico e longe de ficar satisfeito. Nunca pôde esquecer as descrições do Cantagalo, alimentadas pela demência do pai, que confundia as serras da capital com as do Alto Paranaíba, antes de morrer o chamou de Honório, seu tio barão do café. Sobre ele muito sabia, de ouvir e de perguntar. O Cantagalo sofria a competição dos paulistas, contavam, os europeus trouxeram sabedorias de trabalhar a terra, estão enriquecendo os barões de São Paulo, sacas e sacas escoadas para o porto de Santos todos os dias, as fazendas de Minas ficaram para trás. Vinha-lhe muito vaga a ideia de se apresentar, espiar se o Cantagalo era tudo aquilo mesmo e oferecer seu talento de fazer prosperar, não era pouco; o defeito dessa gente, os herdeiros, é que não sabem trabalhar nem para se manter na mesma posição. Dinheiro se não se multiplica se desfaz, aprendeu nos tempos de ourives: as famílias de respeito acumulam e depois vão penhorar os bens. Num desses acasos, topou com um joalheiro do Alto Paranaíba; bêbado e gritão, contava vantagem de haver penhorado as joias de uma família cheia de arrogo, os do Cantagalo, uns decadentes, no seu bolso o dinheiro dos anéis e escapulários da baronesa, só não havia vendido ainda uma pulseira de marfim, por causa do desenho indecente: atirou sobre o balcão o bracelete talhado com a figura de uma mulher deitada. Eugênio comprou a pulseira, pagando além do que valia, pois o joalheiro, vendo seu interesse, decidiu achar a joia bonita e diferente. Pagou sem negociar. Guardou-a como amuleto, um sinal para levar adiante uma ousadia.

A racionalidade de Eugênio nos negócios desaparecia quando se falava no nome Lima. Tinha dinheiro, mas sua língua ainda amargava o sinhô dirigido ao pai, o *de* no sobrenome. Aceitou sem pensar o casamento com aquela menina grávida sei lá de quem. O Cantagalo em si é mau negócio, anos perdulários não se curam fácil, verdade, mas em algum lugar de si absolvia os nascidos com os direitos no nome. Herdara do seu pai o desprezo pelas exceções bem-sucedidas pelo uso dos miolos, como ele mesmo; carregava uma semente deformada de orgulho que o levava a se rebaixar pela própria origem. Quando pôde contratar empregados para torrefação, pegou-se, um acre na boca, distribuindo trabalhos leves aos de pele menos escura, a convicção de ser o certo a se fazer vinda de um lugar que não sabia definir. Um lugar que o fazia atribuir não apenas os direitos, mas os próprios méritos ao sangue do pai. Desfazia dos pretos muito pretos, o pai chamava-os de burros brutos. Pretos muito pretos como sua mãe. Esforçava-se para não falar como eles, não andar como eles, apagar a esteira da cozinha da memória do seu corpo apesar de dormir seu melhor sono estendido no chão da varanda do Cantagalo e não na cama de dossel. O dossel de véu sobre o colchão de penas, luxo impensável à sua mãe. O dossel da cor do pálio da procissão do Corpo de Cristo — foi sacristão porque o pai quis —, um dos padres tomou-lhe a vara do manto, O rapazinho descombina. Descombina. Dos outros meninos de batina, da cor do pálio. Quando Praxedes sugeriu separar Maria Quitéria de Fia, algo dentro dele concordou. Não houve estima pela mulher nem pela filha de sangue capaz de competir com o desejo de se nivelar a gente como a esposinha. O deslumbre com as origens de Xede permeava o prazer de empurrar seu corpo na cama, de vê-la se ajoelhar por conta própria no chão e fazer coisas de puta com um desajeitamento cheio de determinação, um encanto. Continuou, claro, a ver Pulidóra — chamava Maria Quitéria na intimidade pelo nome com o qual a conhecera nas ruas — todas as noites; o desejo por aquela mulher cheia de corpo, perfumada e sabida, porém, afetado por aquela menina. Xede o atingia. Atingia em camadas nas quais se deitar com ela não era nada perto da ideia de, ao dominar aquele corpo quebradiço, tornar-se legítimo, nascido e criado no Cantagalo. As últimas resistências caíram com a gravidez: a expiação do barranco que foi ele mesmo no caminho da estirpe, um ele mesmo apontando na barriga certa. Não pôde mais proibi-la de checar o cafezal e falar direto aos empregados, deu-lhe o livro de contas na mão apenas porque ela disse, Agora cuido disso para o senhor. Deixou mudar Pulidóra e Fia para perto da cozinha, Para acostumar Agripina a dormir sem as duas, senhor. Abraçou cada conselho dela para ganhar a simpatia do povo de Capelinha. Gente difícil, desconfiada. Quando novo no Cantagalo, bateu na porta dos barões para se apresentar. Todos o receberam com cordialidade, um café, nenhum convidou-o a passar da varanda, mulher e filhos trancados dentro, não retornaram as visitas. Depois do batizado de Agripina constatou não haver dinheiro nem simpatia capaz de compensar o que essa gente considerava faltar nele. As esperanças retornaram quando o filho nasceu. Combinaria com o pálio. Ficaria bem de sacristão. Ficaria bem com qualquer chapéu sem que o achassem parecido com isso ou aquilo, assim como ficou muito de acordo arrumado de bracinhos cruzados no caixão.

56

Não deixaram faltar café nem biscoitos a quem veio velar o menino Lima, vestido com uma capa vermelha e um elmo de papel, um soldadinho romano pronto a se transformar em um anjo protetor, de acordo com os costumes de Capelinha para os pequeninos mortos. Enquanto passava os bracinhos frios nas mangas da túnica, pensou como seria melhor para todos se a morte houvesse escolhido Agripina. Ficaria linda de tiara de flores no caixão, com ela se enterraria o segredo, os terrores dos últimos anos. Recebeu os pêsames de pé e sem chorar, vestida pela primeira vez de luto completo; apertou cada mão, barões, empregados, o povoado quase inteiro, morte dos anjinhos comove, é verdade, mas o Cantagalo anda melhorando a olhos vistos, Os enterros são melhores que os casamentos, papai dizia. Não carecem de convite, de relação travada, basta ir ou não ao velório, chorar em caixão faz laço. De comum acordo com Eugênio, não o levariam para o jazigo dos Lima no Carmo, os parentes de lá podiam não aparecer e isso animaria a língua do povo; ali mesmo, um velório modesto no casarão, as crianças doidas para espiar o soldadinho, as mulheres, todas, dispostas a chorar, não houve um homem sem pagar o respeito de tirar o chapéu. Eugênio mandou oferecer cachaça, foi um enterro dos bons.

57

Sentou-se sozinha na sala de visitas depois do enterro. O acordeão largado às pressas por Eugênio na cadeira de palha, os quadros de santos, o oratório, boiavam na tarde. Mantinha o hábito do pai de abrir as janelas só à noite, menos para deixar o calor de fora, como ele dizia, do que para evitar perceber anoitecer, detestava aquela luz, luz de remate, de fim. Ninguém havia se lembrado de fechar as janelas naquele dia, porém. O resto de sol recuava sobre as tábuas do chão. Fechou os olhos, sentiu o cheiro azedo de leite na roupa — um dos seios vazou no velório, foi quando um bebê chorou no meio do povo, o peito verteu, lagrimou o vestido preto. Não conseguia chorar, sentia a dor dentro, a promessa de permanência, incapaz de se desmanchar com o corpinho acabado de enterrar. Afastou esse pensamento com um chacoalhar exagerado de cabeça, aquele mesmo das vacas para espantar os mosquitos. Precisava se distrair, com urgência. Foi reordenar os santos no oratório, fazia isso desde menina quando sofria, impossível contar quantas vezes enfileirou dos anjos menores aos santos e nossas senhoras, para depois os misturar e começar de novo, mudava a regra: tamanho, colorido da roupa, a importância dos santos de acordo com a riqueza do traje, são Sebastião de tanga apenas não perdia no privilégio da fila para o rei mago preto Baltazar, largado para trás quando a mãe empacotou o presépio na mudança. Dessa vez não conseguia se concentrar, por nada; uma mancha de agouro crescia no peito, subia à nuca, aflita e encorpada. Ficou alerta, o rosto quente, petrificada pela certeza de que a espiavam, sim, talvez um quilombola trepado na janela, o facão na cintura, o barão contou muitas histórias assim. Com a respiração em suspenso juntou coragem, virou de corpo inteiro para a janela, percebendo-se com até alguma esperança de ser degolada, era assim que costumavam matar, a jugular estourada cobriria a dor melhor que ordenar os santos, como a mãe fazia ao furar a palma das mãos com as unhas... Nada na janela, apenas escurecia. A impressão de ser observada não ia embora, todavia, o mal-estar de corpo presente. Passeou os olhos devagar pelo cômodo, enfrentando a luz terrível. Deu por um mau cheiro vago; na verdade, já o havia notado antes do velório, mas, no meio da aflição, não deu importância. Vinha e se desfazia, pegado no ar como o cheiro de sangue quando se abate um porco, como se aderido ao grito do animal. Justo aquele cheiro, ali, na sala. Comida passada na cozinha ou penico esquecido nos quartos não é. Talvez uma cascavel enrolada no soalho, a engolir os ratos, não é impossível. Arrepiou-se toda. Conferiu os pés, os cantos, debaixo das cadeiras, abriu a cristaleira, deu falta da chave das portas inferiores do oratório. Trancadas. Perguntou às criadas, ninguém sabia. Pegou então uma faca na cozinha e foi se distrair com a fechadura, o odor agora mais forte, vinha dali de dentro do móvel. Forçou até as portas cederem e de lá saiu uma lufada de fedor, tapou a boca de nojo e espanto. Entendeu o que era mesmo sem nunca ter visto nada parecido, abanou a cabeça, aterrorizada.

58

Tocos de velas, a cabeça decepada de um pombo sobre um pires arrebatado da cristaleira. Coberto de sangue seco, ela pôde distinguir um pedaço do cueiro do seu menino e o camafeu dourado, seu camafeu, aberto, o perfil do barão pingado de vermelho. Havia tirado a joia nas dores do parto e depois não a viu, e cada vez que se lembrava de procurá-la esquecia de novo por causa do menino doente. Saiu a berrar Eugênio pelos corredores, foi encontrá-lo no quartinho da cozinha com Maria Quitéria. Os dois saltaram da esteira, ela nunca ia até lá.

— Ela matou o menino com feitiçaria — apontou para Maria Quitéria, reconhecendo em si um descontrole que até então só testemunhara na própria mãe, descosturada da realidade com sua dor, seus chás para ninguém.

A Eugênio, não ocorreu nada além de fechar os botões da camisa. Mal ouviu o que Xede disse, contrariado de haver sido surpreendido na esteira com Pulidóra, justo a primeira vez depois de meses. Não que esperasse ser ignorado no que fazia ali, mas o flagrante demandaria alguma demonstração de brio. Seria preciso decidir, seu maior terror, porque embora ativo e cheio de energia no controle da plantação e nos negócios, dentro de casa não gostava de decisões, viveria satisfeito entre um quarto e outro, com uma descendência mista de Limas legítimos e bastardos, Xede na cama, Pulidóra na esteira, ora, nem uma nem outra tem do que reclamar. Pulidóra, em especial. Tirou-a da rua. Ali, come do melhor, veste-se e perfuma-se. Talvez tenha lhe dado direitos além da conta. Ter uma amásia em casa agravava quem ele era. Talvez Xede esteja certa, uma casinha para Pulidóra no povoado, sempre à mão, vai chiar, mas que mais pode esperar?

59

Percebeu o perigo antes de todos. Mulher das portas, intuiu quando Eugênio dormiu com a menina pela primeira vez apesar de ele haver se lavado com cuidado, de haver chegado e saído do seu quarto no horário. Sua manjoula está com cheiro de leite, zombou dele, o ciúme uma adaga de dentro para fora. Não que esperasse nunca o saber se deitando com a menina, uma hora ia querer filhos com a esposinha, isso estava posto. O fora do combinado era o encanto. Havia confiado naquele homem, logo ela, que gastou perna ladeira acima e abaixo com tabuleiros na cabeça, caiu na vida de rua ainda menina, apanhou de todo tamanho de mão antes de aprender a bater e virar quem era. Não foi por dinheiro muito menos por sossego que deixou Fia crescer na sua barriga, que aceitou emprestar as tetas para a filha da outra. Por ele fez tudo. Veio viver nas dobras escuras das serras, entre os pés de café, terra encharcada de sangue. Terra sem riso, sem gente, sem gosto de cocada, sem a vida da rua. Preferia gente variada, ela, sabia fazer tanta coisa! Isca de porco, bolo de feijão, amuletos, todo mundo conhecia o tabuleiro de Maria Quitéria. Deixou de ser Pulidóra depois de Eugênio, o nome das portas agora apenas na boca de seu amor, mesmo assim, enquanto esteve na capital, nunca quis dinheiro dele. Ganhava suas moedas com mandingas honestas. Magias que aprendeu com a mãe que aprendeu com a avó que nasceu de lá do mar e veio menina de tudo num navio acorrentada com outros pretos, nem amarrada foi: atraíram-na para dentro do barco com uma bonequinha de pano e zás. Diziam-na princesa, e devia ser mesmo, pois mal botou o pé na praia, pesando menos que um tico-tico, uns libertos quiseram comprá-la. Os homens do navio a fizeram esquecer seu nome para sempre, mas aqui bateu a notícia de onde vinha, ou achavam que vinha; juntaram-se para libertar a menina, tão novinha, com mão para o divino, nem precisava ensinar. Assim se lembra da avó, da mãe, uma sucedeu a outra nas funções de raspar os cabelos das que a buscavam, cantavam para as forças das suas cabeças. O dinheiro vinha dos sobrados: pagavam rezas para fazer filho, casar, matar as noras. A reputação da avó trazia até homens com fivelas de ouro atrás de mandinga para mandar ainda mais. Um dia, mãe e avó deram-lhe um outro nome, secreto, proibido de se falar, começaram a ensiná-la também a cantar as folhas e a manejar a navalha ritual, foi um pouco antes de trancarem a mãe e a avó nas cadeias debaixo dos sobrados. O deus das igrejas não gostava do que faziam, por isso mandou os soldados arrastarem as duas pelos cabelos, bater forte na cabeça da mãe. Viu tudo escondida sob uma serra de roupa suja, na primeira oportunidade correu como pôde entre os soldados, o corpo de salamandra de rio, arrebatou a navalha da mão de um deles, fugiu descalça pelas ladeiras da capital, a neblina em cortes finos na pele, a navalha na cintura.

Fingia-se de cega quando olhavam para ela na rua, com a intuição de que, se a achassem com saúde para trabalhar, levariam-na para alguma casa e, algo lhe dizia, a caridade das mulheres dos sobrados supera a da rua em maldade. Caminhou até as portas. Sendo neta de quem era, deram-lhe acolhida, muitas ali chamaram sua avó de mãe, fizeram-se divinas por meio dela. Passou a revezar um colchão de palha com Tia Lírio, uma cicatriz de meia-lua no seu rosto de noite, afetuosa na mesma medida do estrago em seu rosto; não lhe faltavam fregueses, afago e ouvido valem alto no trabalho das portas. Aprendeu com ela a agradar com as mãos, Tia Lírio pensou-lhe um novo nome para valorizar o talento: Pulidóra. Fazia gosto dela com seu filho, Eugênio, ele vinha raro ver a mãe desde a expulsão da casa do senhor. Pulidóra, filha, Eugênio não é mau, mas saiu mais filho do pai dele do que meu, você goste dele de olho aberto. Foi Tia Lírio quem catou Fia no parto e escolheu o nome: havia ouvido falar numa tal Maria Felipa, liberta da Bahia, mulher-mulher, aquela se oferecia de puta para os portugueses nos navios, deixava-os pelados e depois roubava, malhava com pau de espinhos, ela e outras mulheres, tocou a portuguesada de lá. Pois vai ser Maria Felipa, a minha neta, mulher precisa aguentar de pé o que homem não aguenta deitado.

Pulidóra não deixou de cantar para as forças. As mulheres das portas pediam, e também as dos sobrados; vinham procurar pela neta da sua avó. Rezava então a saúde e o amor para elas, o canto atravessado pelo ronco do estômago. Numa dessas, ao benzer a barriga de cancro de um ourives, a navalha da avó esquentou na sua cintura. Seguiu o impulso de dançar com a faca nas mãos, fez desenhos no ar sobre a barriga do homem, ele ficou muito grato, dias depois deu a ela uma pulseira de cobrir o punho, afirmava que as dores foram embora, ela tremeu nas ancas: era uma das joias da avó arrebatadas pelos soldados. Tomou aquilo como recado das forças, nunca deixou de ouvi-las — assopravam quando queriam, ela seguia. Foi com uma dessas intuições, achando na memória como se fazia, que sangrou um pombo com a navalha sobre o camafeu da esposinha de Eugênio e o cueiro do filho deles — precisava de alguma coisa com o sebo do corpo —, deu de comer às forças que levaram o menino, pois aquilo era caso de criança parida com destino de morrer depressa, ela logo viu, a avó contava muitos casos assim, com sorte viviam até aprender a andar. Antes apaziguasse as forças, senão, ela sabia, a alminha volta e morre de novo, na barriga da esposinha ou, pior ainda, na dela mesma. Sabia como Eugênio queria aquele menino, por isso também sofreu. Coitado, arriado pela moleca, dominado de dar dó. O amor tem dessas, a gente põe a pena no lugar da raiva e continua amando. Ela mesma talvez tenha vindo na vida assim; predisposta a perdoar as fraquezas dos outros, para melhor poder trabalhar as forças, não levava ódio adiante. Fazia de maltratar Agripina na frente da arrogante, mas mal ficava sozinha com a menininha a compensava, beijos, apertos, apesar de saber que fome de afeto, quando surge ainda na barriga, não tem colo para dar jeito. Guardava o palpite de a esposinha ter sido pega no braço pelo tal pai barão, Agripina é tão vermelha quanto o barbudo do quadro da família, não comprava aquela história de garimpeiro, ela não, já havia atentado nos olhares de Praxedes para a pintura atrás da mesa. Os olhos. Percebera algo ali no fundo do susto, da meninice dela, desses algo com que se nasce e se caminha pela vida. Nunca teve o despreparo de acreditar as pessoas ou boas ou más, ou isso ou aquilo, ela mesma não leva três nomes por acaso. É a Maria Quitéria do tabuleiro e dos peitos cheios, Pulidóra das portas, a não-posso-dizer-o-nome das magias e da navalha, nome secreto enunciado apenas pela avó. Isso de ser uma coisa ou outra, pensa isso quem vai à igreja, o mundo de verdade é nem sim nem não, a pessoa se faz no bem e no mal que fizeram a ela, no bem e mal que ela quer. Mas aquela Praxedes, xô, veio ao mundo com essência de afligir.

III

60

Minha querida Leopoldina,

Pode mandar sua empregada embalar o seu vestido amarelo, aquele fechado nos punhos. Você vai precisar trazê-lo na sua mala, pois o tempo esfriou aqui na cidade velha e não quero você de nariz entupido depois dos nossos passeios no largo. Vamos passear muito, ainda consigo andar até bem, apenas me canso rápido, por isso irei apoiada no seu braço. Vão nos espiar das janelas o tempo todo, já se prepare, vão cochichar "Cantau Gama está cada dia mais fraca e feia, como Deus ainda não teve piedade dessa coitada? A pobre não passa deste ano", e acenarão com sorrisos para nós. Como não há nada tão imperdoável às mulheres quanto não sorrir de volta, nós duas vamos cansar os braços de tanto responder acenos. Nesse momento sou eu quem vai cochichar, contarei a você os mexericos de cada janela, prometo mexericos fortes: "aquela ali, todo mundo sabe, é filha do tio", "aquele lá matou a mulher, mas também ela era uma sem-vergonha, ele só lavou a honra". Quero endurecer a língua falando dos outros, não vejo melhor maneira de usar o tempo. Se eu vivesse mais trinta anos, gastaria desse mesmo jeito, apontando os erros e os defeitos dos outros. Considero que talvez eu tenha defeitos também, minha amiga, pois graças à educação das freiras me fiz humilde e sem vaidade, sou capaz de reconhecê-los.

Então, nosso passeio. Subiremos a rua das Cabeças, porque as mulheres precisam necessariamente ver lojas. Vamos passar em frente ao comércio da sua amiga Adma Mauad e eu desafiarei você a entrar. Podemos fazer o empregado abrir todos os tecidos e não vamos gostar de nenhum. Vamos fazer caretas e antipatias. Vai chegar nos ouvidos de Adma, pode ter certeza, vão dizer "a bastarda do juiz e sua amiga baronesinha do café acham que valem alguma bosta". Depois de não comprar nada, vamos à casa de bolos, você vai gostar, as capitais abandonadas são cheias de novidades. Você verá como as esposas importantes se arrumam, saem de casa e sentam-se a qualquer hora sem ter nada mais que fazer a não ser garfar um bolo. Devemos bajular todas elas, a propósito, é importante que saibam quem somos e nos aceitem em algum nível. E também devemos piscar para o garçom, nos insinuar para algum amigo de Franco. Prometo, Leopoldina, ser como uma mulher, uma viúva, deve ser, eu juro. Não falarei jamais de livros, de cidades violeta, nem de pisum, muito menos de pisum brancos com roxos. Erva-de-angola? Nem sei o que é isso. Vá lá e mande embalar seu vestido amarelo, depressa, penso tanto em você com ele, você fica luminosa.

E sei com toda certeza o que você está pensando agora: "o cancro já comeu os miolos dessa coitada, ela delira". Não, Leopoldina. Ainda não. Nunca estive tão lúcida e, até, arrisco dizer, tão disposta. Parece que o cancro me deu uma trégua, senti suas asas crescerem no meu corpo por meses e agora a borboleta dorme, logo mais quebrará a casca de uma vez. Enquanto isso, vou ótima. Estou como aquelas gestantes coradinhas e animadas ao final da gravidez, com a única diferença de que gesto um cancro. Por isso, tenho forças para escrever e adiantar a você a notícia: você vem passar um tempo comigo em Ouro Preto e vai se hospedar no sobrado dos Gama, a convite do próprio Meritíssimo. Não acredita em mim, eu sei. Então aguarde. Sua mãe receberá uma carta-convite da Vossa Excelência Meu Pai. Não estranhe se a caligrafia do juiz for igual à minha, esta letrinha esforçada, ou se ele te elogiar além do plausível. Porque nem fingindo ser o juiz Gama eu consigo deixar de falar quanto posso de você. Pronto. Agora você me condena por escrever à sua mãe em nome do meu pai. Mas, te conheço, sei que se diverte mesmo sem querer, seus lábios fazem aquela curva quase brava para não rir. Vá lá e leia a carta de sua mãe, confira a precisão do vocabulário, os elogios ao Cantagalo e às suas filhas de origem "irrepreensível". Precisei quase morrer de saudades de você para descobrir meu verdadeiro talento, Dina, o de escrever cartas como se fosse outrem. Encontrei dentro de mim as palavras de um juiz velho, escravo da opinião e cheio de culpa pela filha bastarda. Quanto à sua mãe, senti uma satisfação enferma em saber exato como agradá-la. Mães como a sua, não se ofenda, atormentaram a minha por um bom tempo, o corpo da gente nasce aprendido de muito. Receber uma carta de meu pai não é qualquer coisa, Dona Praxedes não é boba. Sim, ela vai se informar de mim, da minha viuvez, da minha mãe, porém o brasão Gama vale muito, sou suficiente para ser amiga da sua filha do meio. Se cancro em gente jovem comove qualquer coração duro, imagine se for um cancro filho de juiz e neto de marquês. Aliás, Leopoldina, se estou segura sobre o juízo de sua mãe, sobre o seu não estou. Você ainda não me perdoou pela madrugada em que os pisum floriram. Combinemos assim: foi culpa da erva-de-angola, minhas ideias se desmancharam, delirei, só falei mentiras, bobagem, então venha me ver. Se não por mim, venha para variar a paisagem, para constatar por você mesma que Adma Mauad mente: a Ouro Preto das mulheres decentes é aborrecida e dorme a tarde inteira.

Leopoldina, a caligrafia mudou porque quem escreve agora é Franco, igual você fazia por mim no internato. Bastou eu declarar "nunca estive tão disposta" que logo me indispus, perdi a firmeza da mão. O cancro é caprichoso. Tenho muito a dizer, mas Franco é péssimo escrivão. Ele resume minhas ideias e aperta os lábios como quem diz "o mundo dá errado porque os outros não são como eu". Agora ele parou de se queixar de escrever, é claro, porque o assunto da carta virou ele mesmo. Está até alegrinho. Acabou de dizer que faz tudo por mim. E eu fico comovida porque ele acredita mesmo que diz a verdade. Para um rapaz ocupado como ele, fazer tudo por mim é despender alguns minutos com a caneta na mão. Os homens dão um peso enorme às suas concessões para as mulheres, Leopoldina. Então, se quiser que não te odeiem, trate de reconhecê-los pelas migalhas lançadas. Meu escrivão ficou muito impaciente agora, me deu direito a só mais um parágrafo.

Leopoldina, venha, se não por vontade, venha por pena ou por remorso, imagine como você ficará depois que eu morrer, viverá cheia de culpa. A ideia de remorso me diverte, aliás, achar que hoje eu faria diferente de ontem, as pessoas de fato pensam que ficam mais generosas e justas com o tempo. Franco quer me dissuadir de enviar esta carta, diz que eu me humilho. Humilhação, adoro essa palavra, é a preferida dos orgulhosos. Franco é orgulhoso. Tão orgulhoso que escreve, quase fiel, minhas palavras sobre ele e finge bom humor. Da minha parte já fiz as pazes com o orgulho. Se quero sua companhia, eu peço. Não serei menos feliz se você vier contrariada.

Sua,

Cantau Gama

Cara Leopoldina Lima, continuo esta carta sem o conhecimento da minha irmã, que me confiou lacrá-la e enviar à senhorita. Cantau gosta muito da senhorita e creio que essa amizade é recíproca, do contrário eu não escreveria para reforçar o convite de vir a nossa casa. Concordo que uma carta inventada e assinada em nome de meu pai não é a melhor das recomendações, mas uma amiga de Cantau com certeza será bem recebida. Não se preocupe com o fato de haver um irmão solteiro de Cantau na casa, se isso for algum impedimento, pois vivo em uma pensão, se Cantau não te disse. A senhorita me verá uma vez ao dia, quando muito. E quanto ao juiz e sua esposa, não os verá nenhuma vez, porque estão no Rio de Janeiro, apesar da raridade de termos Cantau em casa. Tal é o caráter da esposa de meu pai em relação aos enteados, não me prolongarei. Portanto, considere o sobrado dos Gama à disposição de vocês duas.

Sua primeira impressão sobre mim não foi das melhores, minha irmã me disse. Eu entendo. Não fui gentil quando nos apresentaram. Peço licença para explicar-me (considerando que meu comportamento possa ser um impedimento para que aceite o convite de ficar em nossa casa). Existe algo meu, é como uma determinação, que me impede de ser simpático à gente como a sua. Por gente como a sua não me refiro à senhorita ou à sua família em específico, mas aos princípios fatalmente presentes em famílias como a sua. Quando fomos apresentados, a senhorita deve se lembrar, houve a referência imediata a uma porção (larguíssima) de terra mesclada ao nome da sua família. Terras com sobrenome me despertam rudeza. Enfim, presumi sobre a senhorita. Tenho esse defeito, assumo, não me esforço em ser civilizado com quem acredito ser diverso de mim nos princípios. Princípios de igualdade dos homens, não me estenderei nisso com a senhorita, não agora. Se chegou até aqui, tem o meu ponto. Julguei a senhorita pelo seu sobrenome. A ironia é que também carrego um desses e me beneficio na mesma medida em que me condeno por isso. Talvez minha rigidez tenha vindo daí, perdão. Repasso a manhã em que nos conhecemos e não vejo falha de caráter na senhorita. Pelo contrário. Posto isso, considere o convite também meu. Aguardamos a senhorita de todo coração, a cidade velha fica luminosa depois da quaresma. Com respeito, Franco Gama.

Leu de bruços na cama, na penumbra, porta e janela fechadas apesar de janeiro, não podia deixar nenhuma fresta livre às palavras de Cantau. Poderiam escapar, ciganas ruidosas a saltar das janelas, correr pelo alpendre, ao redor da gameleira; vão invadir a sala e se ajoelhar, cínicas e de riso preso, aos pés de Dona Praxedes. E ela saberá de tudo, a mãe. Ouvia de longe a voz de Dona Praxedes na sala de visitas, Tonica, quero Leopoldina aqui, e com o acordeão; aquela maneira de falar — oferecia café aos compadres no mesmo tom no qual os mandava arar a terra; mesmo com ela e Tonica, chamava-as como a reses, Venha aqui, Leopoldina, as visitas querem música. Não, Dona Praxedes, quem quer é a senhora, exibir para seus bajuladores o talento da filha do meio, talvez assim eu atraia um marido. Pois o acordeão não alivia meu defeito de cor, mamãe — poderia respondê-la assim, um dia, mas hoje a satisfez, como sempre. Tocou duas músicas de freira para se livrar da sala de visitas o quanto antes, a cada puxada de fole sentia a carta na cintura, sob o vestido, degustava de antemão o conteúdo, que Cantau contaria dessa vez? Lá pelas tantas, a apreensão: o suor na cintura molhava o papel, borrava as palavras surpreendentes e nefastas, destruía sua única distração dos dias iguais do Cantagalo, a vida pendente como um escapulário perdido, pendurado num prego do vestíbulo à espera da dona, como faziam no internato. Internato que Dona Praxedes dera por encerrado, já haviam aprendido o necessário, ela e Tonica, moça sabida demais é problema, melhor se ocuparem do Cantagalo, sempre há uma mantinha a se tricotar para os pobres, uma visita de caridade; Leopoldina, você bem podia ensaiar uma moda vicentina para a missa, não demora os filhos dos fazendeiros retornam dos estudos, vão se impressionar se você tocar perfeito. E quando não para mandar, a mãe ficava em silêncio, enfiada no seu livro de contas, no casarão apenas a vozinha de mosquito de Tonica. Que arte a da irmã, a de ao mesmo tempo falar muito e nada. Tonica discute a sério se melhor pão seco ou chuchado na sopa, se chapéu com ou sem laço, comentou por dias sobre o nariz cheio de pelos do Velho Rabelo, credo, Tonica é feliz. Como são as pessoas interessadas nas, e apenas nas, coisas que se pode ver, pegar, medir, comprar e atirar fora. Tonica é diversa de Cantau e de Bertha, inteligência não gasta palavra, dizia a freira. Saudade da conversa doida dela. Cuidado com o casamento, Leopoldina, os filhos não se alimentam de leite, mas de tempo, faça como eu, escolha o monastério, aqui há sossego para existir, Bertha despediu-se assim, vitoriosa com os pisum mistos, dos quais ninguém se dá conta, abundantes no canteiro selvagem.

Continuou a saber da freira pelas cartas de Cantau, uma surpresa recebê-las, aliás; não se falavam com proximidade desde a madrugada de floração dos pisum. No entanto, por algum motivo caminhava toda semana do Cantagalo até Capelinha, passava na casa de Iamiana; quando de bem com Cantau, haviam combinado de se escreverem, Cantau deveria enviar as cartas para a curandeira, não havia endereço, mas todos sabiam quem era Iamiana das Folhas. E, não que esperasse, em uma visita encontrou Iamiana cismada, Então minha casa agora é seu correio, menina, e é? — nas mãos, o papel impregnado do cheiro da casinha sem janela, a cisma apaziguada com uma moeda, e depois com outra e outra. Cada carta de Cantau valia por vinte dias de Cantagalo, Cantau dona de detalhes, soubesse distinguir vida na modorra assim, nunca mais haveria o tédio. No entanto, não a respondia, nunca, ia buscar as cartas com a desconfiança de Cantau haver desistido daquela correspondência de um lado só, mas não, as cartas não falhavam. A bem dizer, correspondência de um lado e meio, porque cada carta nova esclarecia em exato alguma curiosidade plantada pela carta anterior, a pergunta que com certeza teria feito se houvesse escrito de volta. Assim ficou sabendo da vida de Cantau menina, amargou o comum de algumas experiências. Terminava as leituras incomodada, não raro angustiada, a fraca promessa pra si mesma de não ir buscar a próxima carta, por que lia Cantau? Melhor se concentrar nas costuras, nas conversas das visitas, distrair-se com os bichos, os pães crescendo no forno, as plantas, ser mais como Tonica. Nada. Mal virava a semana, quase corria até a casa da curandeira, recebia o envelope ansiosa por ver as próprias telhas arrancadas pela tormenta. Não se lê Cantau de vez, seria engolir uma espora; aprendeu a acompanhá-la de pouco em pouco: lia umas linhas, dobrava a carta sob o travesseiro, ia à cozinha acalmar a língua com um doce, pisar sem sapatos no alpendre, pedindo licença aos sentidos, deitando-se no chão quente com as palavras. Método precisado de silêncio e de tempo, por isso nunca tocou o acordeão para as visitas com tanta má vontade. Os elogios do Velho Rabelo, morosos como nunca. Cada minuto corria feito lagartixa na pele, o tato salgado da carta na cintura, o suor na camisa de Julião Bomtempo, duas roscas sob os braços, dava-lhe náuseas, como os outros não sentiam aquele fedor de camisa velha? Desgostava dele desde menina, um velhaco disfarçado de humilde, mamãe diz assim dele, não se explica Ambrosina ter se casado com um tipo desse. Não via a prima fazia anos, tinha tanto jeito com as crianças, ela, bordadeira, a melhor, copiava rostos e bichos nas toalhas, perfeitos, depois desfazia, Não serve pra nada, Dina. Reconheceu algo de Ambrosina em Frederico Bomtempo, sentado na ponta do banco, pernas juntinhas, como as mães educam seus meninos a se portar antes de, crescidos, darem de arreganhar as pernas em cancela aberta.

Franco abre as pernas desse jeito? Pensava no irmão de Cantau a troco de nada, já se pegou com desdém por si mesma, por Tonica, desprezo pela mãe, o cafezal e a igrejinha, tudo culpa de Franco, um anjo julgador encostado na soleira dos seus pensamentos, a desaprovar, zombar dos costumes de *gente como a sua*, costumes lascados como os aparelhos de chá na cristaleira, xícaras sem asas, um bule sem bico, conservados não por gosto ou apreço, mas por estarem ali desde sempre. O rosto e a voz de Franco Gama andavam impregnados nela, e com tal intensidade que o absurdo de receber uma carta dele no fim pareceu uma consequência natural de tanto pensar nele, acontece o mesmo com os pisum: se olhar todos os dias para um canteiro estéril, ele floresce; a flor rebenta no jardim e dentro da gente ao mesmo tempo. Coisas de saber sem entender. Como o cheiro das cartas. Naquela carta, percebeu camadas de cheiro, umas sobre as outras, como os vestidos das mulheres antigas: por cima as infusões de Iamiana, depois o cru do couro da sela do tropeiro trazedor de cartas e, muito tênue, o punho de Franco. Cheirou o papel com a língua, vislumbrou os dedos de Franco, o gosto de pardo-quente. Bertha diz que a gente cheira com os dedos e enxerga com a língua, Deixe uma lesma andar na sua mão e verá, ou mastigue um figo verde de amarrar a boca, eu sinto gosto de céu azul, e você? Leopoldina entendia. Viu uma surda dançar congada uma vez, a mulher pisava as marcações do bumbo, como se tivesse ouvidinhos de formiga nas solas e nas palmas, a pele sorvendo os tremores da terra, do ar. A ponta da caneta de Franco arranhava-lhe as costas, leve, por dentro dos braços, a tinta misturada com saliva... Meu Deus, penso cada coisa, como sou louca. Isso o médico sobrinho do Velho Rabelo acertou, os humores de baixo subidos à cabeça, desenganada da razão, a filha do meio de Dona Praxedes é trilili. A letra de Franco, haja penumbra para se acalmar com essa letra, arrepia, quase machuca, ordena, os traços dos *tês* avançados sobre as palavras, palavras pensadas para ela. Do meio em diante, não pôde com o jogo próprio de ler em pequenos goles, entornou de vez, depois outra, e outra, bêbada de sentidos, quase bateu em Tonica quando a veio chamar para se despedir das visitas. Quis ler a carta outra vez ainda, agora com a janela escancarada, no resto de luz da tarde, aberta a toda possibilidade entrelinha. Tentava botar dúvida, mas nítido, Franco Gama a chamava, queria, *luminosa*. Sentia-se pisum fecundo, uma surda a dançar a batida vermelha da terra.

61

— Dina, combinei de vermos alguém. Essa pessoa me pergunta a seu respeito há algum tempo e eu prometi colocá-las frente a frente, não que eu queira — Cantau esmiuçava um pedaço de bolo. Iam à confeitaria todos os dias, pediam sabores diferentes, mas ela mal provava, massa e glacê abandonados no prato. Apesar de emagrecida e descorada, dizia-se ótima, encantada com a presença de Leopoldina em casa, como se atendida num pedido impossível pelos santos. Ficou grata à proposta de permanecerem no sobrado o máximo possível e saírem para caminhadas breves, não se preocupasse em levá-la a passeios longos, lojas, praças, quem vive na roça aprende a se entreter com a passagem das horas entre o almoço e o café, não necessita das bobagens da rua. A cidade velha, aliás, é nada de mais, um punhado de igrejas distantes uma da outra por pedras inimigas dos sapatos, não se anda sem precisar subir. Mil vezes ficarem fechadas, nada diferente do colégio, na verdade melhor, Cantau, como anfitriã você se esforça em ser menos cacete. E há a confeitaria todos os dias, como as pessoas vivem sem essa maravilha na roça? Adma Mauad tinha toda razão, não ficarei satisfeita enquanto não repetir cada sabor de bolo, apesar de todos serem o mesmo, apenas alternam nos corantes e economizam no recheio, mas não me importa, contarei em Capelinha como fui e voltei da confeitaria várias vezes, é assunto para o resto da vida.

— Dina, minta mais para mim, por favor, me diverte muito desde o colégio.

— E você continua com o hábito de iniciar um assunto e não terminar.

— Falei muito de você a uma pessoa.
— Talvez tenha me falado dessa pessoa também?
— Não como deveria.
— Então diga.
— Estão batendo na porta, você ouviu? Talvez seja meu irmão.

Não era ninguém. E Franco Gama nunca aparecia antes do fim da tarde. Vinha ao sobrado dia sim dia não, conciso, logo se sentava dizia já me vou. Leopoldina despedia-se com um rastro de ainda não, uma moda deixada de tocar no acordeão. Num domingo acompanhou-as até o largo, uma em cada braço, o passeio todo em silêncio. Uma patota de moços observava de longe, repararam nela e em Cantau. Dois se despegaram do grupo, passaram rente, com certeza para ver de perto, riram e cochicharam algo impossível de distinguir, Franco perdeu a compostura, fossem rir nos fundos das minas, biltres, ameaçou-os de tapas; depois retornou à carranca, Cantau, vou embora, tratem de voltar daqui pra casa, sem desvio, sem saracotear por aí, me ouviu, Cantau?

— Vá à merda, Franco.

Dessa vez, o desgosto de vê-lo partir cedeu lugar à curiosidade. Fez o caminho de volta ao sobrado dos Gama ansiosa por se sentarem sozinhas, afundaria no acolchoado do sofá e perguntaria à vontade, impossível Cantau fugir do assunto. Antecipava os motivos — um desafeto com os rapazes, talvez, por que não, ciúmes da irmã, até da amiga dela?

Cantau nunca quis tanto conversar sobre assuntos miúdos como nesse dia, logo ela, avessa ao que chamava de conversas frouxas: falou do ponto do assado, da melhor posição para dormir, depois se disse com sono; já ia se levantando quando Leopoldina segurou-a pela manga, Me explique aquilo, Cantau. Então ela falou, a expressão de desimportância que usava para falar das coisas graves:

— Franco implica comigo porque fiz uma amiga nas portas, uma moça pública, Dina, vou vê-la às vezes, apenas isso... não levante as sobrancelhas assim, ouça-me, primeiro me ouça, depois pense. Meu marido, ele costumava ir às portas, buscava moças lá, saiba ser regra entre os casados, se um dia se casar, é um hábito salutar para as esposas, aliás, a diversão dos maridos, aumenta as horas à nossa própria disposição; para quem gosta de livros, ter um homem em casa todo o tempo está longe de ser uma bênção, creia-me; se lêssemos mais, se pudéssemos fumar de pé no largo, andar sozinhas por aí para arejar as ideias, minha amiga, os homens já não teriam tanta importância. Por causa deles não escrevemos livros, sim, por causa dos bons maridos, experimente se sentar à escrivaninha com seu marido em casa, o bendito se queixará, dirá que você nunca lhe prepara uma sopa, mesmo se ele odiar sopa; achará de precisar de um escalda-pés, as camisas faltarão botão, camas não foram feitas para se deitar sozinho, você ouvirá de tudo, e eu falo dos bons maridos. Reze para ter um marido sempre na rua, fui abençoada com um desses, o meu marido, às vezes ele era interessante, se ligou de tal maneira a uma moça que fiquei tentada a conhecê-la, o segui até as portas, descobri. Naquela época eu tinha saúde, era bonita, imaginava a moça das portas um portento de mulher. Que nada, eu a vi e não acreditei; quase uma menina, de uma magreza, Dina, essa magreza que não tem nada a ver com elegância, magreza de fome, dessas que afunda o arredor dos olhos e da boca, não importa a idade, a fome abre um seco na alma, lá dentro dos olhos, no jeito de rir, já viu sorriso de fome, Dina? Vá nas portas um dia. Nunca a esqueci, a menina. Semanas atrás, pensei, será que está viva? Quando a gente chega perto da morte, qualquer vontade boba vira um motivo para viver até amanhã, me impus conhecê-la, ter com ela. A caridade da qual te falei é útil nessas horas: providencie um cesto de alimentos e roupas; no meu caso o cancro ajuda, o povo não questiona piedade de gente doente, afinal estamos sempre desesperados para conseguir recomendações para o céu; então vá com suas doações e se distraia com quanta maldade e sujeira quiser, ficará surpresa com a quantidade de rostos conhecidos por lá, atravessam a rua depressa, com os chapéus abaixados. Usei esmolas para me aproximar da preferida do meu marido, conversei com ela uma vez, duas, criamos o hábito de nos vermos em seu quarto de pensão; pense num cômodo mais apertado do que esta sala, acrescente mofo e buracos, pronto. Fiquei encantada com a limpeza, no entanto, vejo dignidade em manter o quase nada de seu em ordem. Ficamos grandes amigas, ela nunca havia comido um doce de confeiteiro, os mesmos dos quais eu e você nos servimos para ocupar o tempo, petisco uma pontinha e jogo o resto fora, Deus dispõe assim, quem tem apetite não tem o dinheiro, e o contrário, não ouse apontar o mais castigado, eu mesma não sei dizer. Essa moça, ela me pergunta em detalhes sobre a confeitaria, quer saber tudo de casadinhos e trouxinhas de ovos, ficou incrédula quando eu disse preferir bolo de mandioca simples, considerou-me idiota depois disso, com certeza, pois passou a cobrar o dobro do exigido aos fregueses pelo tempo comigo; sim, eu a pago como a um deles, não me custa, na verdade dou a ela o bastante para sobreviver, dou-lhe a possibilidade de continuar nas portas se quiser, se eu fosse homem me chamariam de protetor. Enfim, fala tanto dos doces, ela, que dia desses mandei embalar um bolo inteiro, levei eu mesma pela viela, abri o papel, quis surpreendê-la, à minha amiga querida. Ela fez ignorar o bolo, acredita? Às vezes é muito malcriada comigo, apesar do meu dinheiro; tenho para mim que ela anda bem segura do meu afeto, me diverte e irrita, isso; me ressenti quando ela desdenhou do meu bolo. E eu já me achava liberta das raivas mesquinhas, veja como sou boba, estar vivo é agulha na polpa do dedo. Desdenhou quanto pôde, a sem-vergonha, depois puxou a cadeira, admirou as decorações de glacê, cheirou, cortou, a faquinha manchada dela tremia, denunciava a emoção da dissimulada, me surpreendeu haver talheres no quarto, aliás. Mastigou pelo tempo de um sonho, levantou a cara do prato, a roda da boca cheia de creme, e me explicou o mundo, Eu queria mesmo era comer lá dentro da confeitaria, coração, falou assim. Você entende, Dina? Quando ela terminou o bolo, exigi que tirasse a roupa toda. Importante, não pedi em troca de moedas, não, eu pedi em troca de um pedaço de bolo que ela nem havia pedido. E ela fez. A pele dela arrepiava de frio porque, claro, você não sabe, elas não tiram a roupa com os homens, eles não olham o corpo das mulheres públicas, Dina, precisam das rendas e das pinturas no rosto para serem viris. Eu não. Corri o dedo sobre a pele, pele de fome também, cicatriz nas costas, na bunda, uma enorme na barriga. Os arroxeados no corpo de Coração, tantos, nas coxas e atrás dos braços, ela me contou, tem um freguês que paga pra beliscar. Fiz abrir a boca, descobri meio dente voado a murro, cada marca um caso, o corpo dela, Dina, eu penso, o corpo dela é o meu e o seu, não fosse um pai juiz e um Cantagalo. Eu levar um bolo empacotado e fazê-la comer no seu quartinho é exato como meu marido chegava da rua com as notícias, como Franco a me informar animado das suas brigas no jornal: o sabor que me chega não é o mesmo como se eu estivesse lá. E aí está porque me azedei com Franco, como nunca imaginei acontecer. Meu irmão me diz brilhante, adora dizer isso, mas logo me soube amiga de Coração, logo me soube por aquelas vielas, me chamou de louca, perguntou se não tenho brio, legítimo filhinho de juiz, apavorado com o que as pessoas vão pensar, nunca o vi tão furioso. Por isso a cara fechada, a braveza com aqueles estúpidos no largo. Ridículo. Mas ele não me importa, você me importa. Como você me julga, Leopoldina?

— Mal. Com toda certeza. Sabe o que pode acontecer, você sozinha nesses lugares?

— Querida, a doença é um cheiro sem cheiro, as pessoas correm de mim sem saber o porquê, estou protegida como se cercada de anjos.

— Seu irmão tem razão de ficar furioso.

— Sua fúria eu aceito, mas a de Franco? Como se não conhecesse aquelas vielas.

— O que diz, Cantau, até Franco?

— Fica surpresa?

— Fico irritada. Você só faz e fala bobagens, às vezes suspeito ser mentirosa, você disse que alguém queria me ver...

— Quem me dera mentir sobre isso. Eu já não quero esse encontro, mas me comprometi a levar você até a igreja do Chico Rei. É aquela lá do alto, haja perna, eu sei, vou subir a ladeira inteirinha apoiada em você.

62

Gastou a barra do vestido na subida lenta, as duas apertadas na calçada estreita, as casas de portas e janelas fechadas contra o calor. Um sino repica longe, Toque de parto, esse, Dina. Cantau entende a língua dos sinos, sabe repique de fogo, de chama-sacristão, se aviso de morte. Mandou prestar atenção no toque de parto, sete batidas, sete lamentos; na cidade velha os sinos entram no sono, na janta, nas leituras. Há uma quietude pesada, uma quaresma suspensa sobre as torres e cruzes, onipresente entre os barulhos cotidianos das crianças com carrinhos de frutas, as mulheres com tabuleiros, cavalos acima e abaixo. Mamãe gostaria daqui, aprovaria os querubins de ouro da matriz, a capela-mor aberta apenas às famílias legítimas. E com certeza maldiria esta ladeira quase de pé de tão deitada, um esforço, subir, subir e chegar numa igreja distante das outras, mandada levantar por um liberto, o tal Chico Rei. Cantau gostava de falar dele, dizem que nunca existiu, mas existiu sim. Príncipe feito cativo, falava muitas línguas da África, articulou com escravos dentro da mina no pé da ladeira; sabia os segredos de mineração e de liderar, fez cavarem um túnel da mina, lá embaixo, até ali, veja, no alto, onde mandou levantar a igreja. Há um papa preto pintado na abóbada, os pés em cima da cabeça dos anjinhos de bochechas vermelhas, idênticos a Tonica. Venceram a ladeira de braços dados, Cantau no resto da respiração. Lá de cima, a cidade encolhida, as torres, Por que tanta igreja nesta cidade, Cantau? Porque os ricos têm pavor de morrer e faltar campo-santo, e também porque gostam de competir quem constrói a melhor, agradar a Deus é tão importante quanto fazerem inveja uns aos outros, Dina; vá entrando, fico um pouco no pátio, preciso respirar.

O vento também descansa nas sombras, por isso elas são fresquinhas, ouvia dizer quando menina. No Cantagalo, a pele arrepiava quando passava do quente do alpendre para a sala, as janelas fechadas pela mãe; o casarão em sesta sem fim; lá não há riso, as conversas morrem debaixo dos móveis velhos. Mamãe desaprovaria os bancos sem adorno da igreja do Chico Rei, quase vazia, só uma mulher ajoelhada com o véu negro das casadas e um rapaz de costas, de pé em frente ao altar. Usava camisa simples de linho, o chapéu nas mãos. A postura, a altura, Franco Gama consegue ser ao mesmo tempo um tipo comum e também inconfundível. Leopoldina disfarçou o tremor, secou a testa, o suor das mãos. Viera com seu vestido amarelo, a gargantilha com a medalha. Ele virou-se, lento, deu por ela na igreja. Cumprimentou-a com um aceno breve de cabeça e passou em direção à saída. Baixo, na realidade nem rapaz era, quase velho, nem de longe parecido com Franco. Ficou muito incomodada, com raiva e pena de si mesma. Onde está Cantau?

— Dona Leopoldina, sua licença — a mulher com o véu havia se aproximado, muito perto. Leopoldina distinguiu por trás da renda uma cicatriz funda, feia, uma meia-lua com aspecto de carne crua ao redor do rosto. Leopoldina recuou. A mulher ajeitou o véu na tentativa de encobrir a deformidade.

— Não conheço a senhora.

— É Lírio, me chame Tia Lírio. Dona Cantau sabe, eu sou mãe do... do seu pai, Eugênio... não, não se assuste, não vim pedir nada à senhorita, não quero nada seu. Só saber de Maria Felipa, só dela, Fia! Que fizeram da minha neta?

63

A Fia da cozinha, cria de Dona Praxedes. Diziam-na quase da idade de Agripina, apesar de parecer anos mais velha. Leopoldina conheceu-a já corcunda de limpar, os dentes perdidos, Dona Praxedes mantinha para nunca a promessa de lhe encomendar uma dentadura; brigava com Fia pelas janelas nunca abertas ou fechadas na hora certa, pela roupa engomada demais ou de menos, os baldes de água levados na cabeça até a casa de banho, Está frio, Fia, vá trocar; Fia, você quer me queimar, eu sei. Quando Fia quebrou um prato, puxou-lhe a orelha como a uma pelanca de porco, a fez amarrar um dos cacos num cordão no pescoço, Vai andar com o colar uma semana para tomar propósito. Cuido de você e me agradece assim, Fia. Maria Felipa. Leopoldina nunca havia perguntado se ela tinha sobrenome. É Maria Felipa *Lima*, e não de agregada. Que dizer àquela mulher de rosto arruinado? Sua neta dorme na cozinha, chama Dona Praxedes de Sá Xede, com a cabeça baixa? Evitou a mulher. Fingiu prestar atenção nos altares laterais daquela igreja estranha, conchas de rio talhadas na madeira dourada, uma santa Rita parda, como nunca o são as santas, com uma coroa de raios de sol, lembrava-lhe a confusão de visões com cheiro de ervas na casa de Iamiana, tanto tempo; ela e Fia juntas no rio, tocou a medalhinha no pescoço, que dizer? Como quando a mãe a surpreendeu no quarto do tio Bem aos dez anos, bordou uma mentira para se proteger da dor dos outros: Maria Felipa está em casa agora mesmo com nossa mãe, senhora. "Nossa mãe." Falta de vergonha. Passamos de testemunha a cúmplice quase sem saber. A mulher levantou o véu, desconfiada: Até onde eu sei, ela tem a mãe dela mesma, viva, vivinha, menina. Aquela lá vocês não matam nem se quiser muito.

64

Como quem recebe uma facada e só conta com o próprio agressor para prestar socorro, Leopoldina aceitou a mão de Cantau para sair da igreja; do largo lá embaixo subiam os rumores do fim de tarde, o cheiro frito das iscas de porco dos tabuleiros. Lento na calçada, à frente das duas, travando-lhes a passagem, um rapaz equilibrava um tonel na cabeça, cheio das imundícies recolhidas dos penicos das casas do alto da ladeira; a luz do lusco-fusco entrando pelo nariz com o fedor do tonel encorpava o efeito das palavras daquela mulher pobre e deformada. Tia Lírio, aquela avó, tão diferente da sua avó com ares de madre na pintura atrás da mesa no Cantagalo. Desejou de repente a penumbra do casarão, a sisudez de Dona Praxedes, incapaz de vazar aqueles segredos absurdos, o silêncio rígido dos cafeeiros. Desejou nunca ter pisado naquela cidade de igrejas e sobrados e santas pardas, Cantau antes a houvesse esfaqueado. Era uma peça, é claro, a tal Tia Lírio, de onde diabos você tirou essa mulher, Cantau? Dina, os pecados das boas famílias são todos iguais, já disse; você me deu o nome de seu pai, criado aqui, bastardo do café, espanto seria eu não descobrir nada. Pergunte sobre em qualquer janela, basta o nome. No entanto, admito, chegar à sua avó foi fácil além da conta, chamaria destino se acreditasse, Tia Lírio por acaso divide cômodo com minha Coração; mas a sua tal irmã bastarda foi novidade para mim também, Maria Felipa, isso? Cantau falava como quem comenta o movimento, levantava a mão calçada de luva pra cumprimentar os passantes, será que se divertia? Uma tolice ter vindo, acreditar em Cantau conformada com passeio em confeitaria, hospitaleira e amena. Como na madrugada de floração dos pisum, Leopoldina odiou-a. Solitária e doente, distrai-se de si ferindo os outros a facão, por que essa desgraçada ainda não morreu? Quem pensa que é? Quem pensa que eu sou? Que faço agora com isso que você me deu, Cantau? Empurrou-a contra o rapaz do tonel à frente. Cantau, leve como criança, sentiu o impacto e rolou no chão, o vestido e os braços na merda entornada na calçada estreita, os xingamentos de surpresa do rapaz. Leopoldina continuou a descer sozinha, ouviu Cantau chamar, depois gritar quando já virava a ladeira, para longe da voz dela, do fedor de merda das coisas passadas; meteu-se entre os tabuleiros, as carroças, e escorregou feio na lama do chafariz onde os cavalos bebiam água, os cotovelos bateram nas pedras. Levantou meio corpo, prendia o choro, os passantes observando interessados a mocinha estabacada na rua, a roupa fina empapada de água barrenta; uma mão apareceu para ajudar, levantou-a pelo braço, Leopoldina, consegue andar? Entre a vista embaçada distinguiu a voz, talvez o perfume, a barba, com certeza o rosto, muito próximo, de Franco Gama.

65

Das grades da janela no nível do chão viam-se as pedras do calçamento, todos os sinos tocavam o ângelus. Ali, o céu de ante noite não se pinta de rosa-vagaroso como no Cantagalo, não, adquire um azul de pombo quase súbito, o escuro pendurado nas bordas das serras por causa dos postes acesos. Até então não havia saído do sobrado dos Gama depois das seis, a noite da cidade chegava a ela pelos gritos bêbados na rua e pelos pios de coruja nas eiras dos sobrados. Agora vê um corte de noite da janela duvidosa de uma taberna ainda vazia, a raiva de minutos atrás assentada em vergonha diante do copo enchido de vinho por Franco Gama. O pai, Eugênio de Lima, pelo quase nada que se lembrava dele, também bebia. E também tocava acordeão, usava ouro, e, agora sabe, é filho de uma prostituta disforme. Do interior da taberna trouxeram água aquecida e um pano para que limpasse as mãos. Franco permaneceu na mesa ao lado, vez ou outra vinha conferir o copo de vinho, se ela precisava de outro pano; mandou vir outra jarra, numa maneira de ao mesmo tempo ignorá-la e antecipar todas as suas necessidades. Logo acenderam os postes, Oscar Rabelo entrou na taberna, simpático, Fica bonita com os cabelos soltos. Os machucados nas mãos e joelhos, atestou, não passavam de esfolados, nenhuma torção. Vamos comemorar sua saúde com um pouco de vinho e tudo ficará bem. Arranjou um copo para si, logo estavam os três à mesa. Oscar conduzia a conversa com o talento das pessoas que desoneram os mais reservados de abrir a boca, relembrava com humor quando foi arrastado à horta do internato pela freira Bertha, Os grandes intelectuais são excêntricos, Leopoldina, o brilhantismo não vem sem solidão, ou sem mau gênio ou esquisitices; minha sorte, minha amiga, é que fico no meio do caminho, igual a Franco, somos estranhos e insuportáveis, porém não somos brilhantes nem sabemos ficar sem companhia, ao menos a de um copo; onde está sua amiga Cantau, aliás? Leopoldina viu-se salva de falar pela chegada de uma patota animada de rapazes, logo absorveram Oscar para outra mesa. Como emprestando a pergunta do amigo sobre Cantau, Franco aguardou a resposta, o semblante menos circunspecto, talvez por causa da bebida. Sem jeito de continuar em silêncio, ela tentou um tom decidido, a voz saiu como a de uma criança contrariada: Gostaria de pedir ao senhor o favor de me providenciar a volta para casa, quanto antes, desta cidade estou cheia.

— Justo. Mas antes quero saber por que encontrei a senhorita daquele jeito. Se é seu costume desabalar pelas ruas e capotar em público, respeito, mas presumo Cantau haver tido alguma participação... Minha irmã é habilidosa em destemperar os outros.

O vinho seca a língua e solta o corpo, Leopoldina nunca havia tomado além de meio copo e a jarra já ia pela metade; tropeiros e até mulheres sozinhas sentavam-se ao redor, ruídos de conversas diferentes e risadas. Franco observava-a com os cotovelos sobre a mesa, sua camisa de linho. Em seus devaneios de encontrá-lo a sós, Franco usava aquela mesma camisa, a mesma da visita ao internato. Sobre a mesa seu chapéu, simples, contrário à moda de cartolas e casacas pesadas da cidade velha. Nesses devaneios, entravam no assunto da carta, ela fazendo-se de desinteressada, dizia, com indiferença, que quase tinha se esquecido de buscar a correspondência naquela semana, andava ocupadíssima com um texto científico sobre os pisum, além de vários livros por terminar. Livros de filosofia, assuntos importantes. Também havia as visitas do Cantagalo, gente a atender sempre, como um estudante de medicina, vizinho e assíduo. A menção do estudante faria Franco cruzar as pernas, desconfortável, ela se apressaria em esclarecer que nem ia à sala, gostava de cuidar das obrigações em paz. Gastava um carretel de imaginação com esse encontro, exaltando-se na mesma medida em que se envergonhava, Leopoldina Lima, sua inventora de tramas vulgares, uma Adma do cafezal, como sou boba — chacoalhava a cabeça, logo o pensamento se pegava em como seria ter os dedos de Franco dentro dos cachos, na nuca, descendo a linha das costas... Agora, diante um do outro, o imaginado feito as argilas quebradas e atiradas à terra. Havia recebido de Cantau um ramalhete de aflições desconhecidas, não achava vaso dentro de si. As linhas concisas em volta dos lábios de Franco, irmãs da boca zombeteira de Cantau, "pergunte sobre em qualquer janela", e Leopoldina farta, farta de quem se bota a dizer o que se passa melhor silenciado, antes o Cantagalo, sim, as verdades dormentes na língua, a vida em sesta, se não há remédio, não há por que saber de onde vem a dor. O vinho dá ousadia:

— O senhor sabe sobre meu pai?

— Cantau comentou algo, se houve detalhes não os guardei.

— Sua irmã me confrontou com uma senhora que se diz minha avó. Achei que o senhor soubesse, tão amigo da sua irmã! Estou arrependida de ter atendido ao convite de vir.

— Minha irmã me afasta como a um leproso nos últimos tempos, sei quase nada do que ela anda fazendo... Nós quase rompemos.

— Quase romperam por causa de Coração?

— Por causa de Cantau. Minha irmã passeia vestida de rapaz diante das portas, Leopoldina, sabia? Se arregala os olhos assim é porque isso ela não contou à senhorita. A mim chegam insinuações, várias, sobre ela e essa moça de quem você fala, Coração. Meu pai foi se esconder da língua do povo no

Rio, confia na doença de minha irmã para pôr fim breve nisso. A mim me dói, tenho estima por Cantau, minha irmã se coloca em perigo, bem como a senhorita. Perdão, mas me aborreci quando soube da senhorita hospedada no sobrado de meu pai. Entendo sua amizade com minha irmã, mas é imprudente, inconveniente, pra vocês duas. O que menos espero para Cantau é, além de tudo, arranjar querela com gente como a sua.

Gente como a sua. Assim ele menciona a carta, o convite que ele mesmo fez. Um cínico.

— Franco, se eu vim foi porque o senhor me escreveu, me garantiu... Como se porta dessa maneira? O senhor! O senhor me quis aqui, agora isso? — a voz subia de tom, em pouco gritava, atraindo a atenção dos tipos dentro da taberna. Divertidos com seu descontrole, começaram a assobiar e bater palmas, Mulher brava! mulher brava!

As mãos de Leopoldina tremiam, o corpo todo tremia, veio-lhe o ímpeto de esvaziar o vinho na cara de Franco, gritar desgraçado, mentiroso. Só não o fez pela certeza, surgida fina e terrível como as dores de dente, de que Franco Gama, pálido e confuso diante dela, não havia escrito nem sabia de carta nenhuma.

66

A decisão de matar Cantau a murros afastou a tepidez do vinho. Correu para fora da taberna, deu com o desamparo de uma rua desconhecida. Franco seguiu-a, Vamos, Leopoldina, cuidaremos de você voltar para casa. Odiou-o. Mandar-me embora, Franco? Cale a boca. Cidade de merda. Pegou-a pelo braço, Vamos para dentro; a mão de Franco, antes a agredisse, mas não: um toque de complacência, aversivo como se deixar subir por uma barata. Aflito, digno, irmão responsável, amante inexistente. Maldito. Desvencilhou o braço, ele pegou-a outra vez, desvencilhou de novo e, com força desmedida, atingiu-o em cheio no nariz. Fugiu para dentro da neblina, rosto quente, humilhação amarra a boca feito vinho ruim.

67

Quando se está disposto a ver, até santo de barro pisca, a mãe dizia. Como foi tola. Relia a carta escrita por Cantau, a letra falseada, o anúncio descarado da própria trapaça, *Descobri meu verdadeiro talento de escrever cartas como se fosse outrem.* Pior de tudo, a língua molhava, a barriga esquentava ao ler a carta de Franco mesmo sabendo não ser de Franco, as palavras, parece que acham gruta no corpo da gente, ponta de calcário pra todo o sempre. Que diria à mãe ao retornar antes do previsto para o Cantagalo? Mamãe sabe sobre Fia, será? "Se eu contar, Sá Praxedes ralha comigo", disse Fia num dos dias de mergulho no poço. Passou na mente toda conhecida de Capelinha, não achou uma com jeito de haver parido Fia, talvez Iamiana, mas os modos de uma com a outra contradiziam. "Aquela lá vocês não matam nem se quiser muito", afirmou a avó disforme. Tirou com fúria o vestido amarelo, imundo de barro, meteu-o embolado na mala. Podia ouvir os passos de Cantau no corredor, não se toparam quando entrou no sobrado e se trancou no quarto. Nenhum plano a não ser ir-se dali, raiasse o dia buscaria um cocheiro, nem que fosse uma comitiva de tropeiros, para longe de Cantau até em lombo de burro. Melhor conferir as moedas costuradas no fundo falso da mala, coisa de Dona Praxedes. Com certeza haveria o suficiente para a viagem, se não houvesse todo o dinheiro desaparecido dali.

68

Desceu as escadas no escuro. Cantau aguardava na sala, vestida de calças e colete, os cabelos sob um chapéu de rapaz. Leopoldina fez ignorá-la, não daria o prazer de mostrar surpresa: Bem, Cantau, passamos dias inesquecíveis, agradeço, desejo-lhe muitos anos de vida, seu pai e madrasta devem rezar tanto pela sua saúde, Deus atenderá. Obrigada por haver se precavido em preservar meu dinheiro das criadas, agora devolva-me, estou de saída.

— Dina, querida, você voltou inteira, ainda bem, eu estava preocupada. Tirou seu vestido amarelo!? Também tive de me trocar, veja só!, me sujei de bosta na rua.

— Sim, ainda fede. Vamos, me dê as moedas.

— Fez bem em guardar seu vestido, facilitará o trabalho da sua irmã para lavar e passar. Fia, o nome dela, não? Não me atinei nisso antes, a gente não guarda o nome dos empregados. Se não me engano é a que perdeu os dentes todos, não?

— Por que me escreveu como se fosse Franco?

Percebeu Cantau estremecer, sem resposta. A voz veio fraca, sumida no escuro, Vou explicar tudo, Dina.

69

Enquanto escrevia a carta, me assombrava a possibilidade de você negar o convite. Conheço Leopoldina Lima, não haveria deslumbre da sua mãe capaz de trazê-la até aqui, nem cancro capaz de amolecer suas decisões. Talvez por isso eu goste tanto de você, não tem dó de mim. Mas não me entenda mal, não falseei a letra de Franco como fiz com a letra do meu pai juiz, pelo menos não da mesma maneira; mentir para sua mãe foi uma diversão, para você foi uma brincadeira, sabe a diferença, não, Dina? Na brincadeira somos quem dizemos ser. Comecei a brincar copiando a letra dele como se me servisse de escrivão, não vejo nada de grave aqui, ficou explícito que toda ideia era minha, basta reler. Se me acusa de alguma manipulação, porém, meu mea-culpa: usei Franco para despertar sua compaixão, Dina. Saber meu irmão ciente da sua bondade de vir me ver pesaria na sua decisão, certamente, bondade precisa de testemunha. O que veio a seguir é mais difícil de explicar. Ainda não apreendo de todo meu movimento de haver puxado uma segunda folha e iniciado uma carta de Franco. Agora, não me subestime em dizer que me fiz de Franco, isso não, eu *fui* Franco, Dina; a gente se educa em quem se ama, eu sei ser meu irmão. Acredite, aquelas palavras, se ele de fato não disse de boca, não discordaria de nenhuma, nem saberia dizer melhor sobre si. Não diga que menti ou fui má, não espero essa superficialidade de você. Tenho certeza de ter se comovido quando, na pasmaceira de seu casarão, leu as palavras do meu irmão direcionadas a você. Importa tanto se foram escritas por mim? Pense, o encanto por Franco, porque você o tem, não pode ter surgido de uma única visita dele ao internato, não seja boba, surgiu das minhas palavras sobre ele, das horas e horas em que falei da beleza de Franco, dos desejos de Franco, da alma de Franco para você. Você deseja meu irmão através de mim. E se você se desejasse também através de mim, não estaria ressentida por eu mostrar o que calaram a você, meu amor. Esses segredos são como os rios de fogo que Bertha diz haver debaixo da terra, sob nossos pés. Não há paz. No meu caso e no seu, não há paz. Que adianta continuar inteiro e ser de vidro, Dina?

70

Depois do benzimento da casa choca, não viu nem ouviu falar de Iamiana, nunca houve a necessidade de benzer paredes nem os corpos na casa nova, o maligno apenas uma lembrança vista da janela, nos escombros do outro lado do milharal, graças. Viu-se na urgência de procurá-la, no entanto, na época em que Dirico seguiu para o seminário. A pior das urgências. Desde o nascimento do filho, angustiava-a a ideia de pegar outra barriga de Julião Bomtempo. Se quando mocinha maldizia a fadiga e as dores das regras, depois de Frederico passaram a ser ansiadas, acolhidas como um sinal bem-vindo do corpo, a confirmação de só ela dentro dela. Evitava como podia, com modos de ouvir falar: meio limão-rosa metido lá dentro nos dias de perigo, uma sombrinha na boca do útero; dessa soube mocinha; assustou-a tanto o pensamento de o limão perder-se para sempre no corpo como o fato de caber lá. Ainda não sabia que os bebês saíam justo por ali, esse vão esquisito das mulheres, capaz de se encher de sangue, medo e filhos. Na falta de limão, um naco de bucha encharcado de pinga. A cada atraso, chá forte de arruda, uma vez passou da conta, horas acocorada no buraco sanitário, o corpo em cólicas de morte, enjoos, dias de desespero até o sangue resolver descer, cínico como quem não se importa em se fazer esperar. Com ajuda de santa Rita, se alguma barriga pegou, não vingou. Julião de primeiro reclamava mais filhos, Mulher, preciso de braços pra derrubar o milharal, plantar meu café, também precisamos de uma menina, uma só, pra ficar conosco na velhice, não temos empregados como sua prima Praxedes. Reclamava, reclamava, mas, com a graça de Maria, foi deixando de procurá-la na cama; depois dos trinta anos dela, então, ficou na frequência de sol com chuva, pôde se aliviar de tanto cuidado. E também da vaidade e das vontades; assumiu-se uma matrona de um filho só perto da quentura do forno, desaparecida nos seus bordados. Mas o corpo tem artimanhas, em especial quando nos esquecemos dele, a ternura por si requentada pelas lisonjas do amigo Rabelo, suas delicadezas; uma distração tranquila, as visitas do velho, seu cúmplice de estar vivo. E andava tão envolvida com seu dedal e linhas que, quando lhe ocorreu a demora do sangue, não soube dizer, pela primeira vez em anos, há quantas luas não vinha. O contorno do rosto lhe pareceu arredondado quando viu seu reflexo na tina de lavar os pratos, à noite achou a camisola apertada nos lados, coisa da minha cabeça, ainda pensou antes de cair no sono. Acordou de madrugada com o fedor de Julião, pinga com falta de banho, exalava da pele, da boca de ronco, ela precisou levantar num pulo para chegar na janela a tempo, vomitou sobre as angélicas do canteiro, angélicas criadas com capricho porque as folhas serviam para chá chama-sangue, havia bebido aos montes. Não conseguiu voltar a dormir, a suspeita tomando corpo no fogão aceso antes de amanhecer, na fervura da água do café, de repente o desejo de pingar o café com água-de-colônia, só algumas gotinhas, a língua salivava. Cedeu ao impulso, havia um frasco na sua arca de bordados, achou-o embrulhado num bordado antigo do qual não se lembrava, um emaranhado de figas, igrejinhas e borboletas, a inscrição *Iamiana indecente*. Ela, sim. Só Iamiana saberia a erva certa para descer o sangue. Ou, se já não houvesse tempo, saberia fazer do outro jeito. Sim, a buscaria logo saísse o sol. Melhor assar um bolo de milho, sempre bom chegar com algo nas mãos, ainda mais quando se vai pedir um favor, o favor de botar fora. Não quer, de jeito nenhum, já cumpriu os deveres com Dirico. Crescido, educado, mandado ao seminário, encaminhado. Outra vez, não, Deus não pode fazer isso com ela, agora apaziguada no seu rancho, na sua solidão. Não que não amasse o filho, pelo contrário, nunca amou alguém com tanta certeza, até porque achava nele muito de si e nada de Julião. Bonito e sincero na delicadeza, Frederico dará um senhor padre. Com a vantagem de não passar adiante a semente do Bomtempo, preguiça para sete gerações. Engraçado, quando mocinha queria filhos e netos, com toda certeza. Temia acabar solteira ou como as mulheres a quem chamam de árvore seca, poderia haver destino pior? Casada sem filhos, o horror. No entanto, via os filhos como um futuro longe, até depois de recém-casada; não havia cogitado virem antes do cafezal prometido por Julião, da casa melhorada e das viagens e roupas bonitas compradas quando o marido vendesse o café; por isso o susto de parir Frederico entre as paredes da casa choca, o milharal como único sustento. Muito faltava, em especial mãos e coração para ajudar no resguardo, se viu parida e tendo de buscar ela mesma água no poço, colher espigas para o mingau, manter acesa a brasa do fogão. Julião dizia que ela se queixava por nada, as índias parem de pé e fazem tudo com as crias enganchadas. O nascimento de Frederico numa Quarta-Feira de Cinzas foi o presságio dos próximos anos, não pouco lhe passou pela cabeça deixar o menino cair por acidente, sufocar de leite, não voltar do sono. Na noite terrível em que Julião dormiu com os porcos e as vozes amaldiçoaram a casa, dominou-se para não ceder ao pensamento de abandonar Frederico no mato, diria o haverem levado, elas, as mesmas sombras que correram pelas paredes e xingaram. Buscou o padre Cirilo para se confessar; ele ouviu-a impaciente, abanou a cabeça, Minha filha, a glória da mulher é ser mãe. Padre, se eu pudesse, não. Recebeu de volta a penitência de cem ave-marias. Rezou todas, como tinha de ser, no fim apenas a constatação solitária de que não querer bem aos próprios filhos é o segredo melhor guardado do mundo. Vivessem num casarão como o do Cantagalo, com criadas à disposição, seria diferente, haveria razão de parir, dinheiro precisa de herdeiro. Ali, no rancho, não bastava a pobreza. Tinha ainda Julião, mau exemplo constante; nesse caso dava graças por Frederico ser um tiquinho abobado mesmo, lerdo; antes causar repulsa no pai do que ser querido como um igual. E agora, se outro menino nascesse? Ou menina. Engraçado, nunca pensou numa menina. Uma menininha no rancho, apenas as duas o dia todo, juntas. Bordaria vestidos brilhosos como as roupas das ciganas, a faria andar enfeitada, cheirosa, seria uma princesa até que precisasse abrir espigas de milho e queimar os dedos no fogão, pois nada melhor a se esperar, Dona Praxedes já amadrinhou Frederico, não há quem possa ajudar, só o Rabelo... É nada, capaz de morrer antes da menina virar moça. Não, não, outra criança, não.

Iamiana indecente. Passou a juventude com pavor de mulheres como a curandeira, mulheres sabidas. Sentiu um nó de terror e de entendimento quando, há doze anos, Iamiana presenteou Frederico, a medalhinha, "é dessas Marias que moram n'água". Nesse tempo, já desconfiava, havia vivido sozinha o suficiente no rancho para entender, mesmo muito por cima, que de fato morava alguém nas coisas vivas do mundo: na água da bica do fundo da horta, na brasa do fogão, no vento de chuva. Um alguém com a força de um olho virado pra dentro. Falou disso também ao padre Cirilo, ele mandou-a rezar, outra vez, A Virgem não fala com as pessoas, minha filha, quem gosta de bulir é o demônio. Mas o vento traz palpites, senhor padre, os estalos do fogo me falam; Ambrosina, filha, você precisa rezar. Deixou de rezar e passou a ouvir. Sabia quando vinha chuva dias antes com exatidão, se as porcas estavam prenhas, se as angélicas iam brotar à noite. O altar da santa Rita, triste no seu vestido de barro pintado, enfeitou-o com flores, fez para a santa uma saia rodada de chita, uma guirlanda de fios dourados, pulseirinhas, deixou-a faceira com ajuda de Frederico: o menino trazia as flores, gostava de vê-la enfeitar a santa, Mamãe, faça uma sanfona pra ela. Esse moleque puxou a loucura da mãe, Julião dizia. Quem sabe o achem com jeito para santo no seminário, então; se as esquisitices não servem para a lavoura, devem servir para os santos, para as visões; a tal medalhinha de Iamiana foi dada por algum motivo. A Iamiana, teve tanto medo dela e, no fim, terminou parecida, sozinha e com ideias. Daqui a pouco está como a Pulidóra, que tudo e nada faz além de rir e dizer avessos e deixa as pessoas assustadíssimas — riu desse pensamento enquanto cortava o bolo de milho, a casa toda cheirosa de forno, saiu lindo o bolo, com o sol. Levaria para Iamiana, agora, antes de Julião acordar; andaria calma, reparando nos matos, nos troncos das árvores. Bateria na porta da curandeira, Licença, Iamiana, e contaria sem delongas da barriga fora de hora, como se faz a uma velha amiga. Amiga? Sim. Tem gente que cria eco dentro das outras pessoas, o pouco dos encontros e conversas com elas fica a remexer, rende amizade de pensamento.

Aprontou uma matula com bolo e pó de café, saiu sem bater a porta. Do alto da estrada apreciou a vista do rancho: o milharal, as ruínas da casa choca, a casa branca de agora, pintada de cal e salpicada de terra, as trepadeiras guiadas por ela mesma ao redor das cercas, seu bordado vivo. Uma boniteza, seu retalho de rancho. Não houvesse Julião, ali seria o Éden, ela Eva e serpente.

71

O trabalho do alfaiate do padrinho ficou a desejar. Tão logo Frederico vestiu a batina, a barra se desfez e foi preciso puxar para cima e amarrá-la com um cordão na cintura para não tropeçar, solução do padrinho, Diga ser promessa para são Francisco e pronto. O tecido rasgava debaixo do braço, falho como a barba do Velho Rabelo. Frederico pensava no velho com frequência, no dia da visita à dinda Praxedes. Gostava de pegar detalhes perdidos na memória, feito sacudir o limo assentado numa bacia d'água e depois catar os fiapos, ocupação para horas. Aí o bom do seminário: poder brincar à vontade dentro da cabeça. Se no rancho o pai gritava, batia, o chamava de inzoneiro, ali os padres até o elogiam, Frederico, você tem o dom da contemplação. Sorte não perguntarem o que lhe ia na cabeça. Durante as orações, enquanto movimentava os lábios, achava expressões novas para Leopoldina, descobria um novo objeto na sala de visitas do Cantagalo ou um detalhe no brasão entalhado na porta do casarão. A brincadeira ficava melhor se escorasse o de dentro da cabeça nas coisas do mundo de agora: a batida das janelas fechadas por Leopoldina no casarão virou o ranger dos bancos da missa, e desde então se arrepia quando os meninos se ajoelham antes da comunhão. À noite, os passos dos padres no corredor fazem seu coração bater, colocou neles as botinas bravas dela. Anos depois, apenas quando conhecesse o mar, teria entendimento da sabedoria de seu jogo de menino: se não amarramos as lembranças em estacas do hoje, elas viram navios; quanto mais longe, menos sabemos dizer as cores, o tamanho; passa o tempo nem sabemos se existiu. O Velho Rabelo, quando o viu pela primeira vez, amarrou-o na palha do milho, suas mãos amarelo-secas, um ou outro grão podre entre os dentes; no seminário, para não o esquecer, colocou-o na fumaça do incensário, sua pele cinza de fumo, o cigarro dono de casos. Mantinha longas conversas com o velho dentro da cabeça, Rabelo segredava sobre Leopoldina, Ela pensa em você, Frederico, para mim a própria Dona Praxedes faria gosto de vocês casados. Por isso foi um estranhamento quando, chamado por um dos padres, foi levado até o refeitório do seminário, onde o esperava o Velho Rabelo em pessoa. Não havia recebido visitas ainda. E nem nos mais desvairados pensamentos pôde cogitar uma visita real do velho, ombros cansados, as rugas aprofundadas, nunca o tinha visto sem sorrir.

— Meu pequeno e valioso amigo, fiz questão de vir eu mesmo, venha se sentar aqui do meu lado, fique confortável, chegue perto, vamos conversar. — Os dedos esfregavam a aba do chapéu, o mesmo movimento de fechar um cigarro. — Frederico, sua santa mãezinha retornou ao lugar digno dela, ao lado dos anjos.

A voz do velho ficou distante, na cabeça veio a imagem da mãe. Vestida de preto como no retrato de mocinha, trancava sua arca de bordados e ia embora do rancho quase correndo, sem olhar para trás.

— Frederico, você me ouviu? Sua mãe subiu aos céus, meu amigo. — Abriu os braços, a camisa empapada de suor; mamãe falava, Tome banho para não ficar com murrinha feito o Rabelo, e torcia o nariz. — Conte comigo, já acertei tudo com sua madrinha Praxedes, cuidaremos de você, faremos jus a Ambrosina Lima.

Não lembra se perguntou como foi, mas sua confusão deve ter sido tal que o velho se achou na obrigação de contar: Foi-se no parto, Dirico, barriga atravessada... Ela esperava o nascimento pra contar a você, não se assuste. Mas Deus tira e põe, meu amigo, sua irmãzinha é viva, Venuta Lima, minha afilhada. Sua irmã está sob a guarda de Dona Praxedes, sob a minha também, palavra, meu amigo, estarei para ela como estou para você, sossegue e estude, por sua mãe, por nós todos... Frederico? Você me escuta? Não se levante, venha, se apoie em mim, puxe o ar, vamos, fale comigo.

— Seu Rabelo, o rancho ainda está lá? — um fio de voz, a mãe agora uma mancha no alto da estrada.

— Está, filho, do jeitinho dela.

A noção de o tacho, a arca de bordados, os canteiros continuarem a existir a despeito de não haver a mãe soou tão despropositada que não houve lugar no corpo capaz de guardar aquilo: as mãos se agitaram, uma dormência na língua, a garganta fechada na urgência de amarrar quanto antes as lembranças da mãe nas coisas possíveis, para já; os pés mexeram-se sem conseguir parar, as pernas e os braços, em instantes se debatia o corpo todo no chão, a voz de Rabelo o chamava, gritava longe, Dirico, meu filho, Dirico. Apesar de ciente, não conseguia controlar-se, confinado, o corpo em contestação. Meteram-lhe um dedo na boca, desenrolaram sua língua torcida como um anzol, o ar entrou e os músculos arrefeceram. Quase morto dentro dele mesmo, retornou aos poucos, ao redor as caras do Velho Rabelo, dos padres, de meninos apavorados e curiosos. Levaram-no nos braços pelo mesmo corredor, o velho ainda disse algo como Julião Bomtempo seguiu para o garimpo, mandará notícias... Mamãe. Agora um pontinho preto, sumia no azul como os tico-ticos depois da safra de milho. Deitaram-no na cama, acreditaram-no em sono profundo. Mas nunca esteve tão alerta. Iniciou o trabalho lento de amarrar os pedaços da mãe no hoje, costurou o jeito dela de dizer Dirico no feixe de sol que cortava o quarto no meio da tarde, na maneira como afinava até desaparecer; no primeiro minuto de noite, as mãos dela alisando sua calça de brim antes da visita à dinda Praxedes. O corpo doía da crise, Rabelo, de fora, cochichava com os padres, O menino não é de chilique, conheço bem, foi de nervoso, isso, pobrezinho. Num estado entre a vigília e dormir de exaustão, viu-se em pessoa na casa choca, o frescor do chão de terra sob as costas, o cheiro de madeira apodrecida, a presença conhecida a soprar-lhe antes de dormir de vez, *As mães ficam mais vivas depois de mortas.*

72

Padrinho Bem veio contar, sugeriram ao diretor do seminário que ele, Frederico, precisava de um exorcismo. Os padres, aqueles corvos, adoram uma novidade, falarão por anos do chilique de Frederico Bomtempo; sua sorte é que sou seu padrinho, protejo você. Vamos, alegre-se, sua mãe morreu, eu sei, mas nem na casa dela você vivia para sentir falta, eu mesmo nunca conheci a minha e passo bem.

Nem dos sabiás do jardim Frederico queria saber, a batina alargada a cada dia, a comida abandonada no prato, deitado no catre quanto pudesse. Num domingo, o padrinho precisou de um par para jogar cartas escondido dos padres: Vamos, seu sacripanta, vai perder os músculos todos assim, apenas deitado, ande, levante-se, as mulheres não gostam dos fracos! Como vai aprender a tocar acordeão, se não puder segurá-lo?

— Eu não tenho acordeão.

— Não seja por isso. Se jogar comigo darei um a você. Há um dos bons largado debaixo da poeira no Cantagalo, é seu. Aceita?

— A sanfona de Leopoldina? — as palavras saíram com vitalidade; o nome dela escorregou na língua, cobra enrodilhada por um inverno, primeira vez dito diante de alguém.

— É, ela. Está morta, se ainda não sabe. Evite falar nela perto de Praxedes. Que espanto é esse? Você me diverte, Frederico, precisa ver sua cara. — Longe dos padres, padrinho Bem dobrava as mangas da batina como as de uma camisa elegante. — Ela está morta para nós, aquela puta, foi-se embora com um homem, minha irmã tem esperanças de reavê-la, mas não creio. Imagine, Frederico, Leopoldina amasiada com um bastardo sem terra, metido com o lado errado da política. Ao menos você ganhou um acordeão, desgraça de uns, alegria para outros. Minha irmã está quase louca. Eu mesmo, se encontro minha sobrinha, meto-lhe uma bala para dar o exemplo. Sempre foi desavergonhada, a demônia, quando menina me pegou nas partes. Mulheres, Frederico, nem a mãe. Não confie na pureza de nenhuma, não valem nada, nada.

IV

73

Amasiada. Praxedes Lima do Cantagalo tem uma filha amasiada. Não que houvesse esperado grande coisa para a filha do meio, isso não, nenhuma família de importância a pegaria para nora. No entanto, para comerciante ou para fazendeiro de terra modesta, sua Leopoldina passava de bom: educada em internato, talentosa, Lima. Até um advogado da capital, desses liberais, poderia ter ficado com ela. O tal Franco Gama mesmo: neto de marquês, meio filho de juiz, não daria Agripina ou Tonica para ele, mas Leopoldina, se ele tivesse pedido a mão como se deve, se o juiz em pessoa o houvesse feito, ao menos por escrito, mas não, arrebataram-lhe a filha, cuspiram no nome Lima. Teriam acabado com sua reputação não fosse o Cantagalo inabalável. Ousem aparecer aqui para ver, vocês dois, ousem, balbuciou por dias em frente aos janelões até entender, num despeito decepcionado, que nunca apareceriam mesmo. Não se importavam em pedir perdão, em se redimir com um casamento atrasado; fizessem uma troca de alianças ali mesmo no salão, só pelos costumes, mas não. À merda os costumes, à merda a bênção dela, Praxedes. Com certeza é desses libertários, o bastardinho, estudado para falar bobagens; soubesse de Franco Gama antes, mandava atear fogo no cavalo dele na estrada, dava fim ela mesma a essa descendência perigosa de marquês com preta. Dizem-na da Bahia, a mãe dele. Os pretos da Bahia para cima têm sangue de revolta, o barão dizia, são diferentes dos daqui. O sangue. Leopoldina aprontou por culpa do sangue do pai dela; quando a raiz é defeituosa, de nada adianta tratar a terra; antes não houvesse nascido, Leopoldina, antes houvesse morrido sem abrir os olhos, como seu irmão. Ou melhor, morresse você, Leopoldina, sobrevivesse o menino, troca justa. Quase branco, ele. Como sofreu com esse quase dos filhos de Eugênio, um crepúsculo no ventre: impossível dizer se sairiam dia ou noite. Leopoldina, fosse prematura talvez houvesse saído menos entrada na noite, com os grãos de café acontece isso: o vermelho encorpa em roxo quanto mais se demora a colher. O filho menino foi prematuro, rosado. Os poucos dias com o bebê vivo foram a fresta feliz na sua vida. O leite não secou como havia secado para Agripina; não, abundou em rio, afluiu para o futuro, para um herdeiro capaz de domar cavalos e empregados, direcionado por ela mesma às qualidades do nome, raiz guiada à força, um Honório Lima Neto da melhor estirpe, desviado por ela mesma dos maus comportamentos de um e de outro lado da ascendência. Não vingou, seu menino. Não sorveu o leite e, se o fez, mandou para os pulmões, agonia de dias. Na aflição pelo menino, esqueceu-se de si, esqueceu-se até de Maria Quitéria. Esqueceu? Nada, a raiva desocupa quarto para a tristeza, mas logo reclama sua cama quente. A sua raiva estalou em língua de fogo quando encontrou a feitiçaria da amásia de Eugênio dentro do oratório, seu camafeu, o cueiro do seu menino borrados de sangue, a cabeça putrefata de pombo, o fedor de desaforo. A bem dizer, nunca acreditou naquela bagunça haver matado seu menino. Tudo mentira. Havia deixado de temer demônios na mesma época em que desacreditou anjos e santos, quando tanto implorou e ninguém trabalhou por ela. Se os demônios de preto valessem algo, aliás, eles não tinham sido passados na corrente, o pai dizia isso quando, há muito tempo, ela se assustava com os ecos de tambores e cantos chegando ao casarão nas noites de lua. Nem por isso deixou de se arrepiar quando abriu as portas do oratório e o ar apodrecido invadiu as narinas, correu até a base da nuca. O que a tirou do eixo foi o camafeu aberto, o perfil sisudo do barão do Cantagalo, seu pai, banhado de vermelho, envolto em seiva de bicho. Amarrou a joia ao pescoço, sem limpar, antes de buscar Eugênio aos gritos, o faria expulsar Maria Quitéria, a todo custo. Sabia da crença de ambos em feitiçarias. Viu-o, junto com a amásia, irem ao cafezal com velas e comida quando do plantio das sementes. Comida cozinhada no esmero e nas cantigas pela outra, as criadas postas para ralar coco na entrada da primavera, polvilharam de branco cumbucas de milho cozido, deitado à raiz dos pés de café. Sabia, Eugênio atenuaria tudo que Maria Quitéria fizesse. Por isso usou o feitiço para fazê-lo ceder, Se essa mulher botou magia para destruir a saúde da criança, ela com certeza fez além, Eugênio, você não vê?, ela anda por onde quer na casa e na mata, essas mandingueiras entendem de venenos, se não matou nosso filho de um jeito foi de outro, berrou aos ventos quando o pegou deitado com ela na esteira e continuou a repetir pelas semanas adiante.

Declarou o Cantagalo em luto e penitência. Fez cobrir o oratório e todos os santos da casa com tecido roxo, deu fim aos jantares fartos tanto apreciados por Eugênio, agora pão e queijo é tudo que se põe na mesa à noite, o galão de vinho derrubado por acidente por ela mesma, as garrafas de cachaça sumidas. Quando surpreendeu Fia com a boca suja de melado na cozinha, usou nela a palmatória de madeira rosa pendente na parede desde sua infância. Maria Quitéria, soturna desde o enterro, entrou em fúria, soube do castigo só quando a menina foi procurá-la no quartinho; apanhara caladinha, temerosa daquela moça vestida de preto e de raiva. Eugênio foi obrigado a mediar, Praxedes argumentava haver batido para educar a menina sobre o jejum de luto, além do quê, essa outra beliscou Agripina também, eu vi; Maria Quitéria negou, mesmo que fosse, um beliscão não se compara a uma surra de pau, Fia nem consegue esticar os dedos — veio ela mesma apertar os dedos de Praxedes para mostrar; em pouco rolavam as duas nos tapetes, Maria Quitéria em vantagem de saber bater, Eugênio apartou-as com tapas em uma e outra, mas por algum motivo decidiu Maria Quitéria merecedora de apanhar além, arrastou-a até o quarto da cozinha. No dia seguinte, Maria Quitéria surgiu com roxos nas maçãs do rosto e nos braços, a pálpebra feito papo de galo, cantante e arrumadíssima em seu turbante e brincos e pulseiras; serviu Eugênio de café, manhosa, as mãos na nuca dele; Praxedes logo se deu conta do desfecho da surra. Se não agisse logo, Eugênio se acertava com a amásia de vez. Procurou-o antes de dormir: Lembrei-me de algo muito feio. No dia em que nosso menino... Naquela madrugada fui vê-lo e ela estava na porta do quarto, Eugênio, eu vi, em mim você acredita, essa mulher escarnece de nós, que fará a seu próximo filho? Não fosse por ela poderíamos receber no Cantagalo, se você soubesse das festas do barão meu pai, entenderia. As esposas dos barões nunca pisarão aqui com ela em casa. Precisamos de respeito, Eugênio, se você quer as vantagens do nome precisa se desfazer dessa mulher, foi-se a hora, decida.

E quase decidido estava, desde antes da morte do menino havia arranjado uma palhoça nas cercanias, suficiente para Maria Quitéria, habituada como ele ao desconforto, perto do Cantagalo e longe da língua do povo. Faltava, porém, a coragem para segurar a fúria dela, explicar por que Fia permaneceria no casarão, ela não. Chegou a desejar vago a morte de Maria Quitéria, uma doença, resolveria o impasse de enfrentar sua altivez, a mesma altivez que o fez amá-la quando a conheceu de tabuleiro na cabeça, alegre e desaforada na rua; dormiram juntos pela primeira vez no quarto de pensão revezado entre ela e a mãe dele mesmo. Sua mãe, Lírio sem sobrenome, mandada embora pelo senhor por haver ficado desfigurada e manca, sua mãe que nunca lhe pedira nada a não ser cuide de Fia, neta dela, e de Pulidóra, filha de coração. Agora, buscava as palavras para dispensar Pulidóra do casarão, colocá-la sozinha na penúria de uma palhoça, pois sim, tinha força para bater nela e metê-la na quase miséria, mas não para mandá-la para longe, ainda não. E se não a conhecesse tanto, teria se surpreendido quando Pulidóra apareceu de trouxas prontas, Fia arranjadinha em turbante, ela sabia como ele ficava contrariado quando vestia a menina daquele jeito. Anunciou sua volta à capital, ele concordou, Você vai, Fia fica, minha esposa fará bem dela, Fia crescerá com modos de moça sóbria, de respeito. Pulidóra riu desatada: Eugênio, ela vai despedaçar nossa menina debaixo do seu nariz, Maria Felipa só fica aqui se você acabar comigo.

74

A cabeça latejava. Precisou forçar as pálpebras a se abrirem, os cílios pregados de sangue seco; a textura dos lábios, uma romã aberta. Não conseguiu levantar nem meio corpo, tonteou outra vez. Levou a mão por instinto à cintura, sem saber o que procurava.

— Guardei sua navalha, volte a dormir — uma voz desconhecida de mulher a velava. Caiu outra vez num sono escuro.

75

A notícia de Maria Quitéria ter levado Fia consigo desagradou Praxedes. Dia menos retornam as duas ou, daqui a alguns anos, volta apenas Fia, cheia de exigir, vai querer o que não tem direito. E vai ser difícil lidar com ela adulta e dona de si, aprendida com a mãe. Não, não, Maria Quitéria deve desaparecer, Fia fica, a filha de Eugênio pode sair caro no futuro, em especial se não tiverem outro filho. E se Fia volta daqui um tempo, com um netinho? Péssimo. Velhos amolecem com criança, Eugênio com certeza será desses. Sem contar que de longe o amor prospera; ela mesma, Praxedes, viu acontecer com as irmãs casadas — tão logo se mudavam, ficavam tão preciosas quanto prataria para a mãe. Não, não, melhor manter Fia perto e fazê-la fiel à casa, estragar o amor de Eugênio por aquela filha com críticas e reclamações no dia a dia. Deus livre o Cantagalo de uma bastarda amada pela ausência. Não esperou as duas sumirem na estrada com suas trouxas e panos coloridos na cabeça para falar com Eugênio, cabisbaixo na varanda com o copo de cachaça, Senhor, não deixe essa mulher levar Fia, nossa menina vai se perder, que será dela? Não peque pela omissão, traga-a de volta, faça o que for preciso, pelo bem dela.

76

Botas pesadas entraram pela porta da cozinha com a noite alta, trataram em sussurros com Eugênio. Debaixo das cobertas, reconheceu a vozinha de Fia, uma bica d'água saída do tom caudaloso da mãe. Saiu da cama e deu com pai e filha no escuro, Eugênio com a menina no colo, o rosto dele entranhado no pescocinho, foi a única vez que o viu chorar. Assumiu as dores e as ações. Levou o marido para a cama pela mão, com toda complacência; acomodou a menina no quarto contíguo à cozinha, a esteira ainda lá, Não quero choro nem barulho, seja boazinha, senão eu volto.

77

Acordou. Sobre si o teto de palha trançada, de novo a dor. Mexeu-se, o rosto da desconhecida surgiu: Se não morreu, está viva! Seu nome, diga depressa, antes que suma da cabeça.

— Pulidóra.

— Esquisito.

A cabeça pesava como um punho de ferro, imagens baralhadas de uma estrada, ia embora, embora para onde? Ela ia, e de repente a pancada, uma na moleira, outra forte nos quartos, agarrou-se à criança. Havia uma menina. Nauseou.

— Deram com tudo nos seus chifres, é. Pra matar. Quem foi?

— Não sei. — Olhou ao redor, o chão de terra nu, um fogareiro. — Você vive aqui?

A outra deu de ombros, vinha descendo do sertão com uma partida de fugidos de um engenho, sem rumo certo. Viu-a caída no mato, sangue de encher um bezerro, os outros ajudaram a trazê-la para aquela palhoça e se foram, depois alma viva nenhuma apareceu.

— Fiquei com você por causa da navalha. — Tirou a lâmina do cós da saia. Tinha marcas de ferro quente nos braços. — Minhas antigas tinham uma igual.

— Seu nome?

— Deitei fora o que me chamavam no engenho, não tenho.

O nome. Havia outro… Sim. Contou à mulher, tinha um outro nome, difícil de lembrar. Sussurrado entre velas e folhas, recebido junto com a faca.

— Me dá?

— De jeito nenhum, a navalha é minha.
— Não, mulher, o nome.
— Iamiana.

78

Quando soube de Maria Quitéria viva e instalada na mesma palhoça onde Eugênio havia planejado apartá-la do casarão, sua barriga crescia o segundo filho do marido, a expectativa de parir outro menino não a deixava pensar em nada. Os acontecimentos da noite do retorno de Fia haviam metido Eugênio numa prostração de semanas, foi preciso decidir por ele as roupas, a comida do prato e até quanto beber, mandou-o descansar. A indisposição coincidiu com o cafezal em período de colheita, ela não entrava lá desde antes do casamento, sua antiga calça de montar já havia se acabado nas traças, o chicotinho de couro parecia um brinquedo. Pôs seu vestido de luto mais imponente, por sorte o que melhor disfarçava a barriga, por baixo botas de couro firme; mandou avisar, queria todos os lavradores em fila na entrada do cafezal antes de amanhecer. Caminhou sozinha na alvorada até lá, repassando na cabeça como o barão designava a ordem da colheita. Não apenas se lembrava de tudo como sabia melhorar; determinou para os cafeeiros os homens e as mulheres robustas, as emagrecidas e adoentadas para a secagem, as crianças deveriam buscar água para que não fosse preciso parar.

Quando se abre uma clareira na mata, o mato avança, cresce depressa, em pouco é impossível apontar onde havia terra limpa. Assim foi com ela depois de administrar a última safra do Cantagalo, não iria retroceder. Quem recuou foi Eugênio, nem tanto pela paz de marido quanto pelas vantagens de negociante que, não era tolo, vislumbrou, Xede, você tem cabeça. O livro de contas tornou-se o interesse comum do casal, entradas e saídas de dinheiro o assunto de todas as horas, um emplastro para a ansiedade de ambos com o filho na barriga.

Quis parir como da última vez, sozinha, de cócoras, chamar como pudesse outro filho mais parecido o possível com o primeiro; quando uma safra sai bonita, repete-se tudo na próxima, da deitada das sementes ao tempo de colheita, tudo igual, não se sabe exato onde acertou. De aguardo atrás da porta, Eugênio ouviu o berreiro da criança, depois a voz dela, cortada de respiração, Vem, limparam juntos o corpinho, uma menina. A cor, difícil dizer, Eugênio torceu os lábios: Cor de parto engana... Foi o esforço de nascer, ela ainda clareia, tenho certeza.

Ficou para ele a escolha do nome, um problema, vinha-lhe apenas Maria qualquer coisa, alcunhas de mulheres da rua, pretendia um nome de casa-grande para sua filha. Tentou inspiração nas parentes de Xede, havia uma folha com o nome de cada filha do barão no verso da pintura da família, mas, a cada sugestão, Xede se lembrava de algum defeito terrível dessa ou daquela irmã, a mãe nem se fala, coitada, tinha um lindo coração, cabeça boa, mas saúde frágil, não queria o mesmo para a filha, os nomes chamam repetições. Achou a solução ao acaso, em outra folha antiga, porém de jornal, usada como forro em uma das gavetas do aparador. Era uma página de anúncios de escravos fugidos; em uma das notas, uma tal dona Leopoldina reclamava sua cativa de volta; quem a capturar, entregue na rua tal, gratifica-se bem. Leopoldina. Gostou, nome de imperatriz.

Leopoldina Honória Lima foi batizada no casarão, apenas alguns convidados, só as boas famílias da região, Praxedes vetou uma festa para o povo dessa vez, Falam bem da festa quando é para poucos, Eugênio, quem vem se gaba do que o outro perdeu. O batismo em si foi de manhã muito cedo; quando os convidados chegaram para o almoço, a criança dormia, ninguém viu a filha de Eugênio e Praxedes, mas também não faltou distração: prataria e louça encomendadas da capital,

Praxedes em seu respeitável luto completo, tecido negro da melhor cambraia, o Cantagalo em bonança, sem dúvida. Depois do sucesso do almoço, sentaram-se para o café na varanda, tempo fresco, de sol sem calor, o cafezal a fazer moldura em torno do casarão, de longe a estrada... A visão perfeita de Canaã não fosse uma silhueta colorida ao longe, impossível de não reconhecer por causa dos panos na cabeça: Maria Quitéria, atrás dela filhos dos empregados aos pulos e gritos, aquela maneira como as crianças gostam de perseguir os andarilhos. Antes fosse a alma dela. Mas já a sabia pelas redondezas, soube pelo próprio Eugênio. Porém estava mudada, mesmo à distância via-se, emagrecida, um fiapo da mulher de antes, descalça, arrastava uma das pernas. A veria de perto dali a algumas semanas, à porta da igreja do povoado, o mesmo sorriso frouxo, porém sem a ladinice nas linhas da face, dos olhos; nas mãos um saco de retalhos de ossos, caridade de alguém. Passou como um espectro por ela e Eugênio e, fora o constrangimento, nenhum contratempo. Maria Quitéria desapareceu das suas preocupações depois disso; existe um degrau mínimo de dignidade para ser gente, que dirá para incomodar.

79

Sugeriu a Eugênio arrendar aos empregados, por quase nada, um naco de terra, coisa pouca, apenas para plantio de abóbora e outros verdes de inteirar o prato. Podiam levantar uma casinha de taipa, nada que levasse a pensar ali casa própria, ficasse claro a cortesia dos patrões. Não que quisesse, era preciso; foi-se o tempo do barão, os empregados chamados à fazenda apenas em tempo de plantio e de colheita, quietos em suas casinhas no povoado. Não mais. Perderam muitos braços por culpa do governo e dos barões de São Paulo, por causa dessa graça de ceder roça aos europeus; as novidades batem nas orelhas daqui, vão-se embora a cada ano, ficamos sem gente para trabalhar. E há também o garimpo, o maldito garimpo, se o fulano tem um tico de ambição já não fica na lavoura, o inferno. Uma roça de uso próprio faz diferença, mesmo de aluguel; a maioria só chama de seu a própria cova, vão aceitar e agradecer.

Logo o entorno do cafezal se ocupou de casinhas de taipa, ela mesma visitava cada família nova. Levava tecido, um pedaço de carne, apertava a mão de cada um e, sob o estranhamento deles, afirmava exigir muito pouco, os homens e as mulheres na lavoura de segunda a sábado, folga aos domingos para a igreja, no Cantagalo se vai à missa, nisso não cede. Trouxe o padre e mandou batizar todas as crianças, para garantir; até mocinhos e mocinhas, um a um; o padre fez reticência em repetir o sacramento nos batizados, mas logo o povo soube ela mesma amadrinhando cada criança, todas viraram pagãs necessitadas da pia improvisada debaixo da gameleira do terreiro. Anotava cuidadosa o nome completo de cada afilhado, as idades, depois passou a limpo no livro de contas, cada casa identificada pelo nome da mãe, explicou a Eugênio, Já conto o homem da casa perdido para o garimpo, me interessam os filhos. Sabida de quem pariu e ia parir, punha uma mulher para amamentar a criança da outra e assim não ficarem duas de vez fora do cafezal; fazia o arranjo de uma menina maiorzinha assumir o cuidado das crianças menores dos vizinhos, A lavoura é o sustento de todos nós, dizia aos compadres.

Por essa época, bateu à porta do Cantagalo um italiano, sem mulher nem filho, dessem onde dormir e ele seria útil, garantiu, sabia fazer de um tudo. Achou essa conversa esquisita. Ou roubou ou não sabe trabalhar, os estrangeiros não saem à toa de São Paulo. E solteiro, sem nada a perder, os empregados não vão querer deixar as filhas em casa.

— Bote esse italiano pra correr, Eugênio.

— Não desagrado dele, Xedinha. Bateu o pé para o barão paulista, saiu de lá porque lhe prometeram uma roça e nada.

— Pior, ele quer é terra. Mande embora, os italianos não sabem ser mandados, meu pai dizia.

— Seu pai é que não sabia mandar.

Com certeza curioso sobre o que o estrangeiro sabia fazer, talvez fascinado com a possibilidade de dar ordens àquele tipo muito parecido com seu próprio pai e o barão pai de Xede, Eugênio cedeu o galpão velho no pé do açude, longe o suficiente do casarão e das casinhas, ficassem todos sossegados à noite. Praxedes não se lembra se o nome do italiano era difícil ou se nem o perguntaram, mas Eugênio chamava-o Galego, pegou confiança no rapaz, falava dele toda refeição, de como fizeram bem em não o mandarem embora, danado de habilidoso: levanta parede, forno de barro, desenhou uma casa, inventou um arado de se encaixar não sei quantos bois, a se testar. No primeiro dia do ano, Praxedes deu com Galego dentro do casarão, desprevenida, quase trombou com ela na sala, assustou-se, o homem com uma estaca e um martelo nas mãos, logo se explicou, veio fazer um serviço especial para o sr. Eugênio, mostrou o desenho: um traçado de ramos, escudo e espadinha. Pois Eugênio queria meter um brasão Lima na porta principal do casarão, inventado por ele mesmo. Que horror. Brasão é a tradição do nome, boca a boca, nunca foi figura, Eugênio, o barão explicava isso com seriedade, o Cantagalo será pilhéria; Eugênio não se convenceu, quem não sabia de nada era ela, trancada a vida toda na roça, As famílias de respeito da capital têm brasão na porta de casa, tontinha; Galego brincava com as ferramentas enquanto os dois discutiam, num sinal de assentimento de Eugênio, começou a trabalhar. Praxedes foi se deitar, com mais raiva de Galego por ter visto a briga do que de Eugênio. Maldito italiano. Ouviu a batida da estaca na madeira, depois ele começou a assobiar. Assobiar. Um assobio diferente de todos os outros, das cantigas dos lavradores, dos ritmos dos Ternos de Reis, não era assobio de gente decente, aquilo, feria-a fundo nas têmporas — envolveu a cabeça com as mãos, a boca seca, mas logo levantou-se no susto: a mãe fazia dessa maneira em suas crises nervosas. Precisava fazer Eugênio mandar esse homem embora, ou fazê-lo se ir. Planejou virar-lhe café quente por acidente, pisar nos seus dedos apoiados no chão quando se sentava para fumar no alpendre, Eugênio sem compostura de patrão, sentado ao lado dele na melhor das conversas. Italiano sem modos, lançava canto de olho na bunda das criadas. A ela não engana. É preciso vigiá-lo. Lavou o rosto, ajeitou o vestido e foi sentar-se à cabeceira da mesa de doze lugares, o livro de contas aberto. De lá pode vê-lo bem enquanto trabalha no brasão.

80

Não terminaria em um dia nem em dois, trabalho de minúcia o tal brasão, uma escavação lenta e sem fim da imbuia, judiação com a porta dela. No entanto, tão logo distinguiu o surgimento das primeiras flores, a metade de um escudo, passou a acompanhar o desenho com alguma curiosidade, habilidade o mequetrefe tem. Sabido na marcação dos contornos, soprava a serragem com o buço úmido. Quando iniciou um *Lima* em letras curvilíneas, ela já andava interessada em saber no que daria esse desenho.

81

Eugênio quis convidar Galego para a mesa, ela foi contra, não deviam dar intimidade, o marido ignorou-a. O estrangeiro aceitou, lavou-se e tomou seu lugar de camisa de baixo, de mangas cavadas, e suspensórios soltos, a cara e o pescoço frescos d'água. Serviu-se de vinho, agitou o cálice contra a luz, provou da leitoa, mandioca: Quando eu tiver minha fazenda, serão meus convidados.

— E terá sua fazenda como? — Eugênio já alegre de pinga.

— Com trabalho, senhor, não é assim que se tem?

Não se comportava como empregado, discordava e dava seu ponto. Conversava enquanto comia. No Cantagalo, depois de Maria Quitéria, pouco se falava durante as refeições. Descreveu as plantações de uva na sua terra natal, cachos gordos e delicados, belíssimos, há todo um jeito de saber colhê-los — seus dedos de esculpir flores moldaram com cuidado as formas de um cacho; os campos de parreira têm cheiro de lavanda, jasmim, flores de areia, o siroco traz todos esses perfumes.

— Siroco? — Mal perguntou, ela apertou a própria língua, não devia dar conversa àquele homem.

— É o vento do deserto, sopra desde depois do mar, da África. Ainda vou ao deserto.

— Que se ganha indo ao deserto?

— Ver o deserto, senhorita. — Galego tocava o lábio de cima com a língua quando parava para pensar. Chamou-a de senhorita essa vez e depois outra, nem ela nem Eugênio corrigiram.

82

A conclusão do brasão ficou demorada. Eugênio achava faltar um ramo, a espada podia incrementar, uma estrela vai bem, quero uma estrela, Galego. De repente se surpreendeu orientando o outro a entalhar símbolos idênticos aos que Pulidóra costumava riscar no chão e cobrir de velas para os santos. Pulidóra. Conhecera um outro de si na noite em que ela se foi do casarão com Fia, no peito a constatação dupla de havê-la amado como nunca amou ninguém e da necessidade de lhe encomendar uma surra pela ousadia de levar a menina daquele jeito. Fazia como queria, mulher das portas e das mandingas, tal como a mãe dele mesmo, mulher pública; quando foi expulsa pelo pai, chorou por ela e por si mesmo na mesma medida em que concordou com o pai por não querer manter uma criada inútil em casa. Foi isso, toda vida, um nem lá nem cá dentro de si, não queria aquilo para Fia. A menina já falava como Pulidóra, colocava os bracinhos na cintura igual, os vícios de mãe puta e pai de meio sobrenome ajuntados como sujeira em curva de rio. Não. O Cantagalo esgotaria aquela curva com igreja e modos elegantes, cresceria uma Maria Felipa de respeito, futura noiva de alguém, talvez freira, para o bem dela precisava criá-la longe da mãe. Com esse pensamento passou a ordem de trazer a menina de volta, dessem um corretivo na mulher. Aguardou de pé à noite, na lua nova o cafezal um pano preto, vê-se um pontinho de luz lá e acolá, logo desaparece, os homens da lavoura chamam de baetatá, a cobra de língua de fogo. Pulidóra gostava dessas luzinhas, Cobra nada, é o espírito das folhas do café, as folhas também têm espírito, meu amor. Nas barracas de ervas da capital, corria os dedos em cima das folhas, sabia dizer a serventia de cada uma, Elas mesmas me contam. As ervas de cheiro pareciam correr no sangue dela, exalavam no corpo, no sorriso. Pulidóra. A noite virou madrugada e veio a culpa, por que bater nela? Ao menos houvesse precisado o tamanho da surra. Enganou-se com o pensamento de talvez ela se livrar, ou de darem só uns tapas; iria atrás dela, então, compraria uma casa escondido de Praxedes, voltariam a ser um-dois, os deuses teriam misericórdia. Bateram à porta. Os homens com a cara coberta e chapéus largos lhe devolveram Fia, encolhida como passarinho na chuva, não souberam dizer o estado certo da outra, largada na mata. Meses depois a descobriria na mesma palhoça para onde quis enviá-la um dia, vivia junto com ela uma fugida dos sertões. Foi buscá-la com intenção de levá-la para uma casinha arranjada nas pontas do povoado, retornou decidido a não vê-la mais: suja, meio manca e talvez doida, a pobre, e pior, feia, a surra tirou-lhe o balanço do corpo, atrapalhou-a dentro da cabeça. De toda maneira, ofereceu a casinha à outra, a tal Iamiana; tentasse levar Pulidóra com ela, viveriam as duas bem, seria generoso com moedas. Comentou com Xede do acontecido, envergonhado, a esposa lhe trouxe a sensatez, Não entendo sua aflição, não foi o senhor quem bateu, os peões perderam a mão, acontece. O senhor apenas cuidou de trazer a menina de volta, Deus sabe.

83

Depois do sumiço de Pulidóra, o acordeão foi trancado debaixo do oratório, não havia graça, Xede não dava sinais de gostar de música; tocar para as paredes, não. Saudades de uma farra, de uma taberna, de gente. Talvez por isso tenha dado tanta confiança a Galego, o italiano valia por uma mesa cheia, pagava em boa conversa o vinho com o qual lhe enchiam o copo, talvez até Xedinha se divertisse, com certeza se distraía. Depois de muito vinho, os três à mesa, Eugênio destrancou o acordeão. Puxou duas, três, quatro modas, cantou; Fia e Agripina vieram atrás da música, bateram palminhas, deram-se as mãos e rodaram. Calma dentro de um balaio preso ao teto, outro engenho de Galego, Leopoldina fixava o acordeão. O italiano pediu lundu, quis saber se o patrão tocava lundu. Tinha ouvido nos cateretês dos paulistas, queria muito ouvir outra vez. Eugênio improvisou, quase grato ao italiano, o lundu recordava-o da capital, bons tempos.

— Sr. Eugênio, isso é dom! Um lundu perfeito, belíssimo! A senhorita dança?

Mais por surpresa que por necessidade de autorização, Praxedes buscou o rosto de Eugênio, o marido sem medidas de alegre: Tente, Galego, essa daí nunca deve ter dançado na vida.

84

Dois passinhos para cá, bom, agora o outro lado, dois, ou três, com o tempo se sente como fazer, com licença, perdão, Galego passou-lhe um braço na cintura, a outra mão se uniu à sua. Pediu a Eugênio uma valsinha para melhor ensinar a senhorita, dura como tábua, as costas envergadas para trás. Apertou-a contra si, Acompanhe, senhorita. Galego cheirava diferente do barão e de Eugênio; o barão exalava o focinho dos cães depois de mexerem num bicho morto, Eugênio usava água-de-colônia, sentia a loção dele quando chegava suado do cafezal e quando se punha sobre ela na cama, ela de costas, na nuca os pontinhos duros de barba raspada, doía todas as vezes; se ela rezasse, o faria para terminar depressa. Nem Eugênio nem o barão nunca a abraçaram de frente, nem um braço ao redor da cintura, como as pessoas dançam. Galego cheirava a serragem seca de sol, terra sob as unhas, baixo e firme. Acomodou-se à dança. A mão, até então perdida nas costas dele, subiu até a base da cabeça, o cabelo de Galego rente e agradável como o pelo da égua Pitanga. Agora já o acompanhava nos passos, nunca achou que dançar pudesse ser tão bom. Contava nos dedos em quantas festas foi, ali era uma. Galego animado por algo tão bobo quanto escutar uma música de que gostava, quase a fez sorrir. Baixou a vista e deu com Fia e Agripina a imitarem os dois, a valsa lenta, muito abraçadas, Fia com o nariz metido nos cabelos de Agripina, como se a sorvesse. Soltou-se brusca de Galego, as bochechas quentes, caminhou dura até Eugênio, Hora de dormir, senhor, nesta casa se trabalha, acabe com a bagunça.

85

Anos depois, viúva e senhora completa do casarão, recordaria aqueles dias como se tingidos de laranja; o cafezal, as meninas, o livro de contas, os detalhes do cotidiano perdidos na mancha de uma sensação sem nome. Um suspenso, no qual ecoava a estaca na imbuia, o corpo arriscava uma dança nova. Não que tenha se passado grande coisa; mulher de pé firme, sabia-o pobre e de passagem, mas nas poucas vezes com ele no quarto vislumbrou, como quem espia pela fechadura, possibilidades de sentir, um talvez pudesse ser, se não tivesse havido antes um pai-barão, uma Agripina, um Eugênio. O corpo da gente é um monjolo, quando pesado de sujeira não se enche de água boa. Da bica fresca só ouviu o longe, o corpo corrompido de antemão, como os rios envenenados de mercúrio pelos garimpeiros. Todavia viveu alguma novidade, o deslumbre de saber haver um outro jeito de homem. Eugênio aguardava-os na sala todas as vezes, de consentimento; jantavam os três calmos e em silêncio depois. Não passaram nem duas luas cheias e se soube grávida, Eugênio recebeu a notícia com alegria, um filho sem receios nem sustos, filho dele, doam-se as línguas, linhagem perfeita de barão.

86

A barriga desenhava uma cabaça quando Galego foi embora sem aviso, nos bolsos uma paga generosa pelo brasão, trabalho esmerado. O baronato do Alto Paranaíba copiaria a moda, nenhum ficaria tão bom.

O parto não foi fácil, dois dias, três; Eugênio foi às escondidas buscar Iamiana, falavam da sua fama de parteira, alguns diziam-na pactuada com o canhestro, que o não-se-diga teria dado a ela a casa no extremo do povoado. Atrás dela foi Eugênio, noite fria como cascata, de fora da casinha se via o fogo aceso, a porta aberta para deixar sair a fumaça. Chamou Iamiana e entrou sem bater, deu com Pulidóra agachada, remexia a brasa no borralho, coberta de fuligem, concentrada no fogo como se feroz. Como não tinha pensado na quase certeza de encontrá-la ali? Um frio daqueles, não ficaria na palhoça. Não soube se ela não o reconheceu ou se apenas o tratou como se o continuasse a encontrar todas as noites, não se distraiu do borralho: Iamiana não está, foi parturejar. Apontou uma panela no fogo: Dê um gole de quando em vez a ela, mande soprar na garrafa vazia, alguma força é preciso, mas antes do sol a criança sai.

87

Esvaziou o frasco com a infusão no caminho para o Cantagalo, as mulheres são mesquinhas, gostam de se vingar, bem capaz de envenenar a mãe do meu filho, se faz de sonsa, a Pulidóra. Não me conhece; muito bem, seja assim. De resto, a danada acertou. Praxedes pariu na alvorada, o corpo de vara em vias de romper por dentro. Tremeram os dois quando verificaram a criança, a pele fina avermelhada.

Menina.

88

Se não houvesse pagado pelo brasão tão cedo, Galego não teria se ido, me espanta, Eugênio, um negociante fazer uma dessas. Praxedes vestia a criança, seria batizada Antônia Honória, em homenagem a nada nem ninguém; no distrito do Carmo, a parentada Lima presente; há quanto tempo não via o barão? Desde o fracasso do batizado de Agripina, sete anos, uma vida. Tudo diferente, agora, ela, o Cantagalo, colhiam café como quem tira areia do fundo do rio, as baronesas pediam-na filhas dos empregados para trabalhar nas casas, todas as irmãs agora lhe mandavam boas-novas no fim do ano, bilhetes no aniversário. Eugênio elegante, melhorado por ela, com certeza; seriam obrigados a reconhecer seus méritos, o Cantagalo de novo reluzente a ouro. Vestiu Antônia com a túnica branca dos bebês e Agripina como a uma princesa; menina linda, medrosa e pouco inteligente, boa de se mostrar. Fia fica, Eugênio, deixe-a de companhia a Leopoldina, é pequena para se levar sem dar trabalho e grande para ficar no colo; ela fica.

Diante da pia de batismo, aguardaram, uma ou outra irmã havia chegado. Nada do barão, nem do seu filho homem, queria vê-lo, da idade de Agripina, ele, o filho tão desejado, bênção depois de um sem-fim de filhas e de toda esperança, o Bem — assim as irmãs o chamavam, cada uma delas uma combinação específica de rancor do pai e orgulho do nome. Cada uma delas pagando o respeito a ela, a caçula por tanto tempo, quem mais sofreu e quem de fato sucedeu no Cantagalo. Passava da hora quando apareceu um empregado da família, um cochicho correu de banco em banco, uma das irmãs levou as duas mãos ao rosto, precisou se sentar. Praxedes sentiu um martelo no estômago, na boca o gosto da terra úmida do cafezal, seu corpo estremeceu como aos treze anos: nunca foi de visões, mas dessa vez viu, na água da pia de batismo, ela mesma menina fugia de um lobo-guará entre os pés de café e de repente o animal caía abatido, cheiro de sangue. Uma irmã se aproximou com a desgraça, a fofoca já corria todo o Carmo: o barão Honório Lima acabou de meter um tiro na goela, acredite, a parede, as louças do café manchadas de vermelho, a toalha portuguesa nem se fala, há sangue até nas bochechas do menino Bem, o coitadinho estava à mesa com o pai.

89

— Aos que atentam contra a própria vida, uma cova fora do cemitério, não se revoga o irrevogável, moça, senhora, Dona Praxedes — o bispo do Carmo oscilava no tratamento, buscava apoio em Eugênio, aquela maneira como os homens procuram a sensatez em outros homens.

— Seu bispo, sejamos honestos entre nós, separei a pedido da minha esposa um belo dízimo de fim de ano, agradecimento a nossas bênçãos. Agora, se enterrarem o pai dela, meu tio, como um caboclo qualquer, vou agradecer em outra paróquia.

— Não o colocaremos no jazigo ao lado de minha mãe, levantaremos outro, sem lápide por enquanto, o tempo de calarem as opiniões. Um jazigo fora das vistas e tudo se resolve, será o meu próprio jazigo um dia... O nosso, não, Eugênio? Dispense os sacramentos, como quiser. Mas no cemitério meu pai fica. E, Vossa Excelência me perdoe, o senhor garante que o disparo não foi acidente? Papai tremia as mãos, Deus sabe. Ai de nós todos se enterrarmos na vergonha um cristão, homem devoto como papai. Na dúvida o benefício, palavras dele mesmo, diga isso a quem questionar e estamos resolvidos.

90

— Xedinha, o Cantagalo é meu e seu, me precavi como pude com as escrituras, suas irmãs não têm como reivindicar nada.

— Eugênio, e o menino do meu pai, o temporão, algum direito?

— De papel, não, mas se quiser algo de nós, será difícil contornar, a depender do juiz; não sei, ele é nascido depois do contrato de transição. Ele dará dor de cabeça, bem possível. Por isso precisamos quanto antes do nosso próprio menino. Dê-me logo um, Xede, seja como for, converse com sua barriga, para onde olho nesta casa há mulheres, chega.

Não conversou com a barriga, mas com as irmãs. Conseguiu sem esforço trazer o caçula para o Cantagalo, o filho do barão Honório em seu lugar, dizia, com o desígnio particular de mantê-lo sob as vistas, vetá-lo desde cedo de conhecer o café e os trâmites do café. Fará dele um doutor estudado e inútil, ou, melhor ainda, padre, a vida de igreja deixa os homens com modos molengas e com medo do trabalho, com a vantagem de não gerar pretensos herdeiros e, se bispo um dia, orgulho para a família. Papai nunca o enviaria para o seminário, é verdade, mas quem decide entre as paredes do casarão agora sou eu. Não houvesse Eugênio, decidiria para além do alpendre, às vezes até para lá da porteira.

91

Não houvesse Eugênio. Alguns pensamentos são conjecturas exatas de um futuro próximo. Vestida de luto completo desde a morte do menino, precisou quebrar a cabeça para incluir o luto do marido no traje, pois a mantilha de praxe das viúvas já havia sido acrescentada com a morte do pai; soubesse que se tornaria viúva antes dos vinte e sete teria aguardado. No fim, a solução — Eugênio tornou-se uma fita preta no braço direito, desaparecida na manga da mesma cor. Jus à morte tola dele.

Andava fascinado em domar potros nervosos, Pitanga havia parido um vermelho e garboso, um príncipe no pasto, impossível de se dominar. A obsessão de Eugênio pelo animal cresceu quando Xede comentou como o barão seu pai submetia qualquer cavalo, não havia garanhão para ele. Dizia ser jeito, não força; quando o cavalo respeita é porque a pessoa é de respeito. Eugênio foi tentar montá-lo numa manhã de domingo, antes de sair presenteou a esposa, Não tem valor, mas é de estima — prendeu no pulso dela a pulseira de marfim comprada do joalheiro do Carmo, quando nunca se imaginaria dono das terras de seu tio, barão do café, contou a ela. A pulseira, gravada com uma mulher deitada de canto, isso não contou, chamava-a de puta de marfim, puta da sorte, amarela como a alvorada sobre o cafezal, tudo dele. Pulidóra dava o nome de patuá a esses objetos estimados sem motivo, a gente coloca uma decisão dentro deles, guardam a força de querer, depois nos lembram do que se precisou ou se quis um dia, bom tê-los. Tentou explicar essa ideia, porém a esposa não deu atenção, analisava a pulseira, pálida, talvez não gostasse do desenho. Não tire, Xedinha, quero vê-la no seu punho. Saio e volto já, me espere aqui no quarto, vou vencer o potro e nos vemos antes da missa, só falta essa, uma mulinha vermelha não me respeitar.

Retornou breve como prometido, mole e desacordado nos braços dos empregados, O cavalo empinou, Sá Praxedes, Virgem guarde se quebrou a espinha.

92

As gavetas de uma cômoda são como os vãos da memória, atira-se de um tudo dentro, na impossibilidade de se jogar fora. Em uma gaveta, encontrou o camafeu de ouro da mãe, hoje no seu pescoço; em outra, escondeu a pulseira de marfim. As duas joias, o mesmo homem, mas para isso as gavetas: uma para as colchas de se mostrar às visitas, outra para os paninhos higiênicos, toalhas e outros tecidos carregados dos humores e aflições do corpo. O camafeu fica na gaveta do pai, guarda-se com o cafezal e o livro de contas, aquela harmonia dos armários organizados, bonita de ver; a pulseira, na gaveta do barão Honório, emperrada; há ali um lobo-guará, fedor de estábulo, não abra.

93

Das três filhas, uma certeza: as caras não condizem entre si, muito menos os temperamentos.

Agripina, não houve perigo de parecer demais com o barão, de tão idêntica à avó, a promessa dos mesmos vincos nervosos nas maçãs do rosto, o dom de sofrer por misérias cotidianas. Mamãe amaldiçoava cada ranhura descoberta nos seus móveis velhos, sendo um milagre a madeira ainda de pé por causa dos cupins; tolerava os desrespeitos das criadas e o desprezo do marido, mas uma lasca na sua louça chamava dias de enxaqueca. Agripina, desde pequenina, dócil quando a mandava estender a mãozinha para levar castigo, prestimosa de buscar isso ou aquilo na cozinha — não por gostar de ser útil, mas por lhe dizerem o que fazer —, entrava em fúria se sujava o vestidinho, se lhe punham laço torto. Apegada como ninguém aos espólios de porcelana deixados pela avó, pedia a chave da cristaleira para brincar de limpar e enfileirar os jogos de chá; uma vez montou uma mesa completa para doze, pires, xícaras e guardanapo arranjados em frente a cada uma das doze cadeiras, cada xícara servida de um líquido da sua imaginação, chamou-a, Mamãe, venha se sentar comigo. Irritou-a de tal maneira aquela mesa posta para as almas da casa que puxou as orelhas da menina, Não seja cabeça fraca, Agripina, limpe essa bagunça, agora. Inútil e digna de pena, sua primeira filha, lindíssima, os cabelos tintos como os grãos de café; se a conhecesse, o barão a levaria ao cafezal? Não, não; parecida demais com a avó nas maneiras. Os jeitos de ser pulam uma geração, por isso os avós se dão com os netos, ouviu de não lembra quem, concordou de todo. Avó e neta padeciam de falta de querer, indisposição de espírito. Podia antever Agripina queixosa de dores e mágoas na penumbra de um quarto. As pessoas são couro curtido, papai dizia, umas tomam textura no tempo, outras esgarçam. Agripina esgarçou antes mesmo de aprender a falar, desde a ausência de Maria Quitéria, é a verdade. Quando aquela mulher se foi, a menina percorreu cada cômodo, ao redor da casa, por dias, a mesma esperança constante dos cães quando o dono de estima está fora. Emagreceu e fez birra, a pajem foi obrigada a contar o porquê: a outra ainda a deixava mamar, a menina escapulia para o quartinho do fundo no meio da noite, amanhecia lá. Talvez Agripina tenha sofrido mais do que Fia. Sofrimento acha travesseiro no ócio e no conforto; no aperto também se aperta, cede para as urgências de se manter vivo. Fia se virou melhor sem a mãe.

O quartinho contíguo à cozinha foi o dela desde a madrugada em que os homens de rosto coberto a trouxeram de volta. Não, com precisão, ficou um período curto nos quartos de dentro, depois que Eugênio venceu o banzo de saudade de Maria Quitéria e se deu conta de Fia nos fundos. Os homens são engraçados, revoltam-se de repente com os assuntos de casa que sempre andaram sob seus narizes. Indignado, fez trazer Fia para junto de Agripina. Esperteza ou faro para o perigo, Fia forjou sua defesa na utilidade: antecipava-se aos mandos da dona da casa, assumiu para si a troca das roupas de cama; depois que Leopoldina nasceu, aprendeu a niná-la, precisava sentar por causa do peso da bebê; esquentava o leite, desaparecia com o cocô e o vômito. Se nunca ganhou a simpatia da mulher do pai, ao menos soube lhe dissolver a fúria. Eugênio não via a hora de mandar Fia, junto com Agripina, ao colégio; Praxedes dizia-se contra: Agripina, somente ela, eu mandava hoje mesmo; agora Fia, preciso de dois, três anos para melhorar os modos, senhor, demorou muito a apartá-la daquele exemplo, não por falta de alerta meu, então deixe-me conduzir como se deve, e também há Leopoldina, não dorme sem ela; precisamos de Fia, ainda.

Antes de morrer, o pescoço destroncado como um arreio solto, Eugênio sabe-se lá como tentou falar, se contar ninguém acredita, esmola da morte, diriam. Não entendeu suas palavras, mas soube a intenção: seus lábios imploravam misericórdia para Fia, talvez até para a mãe dela, a louca na palhoça no meio do mato. Desejo de moribundo a gente atende, mas também precisa deixar claro, dizer-dizer ele não disse. Queria a menina no colégio? Nos quartos de dentro? Não disse. Passou-a de novo para o fundo, ao lado da cozinha, apaziguada pela ideia de fazer o bastante em tolerar em casa a filha de Maria Quitéria. À menina, nunca deixou faltar comida nem teto, exigia-lhe só o mínimo, trabalho leve, trabalho de dentro, cozinha e arrumação, quantas não a invejam, cuidar apenas da comida, poeira, roupa, levar recado quando calor demais para fazer sair uma das filhas; na necessidade, só na necessidade, mandava-a ajudar no debulho do café. As roupas, as melhores possíveis, nunca houve desalinho no casarão, na época do avô até os escravos da casa vestiam costura boa, papai fez o mesmo pelos criados, não tolerava lambança. Quando Fia sofreu tifo, fez-lhe emplastros, arranjou às pressas outra moleca para dar conta do serviço durante os dias de Fia inútil na esteira. Como os gemidos dela à noite não deixavam ninguém na casa dormir, mandou trazer um barbeiro para sangrar a febre, Deus, Dona Praxedes, nestas condições essa moça não sara, esse quarto é úmido como gruta. Um intrometido, cobrou caríssimo para arrancar os dentes apodrecidos, ainda insinuou que os emplastros pioraram a infecção. E houve gasto com unguentos cicatrizantes depois. As gengivas da filha de Eugênio saíram o preço do enxoval das outras, essa é a verdade. E Leopoldina, atrevida, anos mais tarde, cobrou-lhe a dentadura, Mamãe, como a senhora deixa Fia sem dentes? Sabe o preço de uma dentadura, sua linguaruda? Claro que não. Como não sabe o do seu colégio, do enxoval pensado e acrescido de peças todos os anos, desde o dia em que você nasceu. Do enxoval perdido quando você se foi com o bastardo do juiz, ah, Leopoldina, você é da laia de Fia, da mãe dela.

Uma decepção, sua filha do meio, quase bateu nas bordas de amá-la, a única. A filha a quem aprendeu a respeitar, aquela na qual pôde distinguir qualidades. Gostava de observar as três enquanto assistiam às lições de letras de Bem, rapazote de seminário, o mesmo senso de importância do barão, porém sem a dignidade, um bostinha. Tomou por estratégia atribuir-lhe poderes dentro de casa, concentrá-lo na educação das sobrinhas, alimentar-lhe a vaidade de estudado quanto pudesse e mantê-lo longe do cafezal. Proibiu-o de andar a cavalo com o pretexto do acontecido com Eugênio, impedia-o de sair sob o sol, seminaristas não podem bronzear. Fez o possível para formá-lo fraco e inativo, com sucesso — Bem adquiriu os maneirismos de padre como ninguém, piorados pela corcunda e pela promessa de calvície, a compleição de quem come e dorme mal. O oposto do barão. Por isso se surpreendeu quando pegou o irmão, naquele começo de noite, no quarto com Leopoldina, fedido de aguardente, aproveitando-se, é óbvio, da menina. Nunca titubeou quando necessário disciplinar as meninas, mas daquela vez, cada palmada na mão da menina ardeu como uma na dela mesma aos dez, doze, catorze anos; punia-se por haver usado calças quando menina, pela curiosidade de vistoriar o cafezal florido com o barão, por ter ido ver o berne do Bagual. Os homens são bichos, compete às mulheres não beirar a jaula; ou suas filhas entendiam isso, ou a desgraça, certa. Não se espia o quarto de um rapaz, nunca, sob pena de consequências, consequências indizíveis, suaves perto de uma palmatória de madeira polida, antes mãos inchadas a um estilhaço por dentro.

Leopoldina não era débil como as outras, por isso assustou-a a reação à surra, os pesadelos, a falta de apetite. Permitiu a ela os banhos de rio prescritos pelo médico, fez-se de boba quando a soube levada por Fia à casa da curandeira Iamiana. Primeiro pensou repetir a palmatória, nas duas; depois aquietou com a constatação de a menina haver voltado corada e amena, passado uma primeira noite sem pesadelos após muito tempo. Ficou aliviada. Como temia uma filha louca! Não uma louca como a avó, trancada no escuro e nas manias, não, do sangue torto de Eugênio sairia uma dessas loucas de riso extravagante e cabelos ensandecidos. Como a Pulidóra... No entanto, com exceção da quase loucura no fim da infância, da língua afiada e de fazer tudo como queria, Leopoldina saiu com tutano. Não lia romances porque no casarão não se ocupavam com bobagens, porém aprendeu o acordeão, e bem. Do colégio de freiras, exceto as observações de indisciplina aqui e ali, nada não esperado, só trouxe elogios, danada nas contas e nos ditados. Tonica justo o contrário, boazinha e tonta, de Galego só os cabelos loiro-afogueados e, isto é, o bom trato; Tonica sabia conversar sem jamais discordar, melhor companhia, querida por todo mundo. Semelhante a Agripina na hora do medo, questionadas gaguejam, escondem as mãos, as sardas tremem. Leopoldina retruca, desafia. Como não previu o desgosto? Ideia de jaca mole deixá-la viajar sozinha, logo ela, Praxedes, orgulhosa da própria ligeireza; encantou-se com a carta do tal juiz, não buscou saber sobre a moça encarquilhada de câncer, irmã de um rapaz com acesso ao sobrado. Como foi tola. Leopoldina retornou da viagem distraída, dias em silêncio, falou a primeira vez apenas quando as duas a sós, interpelou sobre Fia, Quem é a mãe dela? Respondeu até onde pôde, A mãe da pobre abandonou-a aqui, era mulher da vida. Mãe, a verdade, Fia é filha de meu pai? Ah, Leopoldina, mulheres como a mãe dela vivem de inventar, nunca sabem os pais de seus filhos, talvez tenha dito isso, mas não me lembro, faz muito tempo, não acredito nisso, de maneira alguma, seu pai tinha decência.

Silêncio, outra vez, por dias. Leopoldina procurou-a com a decisão de retornar ao internato, Fico melhor lá do que aqui, talvez eu me ordene. Leopoldina freira? Ruim não seria, o Cantagalo pode abdicar da linha pontilhada da filha do meio, até porque casou-se Agripina muito bem. Sim, com o filho do barão da fazenda Ponte Alta, doutor médico, o mesmo que, quando estudante, despertou o ciúme do barão. A sogra de Agripina um dia quis ela mesma, Praxedes, para nora, "Deus me dê uma nora de expediente como você". Coitada, vire-se com Agripina. Todavia, foi um ótimo casamento, Agripina de noiva, um deslumbre, o véu de comprido no corredor da igreja do Carmo, uma partida de curiosos na entrada, legítima filha do Cantagalo. Casará Tonica ainda melhor depois dessa aliança com a Ponte Alta, não faltarão pretendentes. Leopoldina no convento, se pensar bem, é perfeito, a coroação estéril da mistura imprevista, fim do desvio de rio. Estranho, apenas, nunca haver distinguido nela o gosto pela clausura, nem pela reza, nem a sujeição necessária às moças da religião, Leopoldina não era de obedecer nem de crer. Mas, sabe lá, padres e freiras têm prosa, convenceram-na. Ou é medo de casar, de parir; boba não é. De todo modo, vá sim, filha, pago e abençoo. E domine a língua, na igreja não gostam de perguntas.

94

Leopoldina,

Se sentiu um sopro na nuca agora, sou eu, pode contar para todos que as almas penadas existem mesmo. E são ociosas e fuxiqueiras como as janelas da cidade, que coisa! Mal se vão, retornam para assuntar com os vivos. Mas, se não sentiu nada, fique apenas sabendo que já estou morta e enterrada e esta carta foi enviada a você como um último pedido. É verdade, estou morta, por favor acredite em mim e não me abandone, leia até o final. Antes de ir-me, tive notícias suas por Bertha. Imagine quão feliz fiquei em saber você de volta ao internato e, mais ainda, morando no quarto das nem, nem órfãs nem o ápice das famílias de respeito, o meu quartinho de quase toda a vida! Já não fico triste por vários dos meus livros prediletos terem ficado aí, porque agora são seus. Já disse de boca, agora fica por escrito, todos os meus livros são seus. Os melhores são os disfarçados atrás dos tomos de Educação para as moças, *vá ver. Sugiro começar sua leitura por* Úrsula *e* Lésbia, *depois passe para o sr. Flaubert, ainda tenho minhas dúvidas se o amo ou o desprezo, decida por mim.*

Bem, sei que acabei de dizer que os livros são seus, você faz o que quiser com eles, mas se não for lê-los, arranje outra por aí e os dê. Sou daquelas que têm ciúme dos presentes dados e controlam o uso que se faz deles. Uma curiosidade, sabe como consegui esses livros? Com as habilidades de escrever como juiz, a mesma pela qual você me condenou. Tenho correspondência extensa com os melhores livreiros, "Preciso saber o que vai na cabeça da escória, meu amigo". Fiz uma biblioteca, minha cara. Quase escrevi "fiz uma biblioteca de dar inveja", mas acho que, se existe algo que não dá inveja no Providência, é ter um punhado de livros. Mesmo assim, confira por favor se estão intactos e cuide bem deles. Perdoe não ter apresentado minha biblioteca a você antes. Foi porque eu não queria dividir sua atenção com bons livros. E também para eu poder falar com você como se fosse eu a dona das ideias contidas neles. Saiba então, minha querida, as melhores ideias que você ouviu de mim não são minhas, sou só uma boa copiadora. Aprendi a disfarçar a falta de inteligência com conhecimento. Mas você é inteligente. Você fará dos livros melhor proveito do que eu. Não vai só repetir, vai pensar a partir deles, você vai ver que praga são os bons livros: vai deixar de dormir à noite por causa deles, de dia não sairão da sua cabeça. Livros bons são como amantes.

Leopoldina, se você comprovou por si mesma o que eu lhe revelei na cidade, e conhecendo-a como acho que conheço, não retornará ao Cantagalo. Sinto muito e comemoro. Você seguirá de coração pesado, mas de olhos lavados. Se expus você à culpa e à vergonha, foi porque antevi sua transformação, eu me vi debaixo da terra e você renascendo em vida, por mim, por nós. Houvessem feito o mesmo por mim a tempo, talvez eu não tivesse me consumido por dentro. Mas não me queixo. Estou tranquila, até alegre, aspiro os cheiros, me demoro nas sensações dos dedos, admiro o horizonte com voracidade. Não achei que gostasse tanto da vida, não caibo em mim de tão viva, agora. Por isso não devo passar de amanhã. Esperei a Morte por tempo suficiente para reconhecê-la. A Morte é como os melhores hóspedes. Ela se faz despercebida dentro de casa, caminha silenciosa e não bate as portas. E, nas horas ociosas, se propõe a fazer companhia, fala de lembranças agradáveis, faz rir das más. Conversamos muito sobre você, eu e a Morte, ela me disse: "Vá se despedir de Leopoldina enquanto faço a cama para você". Minha querida, em suma, desejo a você o melhor desejo: prazer real. Bote sua inteligência em alguma coisa, por favor, leitura, música, beba da cabeça de Bertha, das árvores do pomar. Mil vezes o internato à modorra doméstica das casadas. Se não houver jeito e você amar, meus sentimentos, deite-se com quem a admire, ao menos. Fica o aviso: nos casamentos, um ano de admiração chama dez de desprezo, vá sabendo dos riscos. Não há homem bom, nem Franco. Só mencionei meu irmão a título de exemplo, fique claro.

Ah! E quase me esqueço: se não suporta meu irmão, será preciso controlar sua repulsa, porque meu último desejo, se ele me atender, será ir até você. Preciso que me façam um favor. Meu pai encomendou uma cova discreta, oposta ao jazigo Gama, nem perto, nem longe, descobri esses dias e achei divertido, o túmulo na mesma situação do meu quarto no Providência. Aqui estou enterrada, mas meu sacramento de verdade será feito por você e Franco. Ou você faz ou minha alma não sossegará, você entendeu? Meu irmão seguirá para Mariana e vocês vão cavar um buraco raso entre os pisum roxos e brancos. Quero que enterrem meu diário e minhas joias de pobre. Na tradição de minha mãe, eu sei de haver buscado saber, o humor do corpo fica aderido aos objetos de uso frequente. E no humor do corpo há impressões da alma. As joias são eu, serão minha celebração. Essas joias foram da mãe que pouco conheci, mantive-as muito entre os dedos, chorei em cima delas, você não ria. Meu diário, isto é importante, enterre-o sem abrir, confio em você. Feito isso me dou por satisfeita, prometo, não virarei assombração. Olhe e fale à vontade com meu irmão, aproveite a situação, porque homens e mulheres em geral carecem de assunto. E eu ofereço assunto, sem modéstia. Na vida das moças, um par de horas boas dá caldo de lembrança para anos. Meu irmão é agradabilíssimo quando quer e vai com recomendação expressa para sê-lo. Meu presente a você, a quem tanto amo. Deguste sem sofrer pelo que virá, é o que eu chamaria de bênção. Você floresça, fique ainda mais bonita, se possível. E sábia. Agora me desfaço na terra, úmida e quente.

Com todo amor,
Cantau

A carta chegou junto com a fofoca, a filha do juiz Gama, egressa exemplar do Providência de Mariana, isso, a bastarda, descansou há poucos dias, Nossa Senhora interceda por ela.

A notícia não afetou as aulas nem as refeições, tudo como sempre, Bertha trancada na biblioteca, Leopoldina a vagar pelos corredores e pomar. Mas pessoas deixam uma marca difícil de definir, o chão por onde andaram, a cama onde dormiram, as plantas cuidadas por elas, toda matéria tocada, parece, desintegra-se um pouco quando morrem, como se a alma das coisas estivesse ligada num ponto à alma das pessoas, um invisível sensível, talvez um átomo de pele, de cuspe ou de desejo transluzido em cor, peso, tamanho. É verdade. As paredes de pedra do quarto perderam espessura, apesar de rígidas como sempre, os livros perderam uma dimensão de cheiro, para além da poeira diária, um impresso das mãos de Cantau. Os pisum mistos, até Bertha percebeu sem dizer nada, enlutaram, pelados de flores em pleno setembro. O próprio Franco, quando de fato apareceu no internato, havia perdido algo na estrutura do corpo, não emagrecido, mas um milímetro ceifado na altura, na largura dos ombros, redesenhado na falta. Leopoldina só não conseguiu identificar a ausência física de Cantau em si mesma, talvez carregasse camadas da amiga inacessíveis ao resto do mundo, sabia-a em excesso em si.

Conduziu Franco até os pisum. Semanas antes, preferiria adoecer a estar diante dele; agora cavavam coordenados e silenciosos, a morte também desintegra o sentir; a noite na taberna, seu descontrole, a vergonha, agora ao mesmo tempo presentes e distantes, como a cara das pessoas nos retratos. Depositaram na terra os penduricalhos, colar de ouro-latão, pulseiras de punho coberto, brincos compridos.

— Foram de nossa mãe, Cantau guardou o pouco dela.

— E este caderno sujo?

— Não sei, me parece um desses diários de moça.

— Diário de moça? Que coisa boba, o senhor tirou isso de onde?

— Então é só um diário, satisfeita? Muitas moças têm o hábito de escrever suas intimidades, seus dias, mexericos, me refiro a isso.

— Eu não.

— A senhorita é diferente, então.

— Cantau também.

— Você tem toda razão.

— Então um diário, fico com ele.

— As instruções foram dadas na carta escrita para você. Se ela pediu, fique.

— Ela colocou o diário nas nossas mãos.

— Se ela deixou isso claro na carta, você fique.

— Ela quer isso, com certeza.

— Que seja. — Franco cobriu as joias, mãos nada habituadas ao trabalho na terra, via-se.

Leopoldina achou faltar algo. Depois de pensar um pouco, cortou uma muda do pisum misto, plantou sobre a cova, limpou as mãos no avental:

— Agora sim, feito. Precisa de mim, ainda, sr. Franco?

— Se prometer não me bater hoje, podemos caminhar um pouco no pomar.

— Eu nunca bati no senhor.

— Não mesmo, meu nariz quase se quebrou sozinho. Voltei à mesa com sangue na camisa, para alegria de todos aqueles bêbados. E você ri. Começo a entender por que minha irmã gostava de você. Mas vamos mudar de conversa, não é apropriado, estamos nos despedindo de Cantau.

— Sua irmã não era apropriada.

95

Da última página:

Se contrariou meu pedido de defunta e folheia meu diário sem permissão, ganhou outro tanto da minha estima, se possível. Enoje-se, talvez aproveite algo para sua vida, com certeza se divertirá com os meus ridículos. Com amor.

De uma página a esmo:

A mulher desejar se casar é como um tropeiro querer que seus burros despenquem um a um no barranco, batendo palmas enquanto tudo que tem de valor desaparece no escuro sem fundo. Minha casa é escura. Meu pensamento, minhas horas, se acabam no trabalho de uma casa para dois. Trabalho que não acaba nunca. Se tiro o pó hoje, amanhã preciso tirar outra vez. A comida se come, as panelas ficam vazias, o excelente marido não gosta de feijão requentado. Roupa suja também não, ele troca de roupa duas vezes por dia, insinua que eu não esfreguei a gola, nem debaixo do braço, apenas deixei de molho e isso é desleixo. Minhas manhãs se vão no preparo do almoço e na limpeza dos penicos. O excelente marido, se não o acompanho na sesta, pune-me com cara feia, achará defeitos no jantar. A tal da janta, nela emprego quase toda a tarde, gasto cabeça para variar nos preparos. Minhas leituras se acumulam no armário-livreiro, deixei há muito de escondê-las porque o excelente não abre aquelas portas, hoje me premiou com esta: "Os livros não fazem sentido porque há os jornais, não vou me entreter com histórias velhas quando posso saber de agora". Acha-se espirituosíssimo. Fiquei mais infeliz ao ouvir isso do que depois de me deitar com ele.

Jantar cumprido. O excelente está conversando com Franco na sala. Abstenho-me da companhia do meu irmão para ser dona do meu tempo entre o jantar e a cama. Meus melhores apontamentos aprenderam a surgir nessa hora. Pedi licença a Franco com aperto no coração, daqui ouço os dois. Na verdade, ouço apenas a voz de Franco, o excelente fica encantado enquanto meu irmão fala, Franco não só sabe do agora dos jornais como distingue as "histórias velhas" dentro dos fatos que tanto fascinam o excelente. Ficaria encantado se essas ideias saíssem também da minha boca? Quando noivos, me escutava com cortesia e concordava comigo. Hoje me diz: "Minha querida, eu trabalho, converso e vejo gente, sei como as coisas são de verdade, não é bem como você diz".

Antes de se casar, não importa saber do noivo o que ele pensa sobre isso ou aquilo, apenas é preciso se certificar de uma coisa: se ele tenciona pagar lavadeira, arrumadeira e cozinheira, nessa ordem. O fato de eu ser eu pesou na decisão dele sobre a falta de necessidade de termos criadas. Ele não me escolheu como filha do meu pai, mas como filha da minha mãe.

Franco veio me ver antes de sair para o Carnaval. Estava de casaca clara e flor no bolso, meu irmão é bonito. Será um trabalho danado desencardir essa casaca depois, pobre da lavadeira da pensão, qual o nome dela? Não sei, parecida comigo na idade e no físico, mas sem pai juiz. Cada livro lido por Franco corresponde a uma serra de ceroulas lavadas por ela, outra de lençóis, panelas e panelas de feijão cozinhadas por aí, inclusive por mim. Aconselhei-o a se casar com uma moça como eu e concentrar todo o serviço nela, sairia econômico e haveria eu para criticar tudo e dizer como ela é feia e pouco inteligente, as irmãs vêm com a missão de ser rudes. Ele achou graça, disse que não há moça bonita nem interessante o suficiente para amarrá-lo. Despediu-se sem previsão de me visitar até a Quarta-Feira de Cinzas. Fiquei ressentida e desejei-lhe um divertidíssimo desfile dos entrudos. Sinto raiva e pena da minha cunhada impossível.

Fechou o diário no susto, já passava da hora. Não sairia às escondidas, o combinado foi Franco parar os cavalos na frente do Providência, visse quem visse; discrição era da sua natureza, porém, não faria estardalhaço além dos passos no corredor, a porta fechada atrás das suas trouxas. Haja trouxa. Não conseguiria deixar para trás as heranças de Cantau, sua penca de livros secretos distribuída entre roupas e lençóis, o diário por cima, sob o laço. Colocou o vestido amarelo, a gargantilha com a medalha, as botinas. Gostava de pisá-las com força para irritar a mãe, fazê-la se queixar de dor de cabeça. Agora as botas cantariam nos calçamentos, entre pregões de vendedores, cavalos e carros da cidade velha. Dias antes, uma carta de Franco, a carta crucial, *Tive de me abrigar no fundo da taberna, aquela mesma mesa onde estive com você, para conseguir ordenar os pensamentos e lhe escrever, a balbúrdia da rua não é pior que a do meu coração, anseio e temo sua decisão, nunca fiquei assim.* E ela tomou a decisão justo ali, porque as palavras, meu Deus, guardam a potência das sementes, irrompem chão: *balbúrdia* respingou fervente entre os olhos, a espinha, correu por nervos e sangue. Balbúrdia. Seria impossível continuar em Mariana; se não saísse, morreria de silêncio. O silêncio do Cantagalo e do internato, de Capelinha, silêncio. *Um quarto de pensão é suficiente para uma filha do Cantagalo?* Pois, Franco, vivo no quarto-limbo do internato, como dizia Cantau, sem luxos. E no limbo dos sentimentos, os acontecimentos da família, ocultos e insuportáveis como uma posta de carniça atrás das cortinas de veludo do casarão. Anos depois, veria aqueles dias de angústia de decidir como o período feliz da sua vida; o quarto, o pomar, o refeitório do internato, renovados nas luzes e cheiros pela iminência de não os ver outra vez; entre os pisum, as mãos e a voz de Franco. O diário de Cantau, tinha pouca coragem de lê-lo por saber o que esperar. Por isso o fazia entre ocupações urgentes, para satisfazer a curiosidade e ao mesmo tempo amenizar o efeito das palavras, estratégia com efeito igual a das sombrinhas de tule ao meio-dia. Cantau provocava-lhe, ainda. Não bastava o medo inerente à fuga, a culpa de por acaso fazer sofrer Dona Praxedes, de condenar Tonica à fama de irmã de fugida, Cantau infundia-lhe, além de tudo, o pavor das roupas sujas e de outros absurdos da vida sem dinheiro. Mas com Franco não há por que temer, há estima, será diferente, com certeza. Será? Claro que será. Se ficar no Providência, serão os pisum, Bertha, os livros. Tão queridos por Cantau, os livros. Faz sentido. Diz-se o que se quer escondido atrás da caneta, sem medo de tapa, um cuspe nas ventas. Exato Cantau fazia com a doença. Livro é para os enfermos e para os covardes. E também o silêncio. E a paz. Para onde me vai a cabeça? A culpa é das cartas, há paz sim, se desfizer as trouxas, cobrir-se na cama até o queixo, entenda, Franco é apenas um demônio passageiro, apegue-se à razão, Leopoldina, não ouça os cavalos lá fora, não apareça, deixe-o ir e fim. Fim, o corpo da gente é quem escolhe, não tem jeito, uma trouxa sobre o ombro, outra na cintura. Preparava-se para sair quando bateram na porta, nunca aparecia ninguém ali. Num estalo, soube ser a mãe.

96

Dona Praxedes adivinhava, farejava intenções; onipresente como as abelhas, colheu nas ervas da cozinha do casarão os planos soprados no pomar de Mariana. Mas não. Por debaixo da porta distinguiu a barra de um hábito. A madre diretora, claro, desconfiada dos cavalos na rua, veio passar a tranca na porta, escreverá quase contente a Dona Praxedes, Sua filha do meio, a topetuda, foi impedida de fugir com um bastardo desenhista de jornal, aliás, estou aterrorizada com os livros que encontrei no quarto dela, vou queimá-los para a senhora, fique tranquila. Leopoldina? A voz de Bertha. A única possibilidade real e a única não cogitada, o medo só não nos faz mais tolos que o amor, Cantau dizia. No internato não havia chaves nas portas e o corpinho de ossos de Bertha sabia disso, forçou a madeira com a energia de um pé de vento, uma carta na mão:

— Os importantes se dignaram saber dos meus pisum, Leopoldina, me responderam, me escreveram, querem saber do nosso trabalho. — Estacou no meio do quarto quando se deu conta das trouxas, do vestido amarelo, da cama feita para não se deitar. — É com o irmão de Cantau? Nem responda, não importa, com qualquer um, qualquer um deles, acabam-se os estudos, Leopoldina, você não sabe o valor do que tem aqui, não sabe, escolha a cabeça à barriga, vamos, não seja como todas as outras, esqueça isso, durma e amanhã vamos trabalhar no pomar — havia aberto a trouxa de livros, tentava devolvê-los um a um à estante, trêmula, o vigor esvaído. Leopoldina conteve-lhe o braço com delicadeza.

Olharam-se, um silêncio de ribanceira. Leopoldina não se lembra se foi a freira quem deu de ombros ou se foi ela mesma.

— Os miolos dessas moças são de canja — Bertha resmungou. Fechou a porta da cela com a mesma gravidade dos encarregados de tampar o caixão. — Não dou minha bênção, Leopoldina, mas se precisar voltar, volte, arranjo para você um catrezinho com as enfermas lá embaixo, é sujo e cheira mal, mas não ficará sem teto e poderá retomar o trabalho com os pisum.

97

Se acreditou o rancho comido pelo tempo, tal as folhas pelas lagartas, surpreendeu-se de encontrar casa e milharal em ótimo estado depois de sete anos. O tempo não é implacável com as coisas como com o corpo das pessoas, vê-se pelo Velho Rabelo, a barba toda branca, de bengala; fez questão de acompanhar o filho de Ambrosina, meu afilhado de coração, dizia, até o rancho, mostrar como ele mesmo vinha cuidando de mandar limpar, capinar e consertar. Havia comprado a terra de Julião Bomtempo com a determinação de manter até a ordem dos canteiros tal qual as mãos da mãe de Frederico deixaram, a casa de Ambrosina suspensa sobre os dias e as horas, como as igrejas.

— Dirico, meu amigo, ainda posso dizer Dirico? Em breve será vossa senhoria, quero chamá-lo Dirico enquanto posso. Você ficou forte, um rapagão bonito, tem os cabelos e todo o jeito bom da sua mãe. Meu amigo, ouça bem, será sua esta terrinha, sua e de sua irmã Venuta. Sobre isso não quero uma palavra, nem gratidão, você não me deve nada, jamais, faço por amizade a Ambrosina.

— Seu Rabelo, e o meu pai? — Frederico recostou-se na janela. Antes no queixo, o peitoral agora dava na cintura.

O velho assentiu, grave, disse que esperava a pergunta e vinha pensando nos últimos dias em como contar, Melhor saber de inteiro por mim que aos pedaços pelos outros, meu amigo. Primeiro, o começo: comprei este sítio do seu pai por valor justo, se ouvir outra história em Capelinha, não é a verdade; seu pai, Frederico, eu me controlo pra não dizer as palavras que vão no meu coração, seu pai foi muito errado comigo. Paguei por esta terra, um bom tanto e de vez, e ele se mandou pras bandas de Paracatu; antes de ir, me disse, ouça isso, vou é garimpar, voltar rico e fazer todo mundo aqui pagar a língua. Sumiu, nem notícia, eu e sua madrinha até pensamos se o Bomtempo, com a ajuda de Deus, criou juízo; às vezes arrumou uma casinha, outra esposa, umas vacas... foi nada. Tem pouco, seu pai voltou, no garimpo não achou nem barro. Isso se garimpou, meu amigo, pois pra mim, me perdoe, sua madrinha também acha, só fez beber nesses anos todos, tal fazia aqui, mas em outra banda. Seu pai é feito os espantalhos, vira-se com o vento, mas não sai do lugar. Então, o Bomtempo voltou e me pediu dinheiro, eu não dei. Ele diz em Capelinha que tirei proveito de sua tristeza de viúvo e paguei uma miséria por este sítio, veja isso, meu filho, me acusa sendo que ele mesmo botou o preço e me vendeu, Dirico; se diz roubado por mim, por mim! Não tenho coragem de dizer a você o que ele é, mas você é diferente dele, e Venuta, ela também, com toda certeza. Sua madrinha não pode ouvir o nome Bomtempo. Seu pai foi ao Cantagalo, o cara-lavada, pediu um naco de terra para, diz ele, estar perto de Venuta, nunca quis saber dela antes, da sua irmã, Dirico. Sejamos muito gratos à sua madrinha, Dona Praxedes tomou Venuta como neta depois de Ambrosina... Outro assunto, filho, melhor saber por mim também e esse você não comente por nada, me jure. Estamos jurados, Dirico, segredo de dois, segredo de Deus. Você verá uma molequinha no casarão, não queira saber de onde ela saiu, adianto o quase nada que sei: é filha de Leopoldina com um anarquista, a filha do meio de Praxedes é duas vezes fugida, da mãe e do tal mancebo também; vive agora na capital nova, pouco sabemos, largou a menininha com uma freira de Mariana e zup, sumiu. Vai e vem, Praxedes resolveu abrigar a neta, há muito tem feito correr a história de a filha ter se casado com um filho de juiz.

Mentira não é, mas o rapaz é bastardo. Não a julgo por enfeitar o feio, o povo gosta de descer língua em lombo nu. Além disso, sejamos justos com sua madrinha, quando comadre Praxedes soube da neta com as freiras, fez trazer a molequinha pro Cantagalo e, cá entre nós, isso nem eu esperava, não trata a menina como agregada, não, mas como bisnetinha de marquês. Por que conto tudo isso? Não fale de Leopoldina. Não pergunte sobre a netinha, essas perguntas de perguntadores, você sabe, cadê a mãe? Cadê o pai? Não vamos aborrecer sua madrinha, a pobre passou por muito desgosto. Também não fale de Julião Bomtempo se ela não falar primeiro. E, Dirico, nem por isso não dê atenção à netinha, comadre Praxedes tem muito apreço pela menina, você verá, uma flor, como Venuta, uma flor também, minha afilhada, pra mim uma filha.

98

Velho Rabelo se absteve de atravessar o calor do milharal, Dê suas voltas, meu amigo, passeie com a saudade, fico aqui na casa de Ambrosina, gosto da vista.

Sozinho na casa choca, Frederico inspirou com força o ar de poeira, escuro e teias, o lodo nas quinas escorridas da chuva. Pedra que rola não cria limo, ouviu uma vez no seminário, e, quase como sempre, pensou em Leopoldina Lima: suas botinas duras não quiseram enraizar nas tábuas do casarão. Deitou-se, gerou, pariu. Tentou imaginá-la como as matronas em visita aos filhos no seminário, um bebê ao seio, mas os peitos de leite se transmutaram na postura quase lisa de anos atrás; o bebê, em sanfona. Dela soube quase nada desde a fuga, padrinho Bem falava nada sobre o Cantagalo, andava furioso com Dona Praxedes. Frederico veio a Capelinha porque o padrinho arranjou a viagem, Não diga nada àquele velho bocudo, o Rabelo, mas levarei você comigo porque vou falar em definitivo com minha irmã, Frederico, você será o padre da família agora, Praxedes terá de se contentar com você porque vou me casar com Adma e ser barão como meu pai; quero ocupar meu lugar à cabeceira do Cantagalo, chega de Praxedes, sou o homem da casa! Escrevi uma carta pra ela, avisei letra por letra minha decisão de não me ordenar, nem resposta recebi. Sei, espera que eu me arrependa e peça desculpas. Vou é fazê-la me respeitar, já passei dos trinta anos, Frederico, nem se me ordenasse hoje haveria tempo de me tornar bispo, minha irmã tem consciência disso, não vai querer um irmão apenas padre, o tempo está a meu favor. Minha noiva nos acompanhará, o pai dela permitiu só porque você é padre e vai conosco, sim, eu disse isso e não é mentira, pare, lá vem você com seus escrúpulos, Frederico. É uma quase verdade, porque você será padre, só não se ordenou ainda, na prática já é um diácono, afirmo, o padre diretor só falta molhar as calças perto de você, nunca vi igual.

Apertado entre o padrinho e a moça de nariz de anzol, seu perfume de manacá debaixo de sol quente, viu o mato denso da estrada ceder aos poucos para o cerrado, uma árvore retorcida aqui, outra ali, anunciavam a terra conhecida, agora para sempre sem a mãe, sem Leopoldina. O padrinho roncava, a careca pronunciada, a barriga de eterno seminarista sobre as calças. Quando entrou no seminário, Frederico demorou a entender a vigilância dos padres e o temor de alguns meninos: acreditavam-no da mesma essência de Modesto Lima, por causa do parentesco. Em sete anos nos tornamos outra pessoa, está nas escrituras, mas ao padrinho, tal como uma vaca gorda engolida de vez por outra pele e osso, bastou uma noite, a primeira no seminário, as camas montadas lado a lado:

— Vá buscar-me uma paçoquinha lá embaixo, Frederico. — Já haviam se recolhido e o padrinho abria a canivete um buraco no colchão para suas fotografias de pecado. Dali a um quarto de hora Frederico retornaria aterrorizado, a pele aberta em fagulhas de vara, obrigado a baixar as calças por um padre grandalhão como Julião Bomtempo e de pancada mais forte, acusado de assaltar a despensa. O padrinho aguardava confortável na cama, Preciso explicar-lhe tudo?, os doces se pegam em segredo; e apanhou sem me trazer nada, vão dizer que eu não sei guiar meu afilhado, Frederico. Ordenou que se ajoelhasse, de castigo. Dormiu e Frederico seguiu de joelhos até, entre o pavor e o cansaço, decidir por si mesmo se deitar.

Tempos depois quis saber se Frederico conhecia brincadeira de homens. No seminário, precisamos nos virar de alguma maneira, Frederico, aqui o riacho corre à parte, então o que acontece aqui não acontece lá fora, entende? Não. Só entenderia durante o descanso do domingo. Gostava de passar o tempo na capela, distinguindo os detalhes dos vitrais, a sequência do calvário de Cristo pra lá de bonita em azuis, verdes e vermelhos contra o sol, as iluminuras eram o milharal florido. O padrinho tirou-o da contemplação, o fez sair pelo braço, Depressa, Frederico, venha, empurrou-o para dentro da sacristia, Não demore, depois é minha vez. Primeiro, achou ser ilusão das vistas no quase escuro, depois reconheceu um corpo de menino, em posição de égua, as ceroulas arriadas até os pés; o pescoço virou-se ressabiado para Frederico, como se esperasse alguma atitude. Entre surpresa e mal-estar, Frederico vislumbrou o propósito do padrinho. Fez menção de correr, mas as pernas não obedeceram; do buraco no alto da parede entrava uma luz doentia, fincava em lança as costas do menino, o traseiro de repente salpicado de bolinhas vermelhas, azuis, verdes, logo tornaram-se sardas, o rosto da filha caçula de Dona Praxedes observando-o desde dentro do furico do menino, ficou desesperado, ela contaria tudo a Leopoldina, já contou, deixou a irmã furiosa, podia ouvi-la, ali, na entrada da sacristia, tentando passar por cima do padrinho, armada com a vara do padre grandalhão, Frederico vai levar um corretivo. Ainda tentou concentrar-se numa rachadura do teto, mas o corpo cedeu em fissura ele mesmo, caiu em espasmos, a língua rígida, mãos em garra e espuma na boca, pior do que quando soube da morte da mãe.

99

Teria sido exorcizado dessa vez, ou ao menos teriam investigado que fazia na sacristia com outro menino, se padrinho Bem não houvesse feito correr a suspeita de que Frederico Bomtempo é um santo, seus sacudimentos idênticos aos êxtases dos mártires, ele mesmo acudiu o afilhado e presenciou, jurava por todas as suas irmãs, Frederico em franca comunicação com os anjos, um latim perfeito. E Frederico, que já não levava uma vida muito física, foi privado pelos padres dos banhos de sol no pátio, pois acreditavam a luz um chamativo dos chiliques; também não devia caminhar; se poupasse, franzino como ele só. Solitário na biblioteca, distraiu-se com a própria imaginação quanto pôde, até, no tédio das janelas fechadas, decidir espiar os livros. Ainda não sabia ler, andava muito atrás dos colegas, nas aulas a mente voava com as moscas e perdia as explicações; safava-se apenas porque os ouvidos eram bons em manter rastros de palavras: uma vez lida uma sequência por outro menino, conseguia repeti-la de voz, enganava os padres. Descobriu os livros, então, as figuras parecidas com as iluminuras e com os desenhos nas roupas dos bispos, nas toalhas do altar. Curioso em saber o escrito nas imagens, esforçou-se em decifrar as letras; logo entendeu como *m* e *b* faziam casal, as vogais ao redor como crianças pequenas, pôde avançar nos sentidos, leu palavras e frases, em pouco catava nas estantes os livros todos feitos de palavras, agora eram as palavras que punham imagens na sua cabeça, tomou amizade por elas. Aprofundou-se no Gênesis sem saber, a certeza de haver descoberto uma história secreta na qual desonravam uma tal Dina. Lia-a com apreensão pela moça, mas não podia evitar de se excitar, muito, quando lhe rasgavam tudo. Aliviava-se atrás das estantes botando na moça da história o rosto de sempre. Apareceu adiantado de maneira extraordinária nas aulas de latim e nos estudos bíblicos, alguém sugeriu que Frederico estava aprendendo com os anjos, só pode. Levaram-no ao padre diretor, uma sabatina de tarde inteira, entre muitas perguntas estranhas o padre quis saber, Que faz dos santos, santos, Frederico? Não pôde pensar em nada além de Leopoldina raivosa, o som oco das janelas do Cantagalo fechadas na sua fúria. O padre aguardava.

— Vossa Senhoria, os santos levam fogo por dentro.

Depois dessa, ganhou uma cama no quarto dos seminaristas em vias de ordenação, onde obrigavam ao silêncio. Os colegas tinham receio de se aproximarem por causa dos boatos ora de santidade, ora de possessão, os padres tratavam-no entre respeitosos e ressabiados, no fim passava a maior parte do tempo de todo só. O diretor cumprimentava-o, tomava-lhe lições, programou em pessoa seus horários para nunca coincidirem com os do padrinho Bem, e assim os anos se esvaíram em manhãs de meditação e tardes com os textos, um prazer intenso no estudo das escrituras. Gostava de colorir os personagens com rostos conhecidos, os apóstolos tomaram a cara da dona Iamiana, da Pulidóra, de mamãe, não havia nada capaz de tirar os cabelos compridos deles, então deixou-os. Pôs Dona Praxedes em todo faraó, as palavras de Salomão ficaram muito boas na boca do Velho Rabelo, Leopoldina dançou Salomé e exigiu a cabeça dele mesmo de presente. O diretor falava-lhe na ordenação para dali a alguns anos quando o padrinho inventou a viagem para Capelinha. Não que Frederico quisesse algo por lá, já não havia a mãe e Leopoldina tinha se perdido para o mundo. Mas a saudade é como as casas dos joões-de-barro, às vezes tão vivas como o pássaro, poderia reviver mamãe nas paredes do rancho, Leopoldina nos móveis do casarão, na sanfona prometida pelo padrinho, faria dela um amuleto. Quis visitar o rancho e a casa choca antes do Cantagalo, o sossego dos escombros agora atravessado pela revelação: Leopoldina tem uma filha. Vislumbrou-a nos buracos do teto, porções de uma molecota de seus três anos contra o azul, silenciosa e cheia de querer, toda a mãe. Quando a conhecesse, a sentaria no colo, Do que você gosta de brincar? Sabe rezar? Antevia a nuca, a pele de criança, crianças precisam de professores, sentiu um arrepio. Falaria com a madrinha, que o considerasse devoto àquela menina, de todo útil a ela, dela, a filha de Leopoldina... *A amar e a rezar ninguém pode obrigar* — a voz da casa choca flechou suas têmporas, não acontecia havia muito tempo. Frederico manteve a vista no teto, respiração suspensa. Temia estender o braço e topar na presença, sensível o suficiente para arrepiar o lado esquerdo do corpo. Fixou-se nos azuis do telhado, as partes de menina. Não perguntaria o nome da criança ao Velho Rabelo, não, queria o prazer de ouvir dos lábios miúdos da própria, dali a pouco. O que a filha trará da mãe? No seu corpinho, a memória não acontecida, o poderia ter sido entre ele e Leopoldina Lima; "Espere", a voz funda da filha de Dona Praxedes, um presságio. Ainda fixo no telhado, respondeu à presença, sua voz agora diferente da do menino habituado a conversar com aquelas paredes: Não obrigo, eu espero.

100

— Bertiana Cantau — a criança respondeu atenta às balas de coco nas mãos de Frederico.

Apesar de menos de quatro anos, falava com clareza, correta; Frederico pediu que repetisse o nome não por falta de entendimento, mas pela estranheza:

— Bertiana Cantau Gama! — Arrebatou as balas com a mãozinha, mas logo as perdeu para Venuta. Dona Praxedes intercedeu:

— Seu nome, Betinha? Venha cá dizer seu nome ao seu primo Frederico. Agora, ligeiro, conforme a vovó ensinou.

— Bertiana Cantau Gama e Lima. — Espiou por baixo aquele primo que a impedia de correr atrás de suas balas. Frederico fez um sinal amigável para dispensá-la, as botinhas saíram em busca de Venuta dentro da penumbra do casarão, as tábuas rangeram a pisada de Leopoldina. Idêntica, a menina. Idêntica nas coisas importantes. No pescoço, a medalha inconfundível, herança certa da mãe.

— Um nome muito bonito, o da sua neta. Deus a abençoe. — Frederico aceitou a xícara servida pela própria madrinha.

— Pois quando ouvi pela primeira vez odiei, não gosto de nomes variados. Prefiro os que já conheço. Há tantos santos a se prestar homenagem, sem falar na própria família, Frederico, ainda não tenho uma neta Praxedes, veja só. E minhas três filhas são Honórias, fiz questão, Honórias como meu pai. Enfim, outros tempos, outros valores. Esse nome, Bertiana Cantau, pra mim foi sugestão do avô dela, é um juiz, sabia? Os Gama, isso fica entre nós, andam entre condes, duques e tudo que é título, nem sei dizer ao certo porque não me importo com essas coisas, eu não, mas os Gama são quase família real, o bisavô de Bertiana era marquês. Com certeza tiraram o nome da minha neta de alguma visita da casa ou de algum parente estrangeiro.

— Uma menina viva e de maneiras gentis.

— Não sei se gentil, mas viva, com certeza. Eu mesma cuido da educação dela. Da de sua irmã também. Aliás, Frederico, Venuta me preocupa, não estou me queixando, meu querido, falo a você como se falasse ao confessor espiritual que um dia você será. Venuta não teve a sorte de sair aos Lima como você, sei que me entende... Mas Deus olha por ela, com certeza, senão não daria a Venuta padrinhos como eu e o compadre Rabelo. Tenho olhos para os maus hábitos, corrijo antes que não tenha volta.

— Entendo e sou grato, madrinha Praxedes. Por isso quero ser útil à senhora. Venuta e Bertiana já sabem rezar?

— Ensinará a oração da santa adoçada para as duas? Compadre Rabelo conta até hoje esse seu caso, de quando você puxou a ladainha, sua afobação, aqui nesta sala.

— Até eu rio do meu disparate, senhora. Juro que me aprimorei.

— Falando a sério, Bertiana ainda demora a chegar na idade de ler, e Venuta é atrasada, será perda de tempo. Deixemos a Bíblia para depois.

— Não me refiro à Bíblia, minha madrinha, mas à fé. Nessa idade se fala direto aos anjos, ouvi de meu diretor espiritual.

— Um pensamento bonito, com certeza, mas não me convence. Por que um rapaz iria querer gastar suas férias com duas molecotas?

— Porque sou grato à senhora.

— Se quer trocar a casa animada do compadre Rabelo por uma velha e duas crianças, você quem sabe. Quanto tempo ficará?

— Quanto a senhora quiser.

— E a ordenação?

— Não acontece antes dos vinte e cinco anos, senhora.

— Quero saber se você quer se ordenar.

— Meu diretor espiritual me considera firme na vocação.

— Muito bem, fique conosco alguns meses, escreverei ao seminário. De fato, você começou cedo, foi aos doze anos, não? Cedo. Vinte e cinco anos! Haja dinheiro! Não estou reclamando, por favor! Você se tornou um rapaz de juízo, não imagina como fico contente, agora teremos dois padres na família e isso é o que importa. Bem me escreveu com dúvidas esses dias, veja só, falou até em casamento, me assustei. Mas compadre Rabelo me acalmou, ele disse, se nosso Bem tem dúvidas significa que é responsável, comadre, é um sinal de vocação. Só Rabelo mesmo para ser tão sensato. Falando em meu irmão, por que ele não entrou ainda, Frederico? Estamos aqui distraídos com nossa conversa e quase me esqueço de meu próprio irmão. Que tanto Bem faz lá fora, Frederico?

— Ele quis mostrar a fazenda.

— Mostrar a fazenda? Ora, que novidade. A quem? — Dona Praxedes foi à janela fechada e espiou pelas frestas; suas feições retesaram um pensamento incômodo. — Frederico, diga pra mim, Modesto foi mostrar a fazenda para quem?

101

Frederico já não considerava o padrinho um primor de inteligência como quando viajaram juntos ao seminário pela primeira vez, mas não o imaginava inábil a ponto de confiar no bom humor ocasional de Dona Praxedes ou numa improvável simpatia dela por Adma Mauad para chegar com a tal noiva, assim, no desaviso. Pouco sabia do mundo, mas tinha certeza, aquela moça de sorriso de boca toda, com joias nos pulsos e nas orelhas, desagradaria Dona Praxedes para além da notícia do noivado. O padrinho deixou tudo acontecer com naturalidade desastrosa desde que a moça embarcou com os dois; passou o caminho contando sobre seu pai barão, disse que as sobrinhas e a irmã cairiam em adoração à sua noiva tão linda. Mal o casarão despontou na estrada, Frederico percebeu no rosto, nas mãos, na veia do pescoço do padrinho, o amolecimento de toda aquela confiança: os lábios ficaram da cor do vinho roubado e completado com água pelos seminaristas na sacristia. Quando subiram as escadas para os ladrilhos vermelhos do alpendre, Modesto bambeou as pernas, não logrou seguir, Preciso de ar, chamou a noiva para caminharem, adiaria a entrada quanto pudesse. Ficou rodeando a casa de braço com a moça, sol de rachar grão, por um quarto de hora, enquanto Dona Praxedes se informava no silêncio de Frederico, incapaz de dizer quem vinha com o padrinho. Sentou-se à cabeceira da mesa de doze lugares: Frederico, vá até lá e mande Modesto entrar, ligeiro.

102

Não deixou Fia acrescentar à mesa outra xícara para a visita que ia lá fora, Tem uma senhorita de braço dado com seu irmão, Sá Xede. E daí, sua enxerida?, vá para a cozinha, Fia, suma da minha vista por hoje. Frederico, não precisou mandá-lo, já se sentava na sala, Bertiana no colo, Venuta à frente deles no chão. Tem iniciativa, o filho de Ambrosina. E é jeitoso com as crianças, Betinha já passa os bracinhos em volta do seu pescoço, brinca com a medalha de sua corrente. Talvez valha mantê-lo no Cantagalo, seminários são caros demais para se investir em sangue indireto. Se Rabelo ao menos se propusesse a dividir a conta; todo apegado aos filhos de Ambrosina, por que não paga o seminário, então? Essa atenção toda, em especial com Venuta, melhor não escrutinar. Tem coisa que é melhor não saber. Mas nunca viu ninguém com olho para detalhe como ela mesma, vê sem nem querer, aquela sombra infeliz no rosto do compadre, aquele pavor desiludido quando ela mesma comentou como achava Venuta parecida com Julião Bomtempo; Rabelo foi ágil, quase ríspido, É só o tipo largo de corpo, comadre, igual em toda menina dessa idade, não vejo nada de Bomtempo nela, é Lima, Liminha. Mas não é o físico, são as maneiras. Venuta aproveita-se de tudo quanto pode, esperta de um jeito ruim, não há assadeira nem compota que passe inteira por ela, aprendeu a culpar Fia dos sumiços na despensa. Tanto apronta e apanha que nem se assusta com a palmatória, tem gente que nasce e cresce sem conhecer a vergonha. Agora mesmo, ao pé do irmão, chupa com barulho as balas roubadas de Bertiana, Venuta é uma moleca lambona e feia. Feia sem remédio de roupa nem de cabelo, Rabelo que lhe pague o internato. Ambrosina morreu e continua a dar trabalho, parente é cruz. Frederico, ao menos, é boa surpresa. Prestativo, sóbrio, macio no trato. Fácil de mandar, devem adorá-lo na igreja, tem todo jeito de padre, não como Modesto, mas no bom sentido. Daria lindo como preceptor em qualquer casa de família. A se pensar. Por enquanto o aproveitará para a neta, Bertiana Cantau é esperta o suficiente para começar a aprender com três anos. Toda Lima, Liminha, ela sim. Reto saído do torto, identificou-a sua neta logo a viu, um bebê melhor que os outros, uma marquesinha, clara de pele para além de qualquer esperança. Trouxe-a sem pajem, deu-lhe leite de cabra com a colher, limpou-lhe os cantos da boca e os vômitos, e tirou ela mesma as fraldas emporcalhadas para Fia lavar. Levou-a para dormirem juntas, um prazer inédito, talvez o maior da vida, a agitação daquela buchinha de carne durante o sono, Sonhei feio, vovó, as mãozinhas buscando-a no escuro, as unhas nas suas bochechas, nas pálpebras, uma alegria ser arranhada por Bertiana à noite, abraçá-la e afastá-la do mal. Não quis esse amor com nenhuma das filhas, ao contrário, irritou-se quando lhe pediram colo, atenção. Agripina a pior delas, beijoqueira, aprendeu com a maldita Maria Quitéria, um trabalho tirar-lhe o hábito de aconchego. Não quis com nenhuma filha, de perto bastaram os meses com cada uma dentro da barriga. A maior mentira contada por aí é as mães gostarem dos filhos só por gostar. Nada. Tem de fazer por onde. Nenhuma das suas fez, tediosas e sem brio. Leopoldina quase, mas não. Agora Bertiana, um deleite vê-la se fazer. Quando andou sozinha pela primeira vez, os bracinhos abertos para a vovó! Nenhuma das filhas andou tão cedo, com certeza, apesar de não se lembrar de quando andaram. Mas, quanto a falar, Bertiana sem dúvida venceu, talvez seja a criança a fazê-lo mais cedo no mundo. Não esquecia palavra ensinada pela vovó, nem as ditas a esmo perto dela; aprendeu *saca-trapo* a respeito de Julião Bomtempo, palavra talvez sussurrada com tanta força de despeito pela avó que se tornou o nome do parente. Bertiana apontou-lhe o dedinho, Saca-Trapo. Quando contou ao compadre Rabelo, estouraram de rir; Julião Bomtempo é um patife, logo saberá de Frederico de volta e vai aparecer, certo como fim do dia. Maldiz o Cantagalo em Capelinha e aparece de visita, como se nada. Para compadre Rabelo, foi Julião quem acendeu o pavio da fofoca de que a filha do meio de Praxedes Lima fugiu com um circo de ciganos. Leopoldina, ah, Leopoldina! Desejava-lhe até então o mesmo fim sem começo do seu único filho homem, enterrado anjinho, mas ela precisou existir para haver Bertiana. Digam o que quiserem, Bertiana é linha reta de marquês. Tentou contato com o avô dela, aliás, o juiz Gama, o mesmo que lhe insistiu, essa é a palavra, insistiu naquela carta para enviar Leopoldina para a desonra na capital velha. De início esperou uma outra carta dele, suas desculpas e a promessa de acertar tudo como se deve, depois aguardou ao menos alguma garantia para o futuro de Bertiana, nada. Pois então escreveu ela mesma e seu espanto só não foi maior que a humilhação diante da resposta breve e desaforada, *Não tenho conhecimento do que a senhora diz. Não participo da vida íntima de meu filho. Até onde sei Franco Gama nunca se casou. Fique com Deus*. Deixe estar. Fará da neta dele o que ele não soube fazer dos próprios filhos, morderá a língua o tal juiz. Gama de bosta. Filho de marquês, ele. Venha com seu título tocar uma fazenda como o Cantagalo, consegue? Jamais. Só sabem cobrar impostos, vivem do dinheiro dos outros. Acabaram-se as regalias do império, e eles? Vestiram seus filhos de toga, garantem o deles nas leis. Por ela, seriam todos enforcados, como fizeram ao tal Tiradentes. O Gama de Bertiana só pode brilhar com dignidade porque gerações de Lima abriam sulcos e sulcos de cafeeiros, o verdadeiro ouro preto; sem o arejo da terra, seu título cheira a mofo. Nome sem terra, nome sem brio.

103

Matreira. Despista o nariz grande com penteados e lenços, a falta de tutano com animação, simpatia de derrubar porteira, Dona Praxedes, prazer, quase chamo a senhora de Xede, como Modesto a chama, perdoe; exibe os dentes, sabe-os bonitos. Até tem encanto, passaria sem se denunciar não fosse o excesso de brilhantes e os olhares mal disfarçados para a tapeçaria, as xícaras, o lustre, Estudei com sua filha Tonica por anos, somos amicíssimas, é como uma irmã caçula para mim, não imaginei que ela continuasse em Mariana depois de... quero conhecer Agripina, ouvi sobre como é linda, as rendas do vestido de casamento dela foram encomendadas na loja de papai, na capital. As mãos acompanham a fala, mangas de dançarina. Onde Modesto achou essa turca? Omite Leopoldina, com certeza está a par de tudo. Modesto é um tolo. Língua afiada, quando não aliada, é faca.

— Bem, meu irmão, as pessoas ainda chamam aquela cidade torta de capital? Valha-me! Ainda insistem em achar metal naqueles buracos vazios, tudo de lá me sabe a ouro de tolo. Diga-me, meu irmão, a quantas anda o seminário? Todos aqui querem se casar pelas mãos de Modesto Lima, vamos logo com isso.

— Xede, minha irmã, é disso que vim falar, eu... deixe-me apresentar Adma Mauad! O pai dela é dono das lojas todas da rua das Cabeças, negócios de tecidos; veja só, minha irmã, donos de uma rua inteira, uma bela família, com certeza, a melhor família!

— Nem todas as lojas, quase todas, Modesto querido. Dona Praxedes, como eu queria conhecer a senhora. — Quis apertar a mão da dona da casa, mas Dona Praxedes manteve os dedos ao redor da própria xícara.

— E veio sozinha com dois homens para me ver. Uma moça solteira com dois homens. Estou curiosa, como seu pai permitiu isso?

— Papai é muito cuidadoso comigo, senhora. Quis saber tudo sobre a viagem e só permitiu porque veio um padre conosco.

— Compreendo, mas Modesto é quase padre, ainda não. Dois homens! Frederico já não é criança. Mas não é culpa sua, todas as moças hoje são assim, nunca sei se corajosas ou se apenas bobas. Veio acompanhada de dois homens. Graças a Deus conheço-os como a mim mesma, são respeitosos. Onde sua família mora?

— No sobrado à esquina da rua das Cabeças, o maior da rua, senhora. Papai comprou dos Gama. Os Gama, senhora.

— Ah! Vocês moram onde ficam suas lojas! Vê, Modesto, os turcos são assim, enriquecem quanto for, mas continuam mascates; nosso pai, o barão do Cantagalo, dizia isso, os turcos dormem só com um olho fechado, o outro atento para não roubarem seus panos. Às vezes batem alguns à minha porta, querem me vender perfumes, lenços de má qualidade, não posso nem me lembrar do cheiro das suas sacolas, minha cabeça dói. Então, menina, não precisa me contar a história porque já sei. Vocês ganharam o dinheiro, estão atrás do respeito, então compraram o sobrado de uma família de sobrenome, fácil assim. Por isso não gosto das cidades, confundem dinheiro com pessoas de valor, entende, Modesto? Está pálido, meu irmão! Por causa da viagem. Você é fraquinho, sempre foi; sim, não discuta comigo, não gosto de você andando por aí. Por que ficou lá fora no sol? Não responda, respire, não precisa falar, valha-me, perigoso desmaiar!

— Senhora, se quer saber, papai é convidado para todas as festas, nós todos. Não há quem não queira ser amigo dos

Mauad, papai vai com os bons atrás do bispo no tapete do Corpus Christi. — Os lábios de tinta já não sorriam. Praxedes recostou-se no espaldar alto da cadeira:

— Chamo até meus lavradores às festas, menina, à casa é outra história.

— Papai conhece muito o juiz Gama, senhora. O juiz Gama, sabe?

— Juiz? Não quero saber. As cidades são engraçadas. Aqui quando precisam de juiz vêm a mim. Faço o mesmo sem toga. Não vivo do governo, vergonha, eu não! Eles que vivem das minhas terras. Dou trabalho a quem precisa comer e ainda pago tributo. Nós, eu e os outros barões daqui, levamos esta república nas costas. Sempre foi desse jeito e nunca souberam nos agradecer. Nós, os mesmos de sempre, a dar conta de tudo. É o destino da nossa família. Está prestando atenção, Modesto? Não podemos trazer qualquer um para junto de nós, você sabe disso.

— Xede, pelo amor, minha irmã. Eu escolhi Adma, eu e Adma...

— Não gagueje, Modesto. Ou melhor, não fale, descanse a garganta, estamos tendo uma ótima conversa, eu e Adma, não é, Adma? Você é bonita, nem precisa usar tantas joias, se quer saber. Deus conserve, me diga, qual sua idade? Não fique tímida, fale comigo, quero saber, qual sua idade?

— Ainda não tenho vinte e três anos.

— Já deveria estar casada, por que espera?

— Espero Modesto, senhora.

— Adma, meu irmão ainda demora um ano ou dois para se ordenar, celebre seu casamento com outro padre, não o espere... Eu sou boa de conselhos, então me ouça. Veja logo um noivo, não espere nem escolha tanto, o tempo é terrível com as moças.

— Modesto, por que não fala? — Os dedos de dançarina entrelaçados, mortos sobre o colo.

— Adma, meu irmão é quase um sacerdote, mas é homem. Às vezes perdem a cabeça, esses homens, mas quando retornam a casa, precisam de nós, mulheres, para lembrar quem eles são. Ah! Esqueci-me de mandar botar sua xícara. Mas, não por isso, sirvo pra você um café aqui, na de Bem. Coitado, como está pálido! Não conseguirá beber nada. Vamos, Adma, prove. Como meu pai o barão dizia, nosso café é de se tomar devagar e em silêncio. Saboreie. Enquanto isso, me dê licença, preciso falar com meu irmão, assunto de família.

104

Como os troncos encarquilhados, que resistem às trombas-d'água enquanto se vão as plantas sãs, os defeitos persistem às qualidades de uma geração para outra. A moleza de corpo e de espírito de mamãe prevaleceu em Agripina, Tonica, em Bem. Homenzinho sem pulso, nem as crianças na sala se deixariam humilhar assim. Agora, como se encorajado durante a caminhada do corredor ao quarto, a cor de volta às bochechas, levanta o dedo em riste, um dedo quebrável como os dos santos de barro, basta torcê-lo, um dedo de acusação, Quero o que é meu, Xede, chega, chega, eu sou o filho homem, me respeite, o Cantagalo é meu. Bem, querido, sei que tem o corpo frágil desde sempre, mas a cabeça, meu irmão, para mim é novidade; você, acolhido por bondade minha desde a morte de papai; sim, não fosse meu dinheiro, nem seminário haveria para você, viveria do favor dos nossos cunhados, de casa em casa, porque seu pai, nosso pai, meteu um balaço na cara e largou você sem nada, não pediu a ninguém por você. É tão difícil assim ser padre? Ave, só precisa se ordenar, quantos padres vivem a vida que querem! Mas não, tolo você, se não se ordena, não terá nada. Aqui não há nada seu, o Cantagalo é meu de acordo passado, o pai das minhas filhas comprou de papai... O que diz, Modesto? Repita, ouvi você dizer com os lábios, vamos, repita. Preto, Modesto? Quem é preto? Eu mando quebrar-lhe a cabeça, desgraçado, inútil; e guarde essa mão, porque se me bater vai precisar me matar de vez pra não morrer depois. Você não é homem, não vale a lavagem dos porcos, Modesto, até Fia tem mais utilidade que você. Quer o Cantagalo, Modesto, quer?

Você não sabe nada de café, nem cavalo você monta, os lavradores vão rir de você, tomará tombo deles na colheita, terá sorte se for roubado só nas vendas, você nunca entrou no cafezal, sabe quantas gerações de cafeeiros eu vi plantar, florir, colher? Vinte e uma. Os cafeeiros falam comigo, Modesto, se abro a janela já sei se há praga, se há mão ruim no cuidado. Eu sei se o bicho-mineiro atacou porque muda o cheiro, muda o barulho do vento; folha de café também sangra, Modesto, às vezes chora. Então reze para eu viver muito, porque se eu acabo, o cafezal também; quem aqui nesta casa sabe mandar? Você não é. Olhe para mim, não estou tão ofendida por você desdenhar o seminário, não; é por achar essa turca merecedora da nossa família. Uma turca filha de mascate, Modesto. E não queira falar do pai das minhas filhas, ele era Lima, filho do nosso tio, seu tolo, sangue nosso. Essa turca é nada. Advogados, Modesto? Por que fala nisso, assuntos de herança, não gosto, de onde essas ideias? Vamos nos acalmar os dois, por favor, essa conversa desandou. Advogados? Não, Bem, por Deus, não seja mau comigo, minha cabeça está doendo. Nem seja bobo. Quem diz que você tem direito direto aqui, te engana, quer nos desunir, meu irmão. Você precisa confiar em mim, não nos outros. Eu lhe estendi a mão, eu o trouxe pra casa, eu quis fazer você culto e educado, não foi? Vamos, irmão, olhe para mim, direi uma vez só. Se você quer se casar, então se case. Sim. Eu cedo! Ouviu? Nisso eu cedo! Você se casa, então, mas não com essa moça. Ela não podemos aceitar. Se é barão que você quer ser um dia, com ela não pode ser. Você vai se casar com Tonica. Por que se espanta? Meu marido era meu primo, Lima. Mamãe e papai também eram primos. Você se casa com uma Lima, assim que é, se quer ser barão. Antes de tudo, o nome. Depois do labéu de Leopoldina, não conseguirei casar Tonica como devido, você fará esse sacrifício. Por nós. E sacrifício é modo de dizer, Antônia Honória é bonita, boazinha que só. Por mim teria ela solteira comigo até eu morrer, no entanto nunca penso só em mim. Dou minha filha pra você, mando trazer de Mariana, pra já. Não digo que essa possibilidade nunca tenha me passado nos pensamentos antes. De fato, é um acordo dos melhores, já gosto muito da ideia, quem ganha é o Cantagalo. Sempre o Cantagalo. Se quer ser barão, passe o Cantagalo na frente, o cafezal antes de tudo, a família. Esqueça aquela moça na sala. Amor? Seja homem, Modesto, amor? Você quer é dormir com a moça. Já a trouxe aqui, meio caminho andado, pois ela é dessas, garanto, você ainda me agradecerá por abrir seus olhos. Venha, beije minha mão, nem minha bênção você pediu hoje, meu irmão, isso. Modesto Lima, filho do barão, você me lembra tanto papai, não me magoe outra vez, promete? Está perdoado, já estava perdoado mesmo antes do que fez, somos um único sangue. Volte para a sala, vá, esquecerei de vocês dois até amanhã, leve a turquinha aonde quiser, jantem a sós na minha mesa, hoje não passarei em frente aos quartos no corredor. Se o galo tem pescoço, a culpa não é de quem usa o machado.

Epílogo

— Esquisito Sá Xede ter uma pulseira dessas. — Fia passou os dedos no relevo sobre o marfim, a imagem de uma mulher com o braço sob a cabeça, os peitos expostos.

— Se a dona der falta, você põe no mesmo lugar, quem mora em casa grande nunca sabe o que tem. — Iamiana puxou o punho de Fia para ver melhor a joia. — E quem chegou lá hoje?

— O careca. Trouxe uma noiva, mas se tremeu de medo. Sá Xede ficou fula, botei a orelha na porta do quarto, quer casar ele com a Tonica, tadinha.

— Aquele careca, nem me fale, um pestilento, alma suja, será que agora deixa você em paz, Fia?

— Quando ele vem, eu durmo de calças, pego as do senhor no armário, visto logo três, uma por cima da outra, durmo no chão da cozinha, ele rodeia, rodeia.

— Pegue as calças do seu pai, sim, e o que achar nas gavetas, naqueles armários. E fique sabendo, esta casa aqui é sua, seu pai deixou.

— Iamiana, que foi com minha mãe? Me conta, eu já posso saber.

— Pode nada, Maria Felipa. Deus faz esquecer para não doer de lembrar. E sabe o quê? Nem eu sei, é. Mas, Maria Felipa, minha língua caia se for mentira, sua mãe, ela mesmo desfalecida, foi assim que dei com ela no mato, mesmo ela desacordada eu vi o tamanho das forças que andavam com ela. Essas forças um dia vão nascer em você.

— Eu quero ficar aqui com a senhora, deixa.

— Se eu encho meio bucho hoje, com você aqui nem meio de meio, Fia; dá não, o povo pensa que benzedeira não come, sabe me agradecer, mas não sabe me pagar.

— O careca vai morar lá.

— Maria Felipa, se você sai de lá, quem vai pegar você de empregada e contrariar aquela mulher? Leva um pouco, ele vai casar com a menina vermelha, não vai? Pronto, vai se distrair com ela.

— Iamiana, dói.

— Dói onde, Fia?

— Desdedentro — abriu as mãos desde o centro da barriga, para o peito, o ventre.

— Maria Felipa.

— Quê?

— Tem recomeço.

Grafia atualizada segundo o Acordo Ortográfico da Língua Portuguesa de 1990, que entrou em vigor no Brasil em 2009.

capa
Violaine Cadinot
imagem de capa
Alamy/ Fotoarena
composição
Stephanie Y. Shu
preparação
Jane Pessoa
revisão
Huendel Viana
Gabriela Marques Rocha

Dados internacionais de Catalogação na Publicação (CIP)

Ribeiro, Fernanda Teixeira (1984-)
Cantagalo / Fernanda Teixeira Ribeiro. — 1. ed. — São Paulo : Todavia, 2025.

ISBN 978-65-5692-777-0

1. Literatura brasileira. 2. Romance. 3. Ficção contemporânea. I. Título.

CDD B869.3

Índice para catálogo sistemático:
1. Literatura brasileira : Romance B869.3

Bruna Heller — Bibliotecária — CRB-10/2348

todavia
Rua Luís Anhaia, 44
05433.020 São Paulo SP
T. 55 11. 3094 0500
www.todavialivros.com.br

fonte
Register*
papel
Pólen natural 80 g/m²
impressão
Geográfica